천만번 괜찮아

초판 1쇄 발행 2007년 6월 25일
초판 8쇄 발행 2016년 5월 9일

지은이 박미라
펴낸이 이기섭
편집인 김수영
기획편집 김준섭
마케팅 조재성 정윤성 한성진 정영은 박신영
경영지원 김미란 장혜정

펴낸곳 한겨레출판(주) www.hanibook.co.kr
주소 서울시 마포구 공덕동 116-25 한겨레신문사 4층
전화 02-6383-1602~3 **팩스** 02-6383-1610
대표메일 book@hanibook.co.kr

ISBN 978-89-8431-230-2 03810

• 값은 뒤표지에 있습니다.
• 파본은 구입하신 서점에서 바꾸어 드립니다.

천만번 괜찮아

박미라 감정 치유 에세이

한겨레출판

책머리에

'형경과 미라에게' 라는 상담 칼럼을 시작하면서 제가 소망했던 것은, 우리가 가족이나 친구처럼 특별한 관계를 맺고 있지 않아도 서로에게 위안이 될 수 있다는 사실을 보여주는 것이었습니다. 그것만으로도 충분히 마음의 위로가 될 수 있으니까요.

인터넷 게시판에서 벌어진 풍경은 예상과 기대보다 훨씬 감동적이었습니다. 수많은 분이 귀중한 사연을 기꺼이 공개했고, 그보다 더 많은 분이 진심을 담은 정성스러운 댓글을 달았습니다. 사연은 저마다 진지하고 솔직했으며, 대부분 자기 성찰이 이미 이루어진 글이었습니다. 그것만으로 이미 치유는 시작되었다고 저는 생각했습니다. 제가 그 과정의 일부로 존재한다는 사실만으로 행복했습니다.

지난 20년 동안 페미니스트로 많은 여성을 만나면서, '형경과 미라에게' 에 보내온 여러분의 사연들을 읽고 함께 고민하면서, 그리고 '치유글쓰기' 프로그램 참가자들의 고민에 귀 기울이면서 제가 발견한 것은, 우리 안에 숨어 있는 초라하고 위축된 마음이었습니다. 원인이 분명하지 않은 자책감과 죄의식이 내면에 웅숭거리며 숨어 있다가 시도 때도 없이 고개를 내밀어 우리를 움츠러들게 만듭니다.

내 잘못일지도 몰라, 내 탓일 거야, 내가 뭘 모르고 있는 것 같아, 이렇게 해도 괜찮은 걸까? 아, 나는 왜 잘하는 게 없을까, 나는 쓸모없는 존재인가 봐, 내가 자초한 불행이야, 나는 운이 없는 것 같아, 이런 생각을 하는 내가 한심해, 나빠, 바보 같아, 이렇게 살다간 사랑받지 못할 거야, 버림받을지도 몰라…….

아무리 당차고 야무져 보여도, 아무리 큰소리치고 있어도 그런 감정에서 자유로울 수 있는 사람은 거의 없습니다. 아니, 큰소리치고 사납게 구는 태도야말로 자책감과 죄의식에 떨고 있는 내면의 또 다른 모습이며, 분노에 날뛰는 행동이 극도의 불안감의 표현이라면 여러분은 공감하실 수 있을까요?

고백하건대 저의 지난 삶도 그랬습니다. 자책감과 죄의식에 시달려 잔뜩 위축되고 초라해진 나 자신과의 전쟁으로 얼룩져 있습니다. 그래서 여러분의 주눅 든 마음에 더욱 공감이 갔을 것입니다.

초라해진 나를 치유하는 방법에는 여러 가지가 있겠지만 가장 중요한 것은 깊은 연민을 가지고 진심으로 위로하는 것입니다. 잘못한 일이 있을까봐 불안에 떨고 있는 내면의 나에게 이렇게 말해주는 것입니다.

"괜찮아. 네 탓이 아니야. 설사 네 탓이라고 해도 괜찮아. 그래도 너를 미워하지 않을 거야. 정말 괜찮아. 천만번이라도 괜찮아."

이 책을 통해 여러분께 드리고 싶은 말씀은 바로 그런 끝없는 위로입니다. 초라하다고 나를 야단쳐서 더욱 주눅 들게 하지 말고 한없이 위로해주라고 말입니다. 또 죄의식을 강요하고, 처벌이 난무하며, 선악의 경쟁구도를 좋아하는 이 틀에 박힌 세상에서 벗어나 전혀 다른 시선으로 자신을 바라보라고도 말씀

드리고 싶었습니다. 그 뜻이 여러분에게 전달돼 여러분 가슴에 자기위로와 자기용서의 물결이 일기를 기대해봅니다.

이 책은 네 영역으로 나뉘어 있습니다. '사랑에는 성공도 실패도 없습니다'는 미혼남녀의 사랑과 연애 문제를, 가족관계에 대한 고민은 '가족들을 낯설게 바라보는 연습을 하세요'에 모았습니다. '평화를 버리더라도 나쁜 여자가 되세요'는 결혼한 분들이 겪을 수 있는 모든 문제들, 즉 결혼, 시집과의 갈등, 외도, 이혼 등에 대해 다뤘습니다. 그 외에 다양한 삶의 문제들은 '운명은 이유 없이 해코지하지 않는다'를 통해 이야기했습니다. 이 모든 이야기가 이 책을 선택한 여러분에게 아주 현실적이고, 구체적인 도움이 되었으면 좋겠습니다.

끝으로, 앞서 출간되어 《천만번 괜찮아》에 희망의 통로를 열어준 김형경 님의 《천 개의 공감》에 감사한 마음 전합니다.

2007년 6월

박미라

| 차례 |

01

사랑에는 성공도 실패도 없습니다

02

가족들을 낯설게 바라보는 연습을 합니다

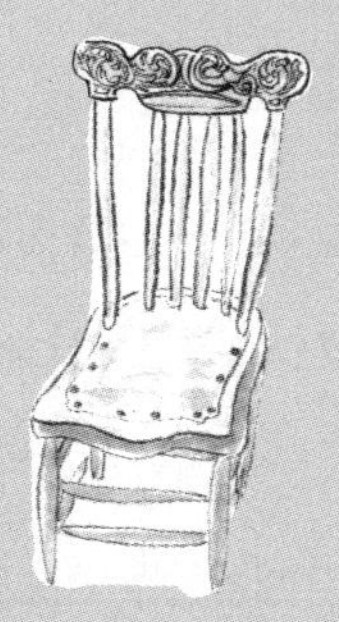

03

평화를 버리더라도 나쁜 여자가 되세요

04

운명은 이유 없이 해코지하지 않습니다

사랑에는 성공도 실패도 없습니다

동물적 공격성은 두려움 때문입니다

내면의 힘을 키울 수 있는 주문을 만드세요

사랑에도 비무장지대가 필요합니다

인류의 95퍼센트가 열등감을 느낍니다

지구상에는 다양한 사랑이 존재합니다

내면의 여성성을 보살피세요

상대방 중심으로 생각을 열어보세요

사랑은 설득할 수 없습니다

사랑에는 성공도 실패도 없습니다

사랑의 나르시시즘에 빠지지 마세요

사랑을 선택하지 마시고, 가슴 뛰는 삶을 선택하세요

사랑은 움직이는 것입니다

사랑중독증, 당신과 상대에 대한 학대입니다

사랑은 원래 고통을 동반합니다

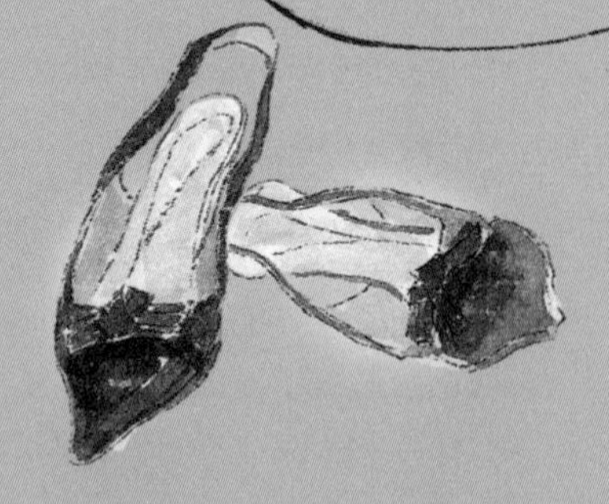

사소한 문제로 피 터지게 싸웁니다

평소에 남자친구가 매우 자상하고 성격도 유순하며 저를 굉장히 좋아한다는 표현을 자주하는 편이라, 항상 저는 사랑받는다는 느낌입니다. 물론 저도 그 친구를 좋아하구요. 하지만 문제는 우리가 싸울 때입니다. 정말 사소한 문제로 시작해서 종국엔 헤어지자는 말이 오갈 정도입니다.

거의 모든 싸움의 패턴은 남자친구의 행동에 제가 화를 내면, 남자친구는 제가 화난 이유를 못 받아들이고 화를 내다가 우리는 헤어지는 편이 낫겠다는 식으로 끝납니다. 싸울 때는 정말 얄밉게 말을 비꼬기도 하고 큰소리를 지르기도 하고, 한 치의 양보 없이 싸움의 원인을 저에게 돌립니다. 제가 '사소한 일로 크게 화를 낸다' 는 것입니다.

생각해보면 저의 어머니가 신경질적인 편이라 사소한 일로 파르르 화를 내어 저를 당황하게 하는 때가 많은데 제가 그런 성격을 닮아서 상대방을 힘들게 하는 것 같기도 합니다. 남자 친구는 매우 화목한 가정에서 자란 사람입니다. 자라면서 부모님이 크게 싸우는 것을 본 적이 없고 본인 역시 형과 다툰 기억이 거의 없다네요.

사실 오늘도 사소한 갈등으로 크게 싸웠는데 심하게 비꼬는 남자친구의 태도에 '완전 뚜껑이 열려서' 입에 담지 말아야 할 욕을 하고 전화를 끊고 말았습니다. 화해할 때마다 다시는 싸우지 말자고 약속에 다짐을 해보지만 그때뿐, 막상 싸울 때는 정말 서로 연인이 맞나 싶을 정도로 피 터집니다. 만약 제 '성깔'이 문제라면 어떻게 그것을 극복하고 자신을 변화시킬 수 있을지 궁금합니다. **고민**

동물적 공격성은 두려움 때문입니다

싸울 때, 직설적으로 분노를 표현하는 사람과 비꼬는 식으로 말하는 사람은 천적관계입니다. 그들은 상대방의 방식에서 가장 큰 상처를 입습니다. 직설적인 사람은 비꼬는 태도에서 마음의 상처를 입고, 비꼬는 사람은 직설적인 사람을 누구보다 공포스러워합니다. 그러니까 어떤 싸움 방식이 더 잘못됐는지 판단하는 일은 불가능하죠. 고민 님이 자신의 방식을 인정받기 위해 남자친구에게 따지면 따질수록 그는 더욱더 비아냥거리며 책임을 고

민 님에게 돌릴 것입니다. 마찬가지로 남자친구가 지독하게 비꼴수록 고민 님은 더욱더 '뚜껑이 열릴 것' 입니다.

아마 자상하고 유순한 성격의 남자친구는 흥분된 말투, 공격적인 태도를 견딜 수 없어하는 스타일일 것입니다. 그런 유형은 험악한 분위기를 유달리 불안해하며, 그 모든 상황이 자기 탓일지도 모른다는 두려움을 가지고 있습니다. 자기 탓인지도 모르겠다는 그 불안감에서 벗어나기 위해 고민 님에게 "사소한 일에 화를 내는 네가 문제"라고 몰아붙이는 것입니다. 고민 님은 그런 남자친구가 원망스러울 것입니다. 여자친구가 어떤 일로 마음이 상했으며, 무슨 말을 하고 싶은지 귀 기울이지 않고 표현방식만 트집잡으니까요. 그리고 결국은 이런 오해로 피차 서운함이 극에 달할 것입니다. "저런 태도를 보이는 걸로 봐서 나를 사랑한다는 게 다 거짓말일 거야."

사랑하는 사람들끼리 죽일 듯이 싸우는 예는 동서고금 어디에나 존재하는가 봅니다. 하빌 헨드릭스(Harville Hendrix)는 그의 책 《Keeping the Love You Find》에서 서로 죽일 듯이 소리치며 싸우는, 분노에 찬 대화방식이 사실은 원시적이고 동물적인 생존방식의 하나라고 주장합니다. 우리 인간에게도 파충류적인 뇌가 존재하는데 바로 그 뇌가 '생명에 위협이 되는가, 되지 않는가' 로 모든 상황을 판단한다는 것이지요. 그 판단의 결과로 결정하게 되는 행동양식은 다음의 두 가지뿐입니다. '싸울 것인가, 도망갈 것인가.' 그리고 그 행동의 뿌리는 '분노' 가 아니라 '두려움' 입니다.

물론 동물적 판단능력과 공격성은 생존을 위해서 필요할 때가 있습니다. 그러나 그것이 생존과 직결되지 않는 연애관계에서 오래 계속된다면 피차 지쳐갈 것이 당연합니다.

하빌 헨드릭스의 이론을 소개한 부어슈타인(Seymour Boorstein)이라는 정신분석 치료자는 상담현장에서 싸우는 연인이나 부부에게 말합니다. 두 사람의 공격성이 분노 때문이 아니라 두려움 때문이라는 사실을 매 순간 자각하면서 동물적 감정에서 빠져나오라고 말입니다. 그리고 분노에 찬 언어를 두려움의 언어로 변화시키도록 권합니다.

연인 사이에는 무엇이 두려움의 원인일까요? 물론 자신을 미워하거나 사랑하지 않을까봐, 그래서 결국은 떠나갈까봐 두려워하는 것이겠지요. 사실, 이해받지 못할 수도 있다는 점이 사랑하는 사람들 사이에서는 커다란 공포가 됩니다. 우리는 누군가에게 전 존재를 이해받기 위해서 그토록 치열하게 사랑도 하는 것이니까요. 그렇다면 대화도 달라져야 합니다. "그렇게 행동하는 너 때문에 화가 나"가 아니라 "그러는 네가 나를 미워하게 될까봐 두려워", "오해하게 될까봐 걱정돼"로 말입니다. 어때요. 상당히 부드럽지 않은가요?

고민 님, 남자친구에게도 이 같은 얘기를 전해주세요. 그리고 두 분의 싸움 과정을 떠올려서 마치 제삼자가 지켜보듯 낱낱이 분석해보는 것입니다. 우리의 싸움이 얼마나 본능적이고 감정적인지, 그래서 진지한 대화를 가로막는지 얘기를 나눠보세요. 싸움의 과정을 기억하고, 묘사할 때, '너'와 '나'라는 1~2인칭 호칭을 사용하지 마시고, '그 여자는', '그 남자는' 하는 식의 3인칭을 사용해보세요. 그렇게 하면 감정적인 거리두기가 더 쉬워질 것입니다.

오늘만은 너그러운 마음을 가지고, 고민 님의 태도를 남자친구가 어

떻게 느끼는지 들으실 필요도 있습니다. 남자친구의 성격으로 미루어보건대 고민 님의 태도가 그에게는 격한 의사표현 이상의 고통을 주고 있었을 것입니다. 반대로 고민 님도 남자친구가 어떤 태도로, 무슨 말을 할 때 가장 화가 나고 마음이 아팠는지 생각해본 후 말씀하세요. 아마도 두 분 다 자신이 한 말들이 그렇게까지 상처가 됐는지 모르고 반복했을 겁니다.

고민 님, 두 분의 가족관계를 성찰해보는 일은 칭찬해드리고 싶지만 너무 단편적으로 분석하지는 않으셨으면 해요. 남자친구의 가족은 화목한 데 반해 고민 님의 어머니는 신경질적이라 님이 그런 성격을 닮지 않았을까 하는 생각은 자칫 문제의 원인을 님에게만 집중시킬 수 있습니다. 속 깊은 대화를 시작하기도 전에 죄책감부터 느끼시게 된다면 문제의 원인을 잘못 찾아내실 수도 있습니다. 또한 화목으로 포장된, 화목으로 기억되는 가족관계의 이면에도 수많은 문제가 도사리고 있을 수 있답니다. 그러니 남자친구의 기억과 판단을 액면 그대로 받아들이실 필요는 없습니다.

자, 이제 진솔한 대화를 통해 상대를 이해하기 시작하셨다면 그 다음엔 싸움의 원칙을 함께 만들어보세요. "서로가 가장 고통스러워하는 말들은 절대 삼가자"고요. '내가 가장 듣기 싫은 말의 목록'을 구체적으로 만들어 상대에게 보여주고 설명해보신다면 더욱 실천하기 좋을 것입니다. 서로에 대한 이해도 한층 깊어지겠지요.

사실 인간관계에서, 그것도 전혀 다른 남녀가 만나 연애를 하면서 싸움을 하지 않기란 불가능합니다. 더 나아가 싸움을 통해 상대를 이해하기도 하지요. 그러니 중요한 것은 무조건적인 평화가 아니라 '싸움의 기술'

일 것입니다. 치명적인 상처를 만들지 않으면서 둘 사이의 스트레스 풀기가 가능하다면 싸움이 훌륭히 제 몫을 해내는 것이지요.

그런데 자신이 무엇을 가장 싫어하는지 상대에게 알려주기 위해서는 무엇보다 자기 자신에 대해 잘 알고 있어야 합니다. 고민 님은 '사소한 문제'로 싸움이 시작된다고 말씀하셨지만 그 '사소한 문제' 속에 고민 님 자신도 몰랐던 민감한 문제들이 숨어 있을지도 모릅니다. 사소한 듯 보이는 것이 고민 님의 입장에서는 사소하지 않았다고 상대를 설득하려면 무엇보다 자신의 감정을 사소한 것으로 치부하거나 덮어두지 말고 정확히 직면하시는 게 중요합니다.

기왕에 '성깔' 있다는 소리를 들으실 거라면 이참에 무엇을 좋아하고 또 무엇이 싫은지 좀더 분명히 주문하는 사람이 되어보시라고 권하고 싶습니다.

남친이 아빠 같을까봐 걱정이에요

2년 정도 만난 남자친구가 있는데 최근 들어 그 사람과 술 때문에 자주 다투곤 합니다. 이러다 정말 서로 멀어질까 겁이 나요.

저희 아빠는 술을 너무 좋아하십니다. 그저 즐기시는 거라면 상관없지만……. 주사라고들 하죠, 너무 심하십니다. 엄마가 너무 힘들게 사는 걸 보면서, 또 엄마와 함께 구타를 경험하면서 자란 저는 행복한 가정에 대한 동경이 큰 편입니다. 환상일 수도 있지만요.

근데 남친을 사귀면 사귈수록 아빠와 닮은 점을 너무 많이 발견하게 되어 겁이 덜컥 납니다. 엄마도 만나보시더니 "네 아빠 첨 만났을 때랑 느낌이 비슷하다"고 하세요. 그 사람의 술자리가 또래 다른 남자들보다 많다거나 그런 건 절대 아니지만 술을 싫어하지 않는다고 스스로 말합니다. 그러니까 술 안 먹었을 때 다정한 모습은 아빠와 너무 닮았습니다. 그 사람이 주사는 전혀 없거든요. 결국 '술 좋아한다'는 것 하나만 닮았을 뿐인데 전 '아빠도 첨엔 좋아만 했겠지 누군들 저러고 싶어서 저리 됐겠나' 하는 생각이 들고, 나이 먹으면 남친이 꼭 우리 아빠, 그리고 내가 우리 엄마처럼 될 거 같아서, 그렇다면 이렇게 만날 필요가 있나 싶네요.

그런 말이 있잖아요. 딸은 아빠를 닮은 사람에게 익숙한 페로몬을 느끼고 호감을 갖게 돼 사랑에 빠진다는, 싫어해도 결혼해보면 남편과 다 닮아 있더라…… 뭐 그런 얘기들요. 제가 보기에도 저희 외할아버지랑 아빠는 거의 똑.같.거.든.요. 또 엄마의 삶이 불쌍하다고 동정하는 딸은 엄마와 같은 상황으로 자신도 모르게 자신을 몰아세운다구요.

제가 너무 예민해서 그런 탓도 있다는 거 정말 100퍼센트 인정해요. 그래서 저희끼리 구체적인 약속들을 몇 개 정했어요. 소주는 얼마, 맥주는 얼마, 이런 식으로요.

그치만 이제 겨우 대학생인데, 사회생활을 하게 되면 저와의 약속을 지키기 힘들 게 뻔하잖아요. 저도 이해해야 할 부분이라는 거 아는데 지금의 저는 사회생활을 위해서 간다는 회식자리, 그런 것도 싫거든요.

그 사람도 내가 왜 이러는지 다 알고 이해해주려고 노력하고, 저도 너무 내 입장만 내세우지 않고 함께 합의점을 찾았지만 뭔가 찜찜해요. 객관적으로 아빠와 그 사람이 비슷한 성향을 지녔는지 판단하고 싶은데 눈에 콩깍지가 씌어서인지 제가 그게 좀 힘드네요.

그 사람이 아빠처럼 살 확률이 정말 1퍼센트라도 된다면 전 계속 못 만날 거 같아요. 이런 거 보면 제가 아직은 그 사람보다 저 자신을 더 많이 사랑하는 거겠죠. dbwls

아직 아버지에게 하고 싶은 말이 남았나요?

dbwls 님의 고민을 들으면서 세상의 아버지들이 딸에게 얼마나 깊은 상처를 줬는지 다시 한 번 생각하게 됩니다. 솔직히 고백하자면 아빠를 원망하면서 동시에 사랑하는 dbwls 님의 마음이 느껴져 안타까웠습니다.

남자친구와의 관계를 고민하면서 dbwls 님의 가족관계를 많이 생각하신 것 같습니다. 심리학과 관련한 공부도 하시구요.

인간에게 '첫사랑' 은 바로 부모와의 사랑이라고 합니다. 무엇이든 첫 번째 경험은 우리 내면에 강렬하게 각인되어 있고 또 애틋하기도 합니다. 첫사랑이 그 대표적인 예가 될 것입니다. 생각해보세요. 어린 시절, 누군가의 보살핌이 없이는 생존할 수 없었던 아기에게 보호자는 그 자체로 애틋하고 간절한 존재였을 것입니다. 보호자 중에서도 아버지는 이성으로서의 첫사랑이었겠지요. 그러니 성인이 된 딸들의 연애에 아버지가 영향을 미치고 있음은 충분히 짐작이 가고도 남습니다.

실제로 아버지와 관계가 좋았던 딸들뿐 아니라 오랜 기간 아버지와 갈등을 겪었거나 아버지를 죽도록 미워하는 딸들도 자신의 아버지, 혹은 아버지라는 존재에 대한 정서적, 감정적 애틋함이 내면 깊숙한 곳에 숨겨져 있다는 사실을 고백하곤 합니다.

어쩌면 아기의 첫사랑이 좌절당했기 때문에 아버지의 그림자가 더 강렬하게 남아 있는지도 모르겠습니다. 건강한 사랑을 충분히 받은 사람은 더 이상 상대에게 집착하지 않고 그로부터 독립합니다. 상대에게서 받아야 할 것을 받지 못한 사람이 늘 그 주변에서 서성이게 되는 것이지요.

아빠와 닮은 남자를 사랑하는 것이, 심리적인 문제이든 혹은 dbwls 님이 말씀하셨듯이 페로몬의 작용이든 간에 성인이 되어 이성에게 사랑을 느끼게 된 딸들이 일반적으로 경험하는 일인 것은 사실입니다. 정신분석학도 '남자는 어머니를 연상시키는 여자와 사랑에 빠지고 여자는 아버지를 연상시키는 남자와 사랑에 빠진다' 는 사실을 말하고 있지요.

사랑에 빠질 뿐 아니라 어머니와 아들, 혹은 아버지와 딸의 관계를 애인과의 관계에서 반복하려는 성향까지 보인답니다. 애인과 연애하면서 자신이 엄마 혹은 아빠와의 관계에서 겪었던 고통을 재현하는 것입니다. 물론 어떤 계기를 통해서 상대방의 심정을 완전히 이해하게 됐다든지, 아버지나 어머니로부터 받지 못한 사랑을 연인으로부터 받게 된다면 과거의 상처가 치유될 수 있습니다.

dbwls 님. 저는 어쩐지 dbwls 님도 현재의 남자친구에게 집중하기보다는 님의 아빠와 얽힌 문제를 풀고 있다는 느낌이 듭니다. 많은 연인들이 실제로 그렇지요. 과거에 당한 고통에 대한 분풀이를 지금의 연인에게 하게 되는 것입니다.

dbwls 님은 이렇게 말씀하시네요. 지금의 남자친구가 아버지처럼 살게 될 가능성이 1퍼센트만 있어도 헤어지겠다고요. 결혼을 생각할 만큼 남자친구를 좋아하시면서도 말입니다. 현재 아버지와 같은 폭력적인 술버릇이 남자친구에게 없는데도 술 때문에 남자친구와 적잖게 다투신 것

같고, 그것 때문에 많이 조바심치고 있다는 느낌도 받게 됩니다.

저는 dbwls 님의 글을 읽으면서 님이 남자친구에게, 그리고 세상에 대고 이렇게 외치는 소리를 듣습니다.

"나는 아빠의 술버릇 때문에 고통을 받았어요. 게다가 우리 엄마가 아빠 때문에 고통받는 걸 지켜보는 것도 끔찍했다구요. 나는 아빠 때문에 불행했던 내 과거의 시간들을 아직 받아들일 수 없어요. 누군가로부터 보상받고 싶어요. 당신(dbwls 님의 남자친구)도 나를 사랑한다면 내가 얼마나 괴롭고 힘들었는지 알아줘야 해요. 나는 아직 아빠가 준 상처에서 벗어나지 못했다구요."

dbwls 님, 그 마음은 충분히 이해합니다. 어린 시절 경험했던 그 공포와 고통에 대해 dbwls 님 자신과 주변의 사랑하는 사람들에게 지속적으로 이해받고 또 위로받아야 할 것입니다. 하지만 남자친구에게 "너의 내면에 우리 아빠와 같은 폭력성이 존재하고 있고, 언젠가는 드러나게 될 것"이라는 주문을 너무 오래 걸지는 마세요. 인간은 누구나 내면에 dbwls 님의 아빠와 같은 폭력성을 가지고 있답니다. 그런데 아무리 경고라고 할지라도 똑같은 얘기를 여러 번 듣게 되면 통제력의 빗장이 느슨해질지도 모르는 일입니다.

dbwls 님 자신도 마찬가지입니다. 어머니처럼 살게 되는 건 아닐까 두려워하면서 어머니의 인생을 내면화하는 일은 이제 그만두세요. 혹시 그 어린 시절, 어머니를 도울 수 없는 무력한 딸이었던 것에 대해 내면 깊은 곳에 아직도 죄송함을 담아두고 계신 건 아닐까요? 그렇지만 어머니에 대한 연민 때문에 그녀와 같은 삶을 살 수는 없습니다. 이번 일이 인간

내면의 어떤 부분들이 그런 삶을 선택하도록 하는지 성찰하고 공부하시는 기회가 되었으면 좋겠네요.

dbwls 님, 과거의 고통이 충분히 이해되지만, 그러나 그것 때문에 현재의 행복을 지레 망가뜨리지는 않으셨으면 하고 간절히 바랍니다. 현재 남자친구와의 행복한 관계를 반납하고 아직 다가오지 않은 미래를 미리 걱정하거나 과거 속에서 살지는 마시라는 말씀이지요.

현재 남자친구가 가지고 있는 장점과 미덕을 충분히 격려하고 즐기시면서, 동시에 내면의 힘을 기르는 주문을 만들어보세요. "만약 미래에 어떤 고통이 다가온다면 나는 단호하게 직면하고 용서하지 않을 거야. 나는 그런 힘을 기를 거야"라고 말입니다.

서로를 독점하고 있습니다

한 여성과 사랑하고 사귄 게 오늘까지 한 4년이 되었나 봅니다. 그녀는 너무 착하고, 저에게 너무도 깊은 사랑을 줍니다. 많은 것을 희생해도 저를 위한 것이면 기뻐할 정도로 절 너무 사랑합니다. 저 역시 그렇습니다. 나름대로 오래 사귀었고, 무슨 일을 할 때든 분신처럼 붙어 있었기에 더욱 잘 알고 있습니다. 그녀를 정말 사랑합니다.

그만큼 우리는 서로에 대해 많은 것을 독점하고 있다는 것입니다. 그녀는 내가, 나는 그녀가 독점하고 있단 말이지요. 한 마디로 둘만의 세계에 갇혀 있는 느낌이에요. 그녀는 저를 많이 사랑합니다. 자신보다 저를 더 사랑합니다.

하지만 가끔은 그녀로부터 벗어나 혼자 있고 싶을 때가 있어요. 그녀를 사랑합니다. 하지만 가끔은 혼자이고 싶습니다. 서로를 독점하고 독점당하고, 서로를 새장 속에 넣어 애지중지하고 있는 것이 가끔은 너무 답답합니다.

언젠가는 우리 헤어지자고, 울면서 이야기한 적도 있습니다. 그러자 그녀는 거의 반쯤 미쳐서 온몸과 마음으로 저의 말을 거부했습니다.

어떻게 해야 할까요? 한 가지 확실한 것은 지금 서로에 대한 태도는 바뀔 수 없다는 사실입니다. 노력도 해봤고 제삼자 입장에서 관망도 해봤지만 그것이 불가능하다는 걸 알았습니다. 어떻게 해야 할까요? 지금까지처럼 나는 그녀에게 미쳐서, 그녀는 나에게 미쳐서 살아야 할까요? 오픈

사랑에도 비무장지대가 필요합니다

인간은 누구나 이중적인 욕망의 줄타기를 한다고 합니다. 타인과 가까워지고 싶어하면서도 또 한편으로는 독립된 개체로 존재하고 싶어하는 것이지요. 혼자 있으면 외로워져서 누군가 함께할 사람을 찾게 되지만 오랜 시간을 누군가와 함께하다 보면 이내 숨이 막혀서 또 혼자 있는 시간을 그리워하게 됩니다.

연인관계뿐 아니라 인간관계의 전반에 이런 이중적인 욕망이 존재합니다. 가족도, 직장동료도, 친구도 그렇지요. 함께하면 행복할 것 같았는

데 어느 순간 구속감을 느끼게 되고, 자신을 옭아매는 상대를 원망하게 됩니다.

적당히 거리를 두면서 함께하는 '따로 또 같이'에 성공했다면 평생 같이할 수도 있었을 텐데 완전한 합일이 아니면 영원한 이별이라는 식의 양극단에서 갈등하다가 결국은 어느 순간 결별의 도장을 찍고 맙니다. 누군가를 '버렸다'는 죄의식, 누군가로부터 '버림받았다'는 한스러움은 깊고 깊은 상처가 되어 우리 내면에 흉터를 남깁니다.

사람들은 왜 그럴까요? 왜 적당한 거리감을 두자고 말하기를 힘들어 하며, 또 그런 소리를 '너에 대한 사랑이 식었다' 쯤으로 받아들이는 걸까요? 한국 사람들에겐 '둘이 하나 되어 영원히 함께하자' 하는 식의 약속이 최고의 가치로 자리 잡고 있나 봅니다. 모든 것을 함께 하고, 함께 나누고 더불어 사는 것에 대한 강박관념이 있는지도 모르겠습니다. 더 적나라하게 표현한다면, 연인들은 자신을 완전히 오픈해서 자신의 심장까지 공유하고 싶어하는 욕망이 있습니다.

오픈 님, 너무 밀착돼 있으니 병적인 상태가 아닐까, 헤어져야 하는 게 아닐까 불안해하시는군요. 그러나 님이 느끼시는 건 사랑의 한 과정일 뿐 특별히 병리적인 모습이 아니니 너무 고민하지는 마시라고 말씀드리고 싶네요. 함께하고 싶은 마음과 벗어나고 싶은 마음이 공존하는 상태도 잘못된 것이 아닙니다. 그 두 가지 마음을 균형 있게 조절하는 일이 이제 필요하게 된 것입니다.

그렇게 보면 오픈 님은 정상적인 연애의 단계를 밟고 계신 겁니다. 이제까지는 서로 함께하고 싶다는 욕망에 충실한 연애를 하셨군요. 서로 충분히 사랑의 에너지를 받아 마음을 채우셨다면 그 다음엔 관계의 이완이 필요한 시기가 옵니다. 음식도 그렇지만 사랑도 언제까지나 폭식을 할 수는 없는 노릇이니까요. 그러나 분명한 것은 충분하게 사랑받았기 때문에 거리감 조절이 새로운 문제로 떠올랐다는 것입니다. 사랑이 충분하지 못했다면 아직도 상대에게 연연하는 상태일 것입니다.

그러니까 사람은 성장함에 따라 끊임없이 변화, 발전하게 되어 있고, 그에 맞춰 인간관계도 조정이 필요하게 됩니다. 조정이 필요해졌다는 것은 사실 성장했다는 얘기이고, 축하받아야 할 일이지요. 오픈 님은 지금 진정한 사랑은 모든 것을 공유하고, 절대적으로 서로에게 속해 있어야 한다는 신화의 단계를 지나신 것입니다. 어찌 보면 사랑의 이유기라고 할 수 있는 그 단계를 지나 피차 독립적인 영역을 필요로 하게 되신 것이지요.

그런데 생각은 바뀌었더라도 현실적인 삶의 방식을 바꾸는 일은 그리 쉽지 않습니다. 자유를 원하지만 실제로 현실 생활에서 어떻게 독립성을 지켜나갈 것인가에 대해서는 막막하실 수 있습니다. 혼자 지낼 수 있는 시간을 만들고, 서로가 모르는 각자의 인간관계를 가꾸는 일이 처음엔 부자연스럽고 외롭게 느껴질 수 있습니다. 그뿐인가요? 혼자만의 영역을 간절히 원했더라도 상대가 자기도 모르게 어떤 영역을 꾸리고 있다고 생각하면 호기심이나 질투심 때문에 견딜 수 없을지도 모르겠습니다.

인격적 경계선이 희미한 사람은 연인이 독립적인 태도나 삶의 방식을 갖게 되면 그것을 관계에 대한 위협으로 간주하게 됩니다. 사랑하는 사람은 무엇이든 같이 해야 한다는 절대적인 신념에 사로잡혀 있기 때문에 달라지려고 하는 상대에게 화를 내고 트집을 잡는 것이지요.

오픈 님은 피차 변화가 불가능한 것 같다고 말씀하시지만 글쎄요, 저는 어쩐지 님이 두 분의 관계를 비관적으로 보고 있으며 이미 헤어지는 쪽으로 마음을 정리하셨다는 느낌이 듭니다. 헤어지는 것, 나쁘지 않습니다. 변화를 따라잡지 못하는 관계, 상대를 계속 과거에 붙잡아두려는 관계는 당연히 청산해야 합니다. 그러나 그 전에 몇 가지를 점검해보셨으면 합니다.

첫째로, 그녀가 이별도 변화도 거부하는 이유는 무엇일까요? 오픈 님은 그녀의 헌신적인 사랑으로 이제 독립의 욕구를 가지게 되셨는데 왜 오픈 님의 애인은 변화를 받아들이지 못하시는 걸까요? 보통 그런 애인을 두고 '욕심이 많다' 든지 '집착이 강하다' 고 설명하지만 그런 이유만 있을까요? 혹시 오픈 님은 그녀에게서 필요한 사랑을 충분히 받음으로써 자신의 결핍을 충족하고 변화하기 시작했는데 그녀는 아직 자신이 원하는 사랑을 받지 못한 건 아닐까요? 그러니까 오픈 님은 그녀를 많이 사랑하시긴 했지만 과연 그녀가 원하는 사랑을 제대로 주었는지 되돌아보셨으면 합니다. 사랑도 경제적이고 효과적이어야 하거든요.

또 하나, 오픈 님은 두 분의 관계에 대해 노력해봤지만 변화는 어렵다, 고 확신하시는군요. 과연 효과적인 노력이었는지 묻고 싶습니다. 자신의 생각이 변화했다는 사실에 대해, 이제 자신만의 독립적인 영역이 필요해졌지만 여자친구에 대한 사랑이 식은 것은 아니라는 사실에 대해 그녀에게 친절하게 설명하셨는지 말입니다. 그리고 그런 자신의 변화가 애인의 헌신적인 사랑 때문에 가능했고, 그에 대해 감사하다는 말씀은 하셨는지요. 연인이 서로 독립적인 삶을 꾸려갈 때 어떤 점이 힘들고 또 어떤 점에서 바람직한지 이야기를 나눠보셨는지요.

혹시 자신이 달라졌다는 사실에 죄책감을 느끼느라 애인에게 그 과정을 친절하게 설명하지 못하신 건 아닐까요? 친절한 설명의 과정이 없으니 애인은 오해를 하게 되고, '버림받을지도 모른다'는 두려움 때문에 불안해하고 있는 건 아닐까요?

그러지 않으셔도 됩니다. 앞서도 말씀드렸지만 애인과의 관계에 독립적인 요소가 필요해졌다는 사실은 죄의식을 느낄 일이 아니라, 축하받아야 할 사실입니다. 동시에 오픈 님이 애인에게 느껴야 할 감정도 죄책감이 아니고 감사입니다. 그녀의 사랑이 오픈 님을 성장시켰으니까요.

그리고 마지막으로, 그냥 모호하게 '우리 거리를 두자'거나 '헤어지자'는 식의 극단적인 표현은 애인을 공포로 몰아넣을 수 있습니다. 자신이 무력하게 버림받는 것을 쉽게 받아들일 사람은 없으니까요.

사실 많은 사람들이 그런 식으로 상대의 자존심을 상하게 합니다. 그러니 현실적으로 어떻게 두 사람 사이의 독립적인 영역을 만들 것인지 아주 구체적인 계획을 함께 세워보시는 것도 중요합니다.

오픈 님이 혼자이고 싶은 시간은 언제인가요? 어떤 일을 혼자 하고 싶으신가요? 그런 것들이 정리되었다면 애인에게 말씀해보시는 겁니다. 일주일에 몇 회 만남, 만나지 않을 때 전화 통화는 몇 번, 그리고 서로 모르는 인간관계는 어떻게 용인할 것인가 등등.

아마도 이런 일들을 정하실 때 실랑이가 오갈 것이고, 격렬한 줄다리기가 있을지도 모르겠습니다. 그러나 이런 과정 없이 둘 사이의 행복한 비무장지대가 마련될 수는 없는 법입니다. 그리고 이 과정에서 애인은 마

음으로부터 오픈 님을 독립시키고 또 오픈 님에 대해 새로운 신뢰감을 형성하게 될 것입니다.

제가 이렇게 노력할 것을 권유하는 이유는, 평생토록 지속되는 사랑에 대한 신화 때문이 아닙니다. 그보다는 오픈 님 자신을 위한 충고입니다. 무엇이든 끝까지 가보지 않으면 모호한 회한과 죄의식과 분노가 남게 마련입니다. 모호함은 변화의 가장 큰 걸림돌입니다. 모호하면 똑같은 일을 또 반복하게 되거나 비슷한 일만 만나도 지레 공포에 질려버리게 만드니까요.

충분히 노력하시고 그러고도 달라지는 게 없다면 그때 헤어지세요. 그런 이별은, 변화만큼 축복입니다.

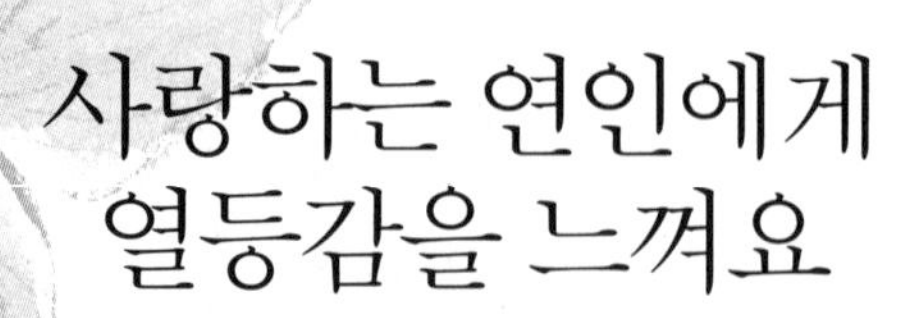

사랑하는 연인에게 열등감을 느껴요

주기적으로 저를 찾아오는 우울증이 있습니다. 딱히 잘하는 것 없는 저 자신이 한심하게 느껴질 때 찾아오는 증상입니다.

여자친구를 사귄 지 100일이 되었는데 이제는 그녀를 만나는 것도 우울합니다. 여자친구의 성격은 명랑하고 쾌활해서 말수가 적은 제 자신과 항상 비교하게 됩니다. 자기비하로 이어지는 만남에서 돌아오는 것은 불화뿐이네요. 오늘은 100일인데 만나서 거의 서로 말없이 있다가 헤어지고 집에 왔습니다. 제 우울증 때문에 여자친구에게 아픔을 주는 것 같아 가슴이 아픕니다. **나비와꽃**

2년 가까이 사귄 남자친구가 있습니다. 그 사람은 풍족하진 않지만 가족들의 사랑과 신뢰를 받으면서 자랐구요. 중고등학교 친구, 대학교 친구,

성당 친구들까지 남녀노소 가릴 것 없이 대인관계도 탄탄하고 지적 능력도 상당합니다. 자신의 분야에서도 인정받고 있구요. 물론 성격적으로 단점도 있습니다. 이기적일 때가 있고, 자기의 생활방식을 강하게 고수하거나 일에 몰두하면 부인을 무척 외롭게 하겠다는 생각도 듭니다.

문제는 제가 그보다 나은 점이 없다는 겁니다. 같은 대학교육을 마쳤는데도 저와 그 사람의 지적 능력은 너무 차이가 납니다. 논쟁을 할 때면 늘 설득당하는 편이구요. 자유분방한 제가 그 사람 때문에 숨 쉴 수 없다고 느낄 만큼 모든 면에서 그에게 붙잡혀 있습니다. 또 제 인간관계는 어쩌면 이리도 좁고 약하기만 한지……. 현재 진로도 답답하고 가족관계도 만족스럽지 않습니다.

스스로 자신이 없다 보니 그 앞에서도 주눅 들어 있거나 경직되기 일쑤예요. 전화통화를 하면 밥 얘기와 어디 있냐는 얘기로 짧게 끝내고 '그럼 그렇지. 내가 이렇지' 하면서 끊게 됩니다. 늘 그가 절 떠날까봐 걱정돼요. 그의 옆자리는 더 강인하고 현명한 여자가 어울리지 않을까 생각하면서 우울해하곤 합니다.

그에게 화도 나고, 그보다 원인은 나에게 있기에 스스로에게 화가 나다가도 원래 이렇게 머리도 좋지 않고 어설픈 사람인 걸 어쩌랴 하면서 체념하게 됩니다. 행복한지 모르겠네요. 결혼을 생각하고 있는데 그 사람이 그때까지 절 좋아해줄지도, 제가 그 사람과 잘 지낼 수 있을지도 모르겠구요. 제가 관계를 아름답게 만들지 못하는 것 같습니다. **착잡**

인류의 95퍼센트가 열등감을 느낍니다

나비와꽃 님, 그리고 착잡 님, 자신에게 부족한 것이 너무 많다고 생각하시나 봅니다. 그래서 나비와꽃 님은 세상과의 관계를 자꾸 단절하려고 하시고, 착잡 님은 자신보다 낫다고 생각되는 남자친구에게 의지하려고 하시는군요. 저는 두 분이 느끼는 그 감정을 열등감이라고 부릅니다.

그런데 열등감이란 것이 참 심술 맞아서 두 분이 내리신 처방으로는 문제가 더 심각해질 뿐입니다. 나비와꽃 님의 경우는 점점 더 외로워질 것이고, 또 착잡 님의 경우는 남자친구와 비교할 때 자신이 쓸모없는 존재처럼 느껴지시겠지요. 결과적으로 더욱더 심각해지고 나날이 위축되고 주눅 드는 자신을 발견하게 될 뿐입니다.

인간에게는 자신만의 달란트가 있어서 누가 더 우월하고 누구는 열등하다고 비교할 수 없는 것이며, 있는 그대로의 자신을 받아들이라는 너무 뻔한 말씀을 두 분께 드리고 싶지는 않습니다. 지극히 옳은 얘기라서 두 말할 필요도 없을 테니까요.

그보다 저는 생각을 한번 바꿔보시라고 말씀드리고 싶네요. 그렇게 괜찮은 여자친구와 남자친구를 사귀고 계시니 나비와꽃 님, 그리고 착잡 님은 참 대단한 능력의 소유자이며, 매력적인 분들인 것 같습니다. 나비와꽃 님의 여자친구나 착잡 님의 남자친구가 설마 아무 매력도 없는 두

분을 단순히 동정이나 연민 때문에 만나고 있다고 생각하시는 건 아니겠지요?

세계의 훌륭한 리더들은 자신의 단점이나 결핍을 극복하려고 애쓰기보다는 자기에게 없는 장점을 가진 부하를 찾아 단점을 보완했다고 하지요. 연애나 결혼에서도 마찬가지입니다. 지금 두 분은 그 일을 아주 훌륭하게 하고 계십니다. 그러니까 자신의 단점을 알고 그것을 보완할 수 있는 능력이 있다면 이미 두 분이 가진 문제는 문제가 아닌 것입니다.

사실 두 분이 느끼시는 열등감이 특별할 것은 없습니다. 인류의 95퍼센트가 열등감을 느낀다고 하니까요. 저는 오히려 열등감을 느끼지 않는 5퍼센트의 사람들이 놀라울 뿐입니다. 특히 사회가 인정하는 사람들에게는 부와 명예, 권력 등이 보상으로 주어지는데 누군들 거기서 초연할 수 있을까요? 어쨌든 우리 사회 꼴찌부터 맨 꼭대기에 있는 사람들까지 인간은 저마다 크고 작은 열등감의 짐을 지고 살아가지요.

상대보다 자신이 부족하고 무능력하다고 생각하는 열등감은 비교를 통해서 이루어지기 때문에 철저하게 상대적이고 주관적인 개념입니다. 열등감이 인간 발달의 주요 동력이 된다고 본 심리학자는 오스트리아의 알프레드 아들러(Alfred Adler)입니다. 그는 유태인 아버지를 둔 5형제 중 셋째였는데 형들 중에서 한 명이 죽는 바람에 둘째아들이 되었지요. 보통 둘째나, 형제들 사이에 끼어 있는 자식들이 가지고 있는 아픔이 있습니다. 태어날 때부터 줄곧 자신을 누군가와 비교하고 비교당하는 멍에를 짊어지고 살아야 하기 때문입니다. 아들러는 어려서부터 몸이 약했고 또 공부도 그다지 잘하지 못했다고 하니 그가 얼마나 열등감에 시달렸을지 상상이 갑니다.

물론 그는 열등감을 극복하기 위해서 치열하게 노력해서 결국 정신과 의사가 되었으며 67세의 나이로 죽을 때까지 300여 권의 책과 논문을 쓰고 활발한 강연활동을 하면서 정력적으로 살았다고 합니다.

아들러도 경험했듯이 열등감은 인간관계 속의 감정이며, 더 정확히는 자신을 타인과 비교하는 데서 오는 것입니다. 세상은 사람들에게 자신과 타인을 비교하지 말라고 종종 충고합니다만 저는 그렇게 생각하지 않습니다. 자꾸 비교하는 마음이 생긴다면 차라리 과감하게, 아주 충분한 근거를 가지고 정밀하게 비교해보시라고 말씀드립니다. 인간의 마음이, 비교하지 말라고 해서 그대로 되는 것은 아니기 때문입니다.

심리학이나 마음공부는 타인에게 초점을 맞추기보다 자신의 내면 성찰을 강조하지요. 하지만 가끔은 살아가면서 타인에 대해 편견 없는 관심을 가질 필요도 있는 것 같습니다. 과감하게 나를 버리고 타인에 몰입하는 시간 말입니다. 특히 내 상처가 너무 아파서 아무것도 떠오르지 않을 때, 사방이 암흑처럼 캄캄해서 아무것도 보이지 않는다고 생각될 때, 그래서 세상에 나 혼자밖에 없다는 생각으로 외로울 때 더더욱 내면에 켜두었던 등불을 과감하게 꺼내서 타인을 비춰보는 것입니다.

나비와꽃 님과 착잡 님, 두 분도 잘 아시겠지만 나보다 나아 보이는 잘난 사람들도 저들만의 열등감이 있답니다. 나비와꽃 님의 여자친구는 말수가 적은 님에게 열등감을 느낄지도 모릅니다. 사람들의 명랑하고 쾌활한 태도가 실은 마음의 고통을 감추기 위한 방어기제일 수도 있답니다. 그런 사람들은 쉽게 떠벌이지 않는 사람을 부러워합니다.

착잡 님의 남자친구에게도 역시 말 못할 열등감과 결핍감이 있을 수 있구요. 조금 더 상상력을 발휘해보자면, 착잡 님의 남자친구는 님과 함께 있을 때만 비로소 열등감에서 벗어나 마음이 편해질 수도 있고, 혹은 자신의 열등감을 감추기 위해 더욱 이성적이고 논리적이려고 노력하는 것일 수도 있습니다.

이해를 돕기 위해서 예를 들어볼게요. 어떤 모임이 하나 있습니다. 그 모임에는 유독 조용한 사람과 유난히 쾌활하게 말을 많이 하는 사람이 있습니다. 사람들의 시선은 대부분 쾌활한 사람에게 가 있습니다. 조용한 사람은 늘 이렇게 생각합니다.

'저렇게 말을 잘하다니, 자신감이 대단할 거야. 사람들이 다 저 친구만 좋아하는 거 같아. 그러니 저 사람은 얼마나 좋을까.'

그런데 쾌활한 사람은 조용한 사람이 자꾸 마음에 걸립니다. '저 친구는 어쩌면 저렇게 늘 차분할까? 정신없이 떠드는 나를 보면서 너무 부담스럽다고 생각하는 건 아닐까? 내가 한심해 보이지는 않을까? 내가 불안해하는 걸 눈치챈 건 아닐까? 나는 왜 저 조용한 친구를 의식하면 더 불안해져서 떠들게 되는 걸까? 저 친구처럼 저렇게 침착하다면 실수도 많지 않을 텐데……' 하는 고민을 하게 됩니다. 그런 양자의 감정이 풀리지 않고 오래 가는 경우는 적개심이 발동할지도 모르겠습니다. 서로를 신경 쓰이게 하는 부분이 마음에 들지 않아서 결국엔 상대에게 분노를 느끼게 될 수도 있으니까요.

다시 형제 이야기로 돌아가자면 둘째는 맏이의 고통을 모릅니다. 맏이는 사랑을 독차지하고 모든 권리를 독점한다고 생각하니까요. 맏이 역시 둘째의 마음은 몰라주고 그를 부러워만 합니다. 동생은 자신의 그늘에 숨어서 언제나 안전하고 편안할 거라고 생각하거든요.

나비와꽃 님, 그리고 착잡 님, '나는 열등하고 부족한 존재' 라는 절대적인 고독과 자기연민에 파묻혀서 혹시 사랑하는 사람의 아픔을 이제까지 외면하진 않으셨는지 묻고 싶습니다. 당신들은 나보다 나은 존재니까 무조건 내 아픔을 이해해야 한다는 생각이 무의식중에 작용하지는 않았는지도 묻고 싶군요. 그들에게도 분명 인생의 괴로움이 있을 것이고 그래서 두 분의 능동적인 관심과 도움이 필요할 텐데 말입니다. 만약 상대가 두 분의 생각을 알았다면 많이 서운해할지도 모르겠네요.

괴롭더라도 풍요롭고 부족함이 없어 보이는 그들의 내면으로 한번 들어가보세요. 그들이 두 분의 도움을 간절하게 필요로 하고 있을지도 모릅니다. 그 점을 충분히 이해하고 연민을 느끼게 된다면 아마 두 분의 열등감도 많은 부분 해소될 것입니다.

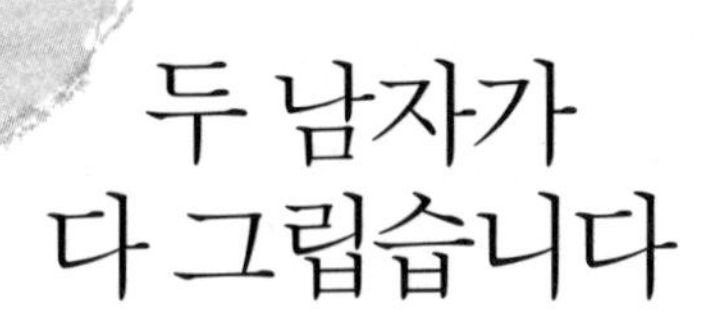

두 남자가 다 그립습니다

사강의 책 《브람스를 좋아하세요》에는 삼각관계가 등장합니다. 주인공 뽈르는 무심한 애인 로제를 사랑(한다고 생각)하지만 성실하지 않은 그의 태도에 지쳐갑니다. 이런 뽈르에게 정열적인 청년 씨몽이 다가옵니다. 아니, 다가온다기보다는 달려온다고 표현하는 것이 낫겠네요. 씨몽은 뽈르에게 '사랑받는다는 것'의 의미를 알려주고, 뽈르 스스로의 가치를 소중히 여겨줍니다.

뽈르는 로제를 떠나 씨몽과 새로운 관계를 시작하고 씨몽을 사랑하지만, 결국 로제가 돌아오자 씨몽을 떠나보내고 로제에게 갑니다. 마지막 장면에서 뽈르는 예전과 다름없이 불성실한 로제의 태도를 깨닫게 되죠. 뽈르가 사랑하는 것은 누구일까요?

제가 지금 뽈르와 꼭 같은 상황입니다. 3년 만난 남자친구(좋은 남자는 아닙니다)와 잠시 헤어져 있는 동안, 저를 너무나도 사랑해주는 새로운 남자친구를 만났습니다. 저에게 사랑받는다는 것은 스스로를 인정할 수 있게 해주는 힘이었습니다. 그와 너무 행복했지만 예전 남자친구가 돌아오니 저도 어쩔 수 없이 흔들리네요.

그런데 문제는 제가 누구를 사랑하는지 모르겠다는 겁니다. 누구와 있을 때도 나름대로 행복합니다. 그런데 예전 남자친구와 있을 때는 새로운 남자친구 생각이 나고, 새로운 남자친구와 있을 때는 예전 남자친구 생각이 납니다. 혼자 있을 때도 두 사람이 모두 그립고 애틋합니다. 이럴 수가 있나요?

저는 두 사람을 동시에 '사랑' 하는 것은 불가능한 일이라고 생각해왔습니다. 이런 경우, 한 사람에 대한 제 마음은 사랑이 아니거나 혹은 두 마음 다 사랑이 아니겠지요. 지금은 두 사람 모두에게, 그리고 저 스스로에게 너무 상처를 주고 있어서 어떻게든 빨리 정리해야 한다는 생각이 듭니다. 그런데 제가 누굴 사랑하는 것인지 정말이지 모르겠습니다.

제 마음을 어떻게 알 수 있을까요? 하루에도 몇 번씩 막막함에 가슴이 먹먹합니다. **뽈르**

지구상에는
다양한 사랑이 존재합니다

오로지 한 사람만을 사랑할 수 있다는 생각은 뻘르 님의 희망사항인가 봅니다. 사람들은 자신을 혹독한 시험에 들도록 부추기는 경향이 있습니다. 꼭 한 사람만을 사랑하는 것이 진정한 사랑이라고 전제한 뒤 자기 내면의 욕망과 본능을 통제하고 죄의식을 부여합니다.

인간은 도저히 종잡을 수 없는 자신들의 본능을 늘 불안해했습니다. 그래서 어떤 식으로든 그 실체를 파악하고자 여러 가지 노력을 했습니다. 인간 무의식 속의 성본능에 대해 심층적인 연구를 해왔고, 지구상의 모든 생물의 짝짓기에 대해 연구했고, 과거부터 지금까지 그리고 현재 존재하는 지구 곳곳의 혼인 풍습을 탐색하고 탐구했습니다. 그러나 결론은 한 가지가 아니었습니다.

그래서 인간은 수적으로 많은 것, 통계적으로 높은 수치를 나타내는 것을 자연스러운 것이라 여기고, 자연스러운 것을 도덕의 기준으로 삼기도 합니다. 동물은 대부분 수놈과 암놈이 일대일로 짝을 짓는다든지, 가르치지 않아도 모성애를 가지고 있다는 점을 예로 들면서 인간도 같은 모습을 보이는 것이 자연스럽고도 옳은 일이라고 주장합니다.

그런가 하면 반대로 자연스러운 것을 짐승과 같은 짓이라고 비난하면서 경멸하기도 합니다. 우리 사회가 성적으로 점점 더 자유로워지는 것에 대해, 위계질서가 무너지는 것에 대해 개탄할 때 주로 인용됩니다.

그러고 보면 우리가 자주 거론하는 '자연스러움의 논리'란 것이 얼마나 아전인수의 해석인지요. 게다가 지금 우리 인간들이 추구하는 생활방식도 점점 더 자연스러운 것과는 멀어지고 있으니 자연스러운 것이 도덕적이라고 할 수도 없는 상황입니다.

잘 아시겠지만 원시시대에는, 여러 명의 남성과 여러 명의 여성이 동시에 혼인관계를 맺는 집단혼 제도도 있었고, 그 밖에도 유사 이래 일부다처나 일처다부의 결혼제도와 집단연애 등 다양한 사랑의 형태가 존재했습니다. 현실적인 제약이나 사회적인 비난이 없었다면 아마 인간은 훨씬 더 다양한 연애관계를 만들면서 살았을 것입니다.

사랑을 공유하려다가는 결국 불행해질 것이라는 사람들의 생각도 사실은 대부분 추측일 뿐입니다. 두 사람과의 사랑을 유지하려던 '욕심 많은' 주인공이 결국 파국에 이르는 처벌을 받는 영화나 소설에 우리는 아주 익숙하지요. 물론 현실에서도 정말 그런지는 아무도 모르는 일입니다.

중요한 것은 제도와 관습은 사회를 통제하고 관리하기 위한 도구일 뿐이며, 집단의 편의에 따라 끊임없이 변화해왔다는 것입니다. 인간이 태어날 때 자기가 살아갈 사회의 제도와 관습을 내면에 프로그램화하고 태어나는 것은 아니지 않습니까? 그러니 어떤 사람의 욕망과 본능이 그 사회에 맞지 않는다고 해서 '잘못된 것'이라고 비난할 수는 없다는 말입니다. 즉 사회질서 유지를 목적으로 한 법의 제재를 받을 수는 있겠지만 자기 본능과 욕망에 대한 죄의식 때문에 고통 받을 일은 아닙니다.

죄의식은 사실 인간집단을 통제하는 데 아주 좋은 도구입니다. 국가

와 종교를 비롯해 크고 작은 인간 조직은 나름의 윤리와 도덕을 만들어 인간들에게 끊임없이 죄의식을 심어줍니다. 성에 대해, 인간관계에 대해, 애국심에 대해, 신에 대한 믿음에 대해 그리고 효에 대해 다양한 권장사항을 내놓고 사람들이 그에 맞추지 못하면 비도덕적이고 비인간적이라고 비난합니다. 처음엔 행동만 처벌했지만 나중엔 생각조차 통제하고 비난하게 됐습니다. 그래서 자신을 믿을 수 없게 된 인간들은 국가가 만든 법에 의지하고, 종교에 기대어 참회합니다.

뽈르 님, '내가 왜 이렇지?' 하는 식으로 자신을 책망하지 마세요. 죄의식이 아마도 뽈르 님을 그 어떤 관계에도 몰입하지 못하도록 방해하는 것 같습니다. 그러니 혼란스러운 생각으로 많은 시간을 보내지 마시고, 두 남자를 사랑하는 자신을 그냥 인정해주세요. 충분히 그럴 수 있습니다. 어떤 특별한 욕망이라도 일단 그것이 느껴졌다면 인정해야겠지만 뽈르 님의 경우는 사실 그리 특별할 것도 없습니다. 많은 사람들이 뽈르 님과 같은 체험을 했을 테지만 사회가 그런 생각 자체를 용납하지 않기 때문에 그저 침묵하고 있을 뿐이지요.

내면의 욕망을 인정하고 나면 뽈르 님이 왜 두 사람 모두를 좋아하는지 바라볼 수 있는 여유가 생기실 겁니다. 두 남자친구의 유형이 각각 어떻게 다른지, 왜 절대적인 사랑을 주는 사람만으로는 부족한지, 다시 찾아온 남자친구에게 애착을 느끼는 뽈르 님 내면의 모습이 무엇인지 바라보세요. 아마도 내면에 해결해야 할 무엇, 또는 갈증을 느끼는 어떤 것이 존재할지도 모르겠습니다. 있다면 그것은 무엇일까요? 어쩌면 그 어떤 남자와의 관계에도 빠지지 않기 위해서 두 남자 모두를 사랑하는 방식을 선택하셨을 수도 있습니다.

어쨌든 '나는 그럴 수 있다' 는 사실을 인정하고 나면 그 뒤엔 사회적인 관습에 따를 것인가, 말 것인가를 결정하는 일이 남습니다. 사회가 비난할 일을 포기할 것인가, 아니면 내 욕망에 충실할 것인가 하는 결정이지요. 만약 두 남자친구와의 관계를 지속하겠다고 결정하신다면 상대방에게 그 사실을 비밀로 할 것인가 공개할 것인가의 문제도 남습니다.

물론 어느 쪽이든 매우 결정하기 어려우실 겁니다. 그 결정을 실천하기는 더더욱 어려울 것이고요. 그러나 어떤 방식으로든 결정은 하게 되어 있습니다. 그 어떤 결정의 과정에서도 자신을 비난하지 마시고 그로부터 삶의 지혜를 얻으시기를 기대합니다.

의존적인 여자친구, 매력적이지만 부담스럽습니다

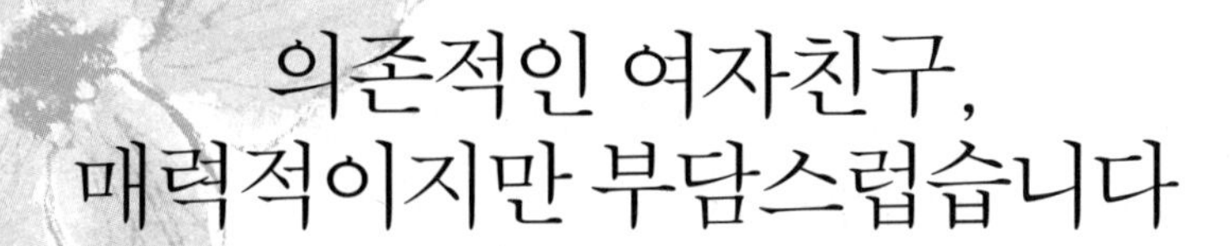

지난 겨울에 친구 소개로 만난 한 여자가 있습니다. 첫눈에 맘에 들더군요. 그 여자친구와 함께 지난 겨울을 정말 즐겁게 보냈습니다. 즐거움이 클수록 여자친구에 대한 마음이 계속 커져만 갔습니다.

여자친구는 무척이나 약한 친구입니다. 곁에서 보기에 '저래서 앞으로 사회생활 어떻게 해나갈까' 하는 생각이 들 정도로 여린 친구입니다. 뭔가 '스스로', '독립적'으로 하는 능력도 약하구요. 그래서 도와주고 싶었습니다. 여자친구의 부족한 부분을 채워주고 싶었습니다. 그리고 제가 그렇게 노력할수록 여자친구는 저에게 점점 더 의지했어요. 참 기분 좋더군요. 누군가가 저를 믿고 의지해준다는 사실이.

그런데 점점 만나기 힘들어지더라구요. 여자친구도 저도 대학교 4학년인데 개강을 하면서 무척 바쁘게 하루하루를 보냈습니다. 저는 가정 형편상 반드시 취업을 해야 했고, 아르바이트도 하고 있어서 더더욱 바빴습니다.

그래서 침이 마르도록 여자친구를 달래고 설득했습니다. 자주 못 만나더라도 졸업할 때까지만 참아달라고. 이제 몇 달 안 남았으니.

하지만 여자친구는 이해를 못하더군요. 왜 옆에 못 있어주냐고 항상 투정이고 불만이었습니다. 그러다 보니 점점 더 자주 싸우게 되구요.

물론 저랑 함께 있고 싶어하는 여자친구가 무척이나 애틋하게 느껴지고 고맙기도 했습니다. 더구나 이 친구가 얼마나 여린지 잘 알기에 안쓰럽게 느껴지기도 했구요. 하지만 저에겐 가정형편 때문에라도 꼭 해야 할 일이 있는데 그걸 이해 못해주는 여자친구가 참 야속하기도 합니다.

그렇게 하루가 멀다 하고 다툰 끝에 결국 안 되겠다 싶었는지 어젯밤에 여자친구가 이별을 통보하더군요. 동의해줬습니다. 근데 정말 잘한 결정인지 모르겠습니다. 바쁘다는 핑계로 사랑하는 여자와 헤어지는 것이 옳은 선택인지 모르겠습니다. 준범

님의 내면에 보살핌이 필요한 여성성이 있습니다

"사랑하게 된 바로 그 점 때문에 헤어지게 된다"고 많은 사람들은 말합니다. 아버지처럼 부성애가 강해서 좋았는데 일거수일투족 간섭하고 통제하려고 들어서 견딜 수 없게 됐다든지, 매사에 순종적이고 착해서 좋았는데 뭐 하나 독립적이고 추진력 있게 진행하지 못해서 답답하다든지 하는 식으로 말입니다.

준범 님은 상대가 여리고, 독립적이지 않아서 사랑스러우셨군요. 그녀의 빈구석을 채워주는 일이 꽤 행복하셨나 봅니다. 그녀에 대한 설명에서 부성애적 애틋함이 진하게 묻어납니다. 문제가 바로 그 지점에서 시작됐네요. 많은 시간을 함께할 때는 행복했는데 준범 님이 바빠지자 여자친구가 불평을 하기 시작한 겁니다. 왜 과거처럼 절대적으로 자신을 지지해주지 않느냐고 말입니다. 아마 여자친구도 준범 님을 아버지처럼 의지했나 봅니다.

여자친구의 입장에서 보자면 이렇습니다. 차라리 준범 님이 바쁜 사람이었다면 그럭저럭 견딜 수 있었을 텐데 기껏 의존적이게끔 길들여놓고 혼자 지내라 하니 답답하기도 하고, 또 그런 식으로 남자친구를 기다리는 자신의 모습에 자존심 상하기도 했을 것입니다. 무슨 일이 있어도 지켜줄 것 같던 사람이 단지 바쁘다는 이유로 만남을 미루니 '사랑이 식었나' 하는 걱정도 되겠지요.

그래요. 사랑을 선택하는 기준이 단지 취향의 문제이기만 한다면 무엇이 문제겠습니까. 자신의 이상형을 현실이라는 배경 속에서 바라보면 예상과 전혀 다른 결과가 만들어지기 때문에 문제가 되는 것입니다. 인테리어와 비교하면 될까요? 현재 살고 있는 집의 구조며 색, 분위기 등을 고려하지 않고 마음에 드는 가구를 샀는데, 막상 갖다놓고 보니 어울리지가 않는 것입니다. 어울리지 않는 그 가구를 보자니 애초에 가졌던 좋은 감정이 싹 사라지면서 갑자기 고물이 되어버린 느낌 때문에 당황스러워지는 경우는 꽤 많이 있습니다. 그러니 젊은 시절, 자기가 간절하게 바라던 이상형을 만났다고 너무 기뻐할 일만은 아닌 듯합니다. 현실에 대해 잘 알지 못하는, 아직 젊고 미숙한 우리는 함부로 '행복'을 장담할 수가 없는 것이지요.

준범 님, 남성이든 여성이든 인간이라면 누구나 기본적인 자율성과 독립성을 가지고 있어야 현실을 살아갈 수 있답니다. 여리고 의존적인 여성이 아무리 매력적이라고 할지라도 평생을 전적으로 남편에게 의지하며 살 수는 없습니다. 남편에겐 자신의 일이 있을 것이고, 나이가 들수록 직장에서 더 바빠질 것이며, 자신만의 여가활동이나 인간관계도 갖게 될 테니까요. 그렇게 남편이 바쁜 그 시간, 의존적이도록 길들여진 여자들은 도대체 어떻게 살아야 할까요? 한국처럼 남자들이 바쁜 사회에서는 더구나 여자 혼자서 처리해야 할 일이 많이 있습니다. 여성들에겐 불행한 일이지만 혼자서 육아나 가정 관리의 많은 부분을 결정하고 해결해야 할지도 모르겠습니다.

그리고 무엇보다 중요한 것은 남성이든 여성이든 배우자 없이도 행복할 수 있도록 자기 생활의 완결성을 가지고 있어야 한다는 점입니다. 당신의 아내가 남편만이 유일한 대화 상대이고, 남편이 집에 돌아와야 행복을 느껴서 남편이 없는 시간 내내 당신을 기다리는 일로만 보낸다고 생각해보세요. 남편이 직장 일로 정신이 없을 때도, 남편이 파김치가 되어 직장에서 돌아왔을 때도 아내는 남편을 찾고 그리워하며, 그가 자신을 위해 뭔가 해주기만 기다린다면 관계는 점점 더 짜증스러워질 것입니다. 한 마디로 준범 님이 아무리 보호자로서의 역할을 즐기더라도 그녀의 아버지가 되어줄 수는 없습니다. 여자친구도 그런 사실을 알아야겠지만 무엇보다 준범 님 자신이 관계의 현실을 깨달을 필요가 있습니다. "너를 사랑하므로 하늘의 별도 달도 모두 따다 주겠다"는 남성들의 습관적인 과장법을 여성들은 곧이곧대로 믿어버리기 때문입니다.

더구나 준범 님의 경우는 밖에서도 할 일이 많은 유형입니다. 상대에게 많은 일을 해주어야 존재의 기쁨을 누리는 분들은, 필요로 하는 사람도 참 많답니다. 여자친구처럼 의존적인 사람들이 안팎에서 준범 님을 애타게 부를지도 모르겠습니다.

시간은 한정되어 있고, 사람들의 기대에 부응하기 위해 해야 할 일이 많다면 여자친구는 점점 더 준범 님에 대해 욕구불만을 느끼게 될 것입니다. 준범 님은 준범 님대로 여자친구의 몰이해 때문에 마음이 상할 것입니다.

그러니 우리는 상대의 어떤 점이 유독 사랑스럽게 느껴질 때, 그것이 바로 이별의 조건이 될 수도 있다는 사실을 미리 예감해야 합니다. 그럴 수 있다면 문제와 갈등을 미연에 방지할 수 있지 않을까요? 예를 들어 여자친구의 의존적인 측면을 지나치게 강화시키지 않도록 조심하는 것입니다. '내 남자친구는 나의 요구라면 무엇이든 들어주고, 나를 지지해준다' 는 환상을 심어주지 않도록 준범 님이 노력하셔야 합니다.

반대로 강하고 씩씩한 여자들에게 매력을 느끼는 남성의 경우는, 상대가 지나치게 자신을 압도하거나 통제하지 않도록 처음부터 어느 정도의 경계선을 긋고, 상대에게 양해를 구해야 합니다. 좀 참으면 나아지겠지, 라고 생각하면서 그냥 묵인하게 되면 상대는 한없이 남자친구를 마음대로 제압하려고 할 테니까요. 약한 여자처럼 약한 남자가 되어 강한 여성에게 한없이 의존하려고 할지도 모르는 일이구요.

그리고 무엇보다 준범 님 자신을 성찰하는 일이 중요합니다. 그러지 않는다면 지금의 여자친구와 헤어진 후에도 연인과의 딜레마를 계속 경험하시게 될 것입니다. 마음이 끌리는 상대는 여리고 의존적인 여성일 텐데, 그렇다면 지금의 문제가 반복되겠지요.

준범 님, 님의 내면에 지금의 여자친구와 같이 누군가에게 의지하고 싶은 욕구를 가진 여성성이 존재하지는 않는지 살펴보실 일입니다. 보통 독립적이거나 강한 남자들은 자신이 남자다워야 한다고 생각하기 때문에 내면에 존재하는 의존적인 욕구를 강하게 억압합니다. 그리고 자기 안에 억압된 여리고 약한 측면을, 나약하고 의존적인 여자친구를 사귀는 것으로 드러내는 것입니다. 자기가 타인에게 받고 싶은 사랑을, 여자친구에게 줌으로써 대리만족을 느끼게 되는 것이지요.

준범 님, 이제는 약하고 의존적인 내면의 또 다른 모습을 자연스럽게

드러내세요. 누군가를 보살피고 싶은 욕구와 보살핌 받고 싶은 욕구를 고루 드러내시지 않는다면 준범 님은 계속해서 의존적인 여성에게 끌리고, 그런 여자친구를 만날 수밖에 없답니다. 현실 속의 여자친구를 보살피느라 정작 약하고 의존적인 준범 님의 내면을 계속 외면하시게 될지도 모릅니다.

여자친구가 너무 무뚝뚝해요

지금의 여자친구와 작년부터 사귀기 시작해서 이제 어느덧 반 년이 다 되어가요. 반 년 전, 그녀가 고백을 했을 땐 망설였지만 차츰차츰 그녀에게서만 느껴지는 따뜻한 마음에 지금까지 이어지게 됐습니다. 하지만 그녀에게 여러 가지 이해할 수 없는 부분이 있는 것 같아요.

그녀가 너무 무뚝뚝할 때가 있다는 겁니다. 사랑을 전해놓고 표현을 하지 않는 그녀의 태도가 몹시 불편하고 이해가 안 됩니다. 연애 초기엔 그녀가 절 싫증 내서 그런 거라고 생각하고 헤어질 생각을 했어요. 하지만 그녀는 그게 아니라고 합니다. 오히려 저를 사랑한답니다. 정말 이해가 안 되어 다툰 적도 몇 번 있었어요.

저는 사랑한다면 적어도 서로 그 마음을 상대방이 느낄 정도로 주고받아야 한다고 생각하는데, 사랑한다 하면서 그 사랑을 느끼게 해주지 않

네요(그녀는 사랑한다는 간단한 말도 잘 안 하는 편이에요). 제가 철이 없어서 이러는 건지도 모르겠지만 그녀는 좀 심한 것 같아요.

한 번 크게 다투어서라도 그 문제에 대해 얘기해보려고 했지만 제가 내성적이라 그렇게 하기 힘듭니다. 저도 그녀도 지금 정말 힘드네요. 서로 행복할 수 있는 방법을 빨리 찾고 싶습니다. 가을

상대방 중심으로 생각을 열어보세요

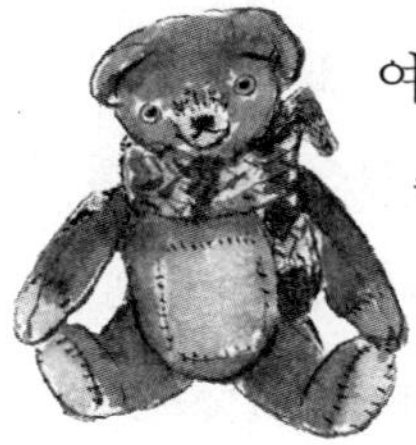

여자친구가 사랑의 표현에 인색한 분이시네요. 여자친구 쪽에서 먼저 사랑을 고백해놓고 그 뒤로 침묵만 지키니 가을 님의 속이 많이 타시나 봅니다. 만약 제가 가을 님의 입장이라면 이런 생각이 들겠네요.

'이게 뭐야. 사랑이 식은 거야? 아니면 날 놀리는 거야? 사랑한다고 고백해서 나도 그녀를 받아들이려고 무진장 노력했는데, 그 뒤로 뚱하게 입을 다물고 있다니, 내 노력이 억울하다, 억울해.'

입장을 바꿔 이번에는 제가 여자친구가 되어볼까요? 그녀라면 이런 생각을 하면서 끙끙 앓고 있을지도 모른다는 추측을 해보게 됩니다.

'내가 자존심을 접고 고백까지 했으면 그 다음엔 그가 나에게 애정 표현을 해야 하는 거 아냐? 왜 자꾸 나에게만 부담을 주지? 이렇게 계속 나

만 노력해야 하는 거야? 그는 나를 사랑하지 않나 봐. 아, 자존심 상해.'

제가 상상해본 두 분의 입장입니다. 가끔 상대방의 입장이 되어보는 것은 인간관계를 발전시키는 데 참 도움이 됩니다. 물론 추측과 오해로 관계가 악화될 수도 있으니 혼자서 너무 오래 상대방의 생각을 상상하지는 마시구요.

가을 님의 글을 읽으면서 저는 궁금한 점이 생겼습니다. 여자친구가 무뚝뚝해서 많이 고민하신 듯한데, 정작 그녀가 왜 그렇게 사랑의 표현에 인색한지 그 이유를 쓰지 않으셨네요. 혹시 여자친구의 입장에서 생각해 보시거나 그녀에게 직접 물어보신 적 있나요? 왜 그런지 말입니다. 그러니까 "왜 표현에 인색하냐?"고 타박하는 것 말고, 진짜 그녀에 대해 알고 싶어서 물어보신 경우 말입니다.

가을 님의 글만 가지고는 그녀의 성격도 모르겠고, 애정 표현에 인색한 이유는 더더욱 모르겠다는 생각뿐입니다. 성격은 활달한데 사랑 표현만 못하는 건지, 정말 가을 님에 대해 화가 나 있는 건지 아니면 전반적으로 내성적인데다 뚱한 표정의 소유자인 건지 모르겠습니다. 무뚝뚝할 때가 있다고 하셨는데 얼마나 자주 그러는지, 다른 사람들에게도 그런지, 가을 님을 만나기 전에도 그랬는지, 정도가 심하다고 그러셨는데 어느 정도인지요.

감정 표현을 잘 하지 못하는 사람들 중에는 어색하거나 쑥스러우면 더욱 무뚝뚝해지는 경우가 많이 있습니다. 혹은 긴장하거나 생각이 복잡해지면(예를 들어 자신이 한심하게 느껴질 때, 상대의 시선이 의식될 때, 뭔가 말하고 싶은데 참고 있을 때) 그럴 수도 있구요. 그리고 무엇보다 그런 사람

들은 상대가 자신에 대해 불만을 품고 있거나 자신을 비난한다는 느낌이 들면 이내 얼굴 표정이 굳어버립니다. 가을 님이 내성적이라서 불만을 참고 계시는 듯한데 그럴 때 상대는 더 불편해할 수도 있습니다.

자, 가을 님의 여자친구는 어느 쪽입니까? 당신은 그녀에 대해 무엇을 알고 계시나요? 저는 가을 님이 그녀와 그런 점에 대해 얘기를 나눠야 하고, 그래서 결국 그녀를 이해하게 되어야 한다고 생각합니다. 가을 님의 성격이 내성적이라고 말씀하셨지만 그래도 어쩌겠습니까? 의사소통하지 않고는 이해할 수 없으며, 이해하지 못한다면 사랑한다고 말할 수 없는 일이 아닐까요?

상담을 해보면 남성들은 자신과 관계를 맺고 있는 상대의 입장을 잘 고려하지 않습니다. 그들은 객관적인 상황 설명은 잘 합니다. 만약 자신을 힘들게 하는 여자친구나 아내가 있다면 흥미진진할 정도로 그 과정을 묘사하는 경우도 있습니다. 그동안 어떤 사건들이 있었는지, 그녀가 자신에게 얼마나 황당한 행동을 했는지, 지금 관계가 어떤 상태인지에 대한 것들입니다.

그런데 정작 당신의 여자친구가, 그리고 아내가 왜 그런 행동을 했을까요, 하고 물으면 잘 대답하지 못합니다. 그녀가 왜 분노하는지, 왜 침묵하는지, 왜 이별을 통보했는지 깊이 상상해보지도, 또 그녀에게 물어보지도 못했구요.

반면에 여성들은 지나치게 상대의 입장을 고려하고 배려해서 문제가 됩니다. 자신의 생각과 자기 기준이 없이 상대의 생각과 입장에 몰입돼 노심초사하게 되는 것입니다.

물론 여자친구를 무조건 받아들이라는 말씀은 아닙니다. 적어도 사랑의 감정에는 이해와 공감이 포함되어 있어야 한다는 것입니다. 그리고 이해와 공감은 어느날 갑자기 울컥 밀려오는 것이 아니라 아주 구체적인 노력을 필요로 합니다. 어색함이나 자존심 같은 걸 넘어서 대화하려는 노력 말입니다. 그런데 왠지 님의 글에서는 일종의 원망 같은 것이 느껴집니다. '자기가 먼저 사랑한다고 말해서 시작된 관계인데 왜 내가 원하는 대로 해주지 않는 거야?' 같은 것이지요.

상대를 이해해보겠다고 마음먹을 때는 자기 중심에서 벗어나 전적으로 상대방 중심으로 생각을 열어보세요. 그러면 의외로 많은 오해들이 풀리게 됩니다. 대화를 하다 보면 그녀의 굳은 표정이 그녀 자신이나 어린 시절의 문제에서 비롯됐다는 걸 알게 될 수도 있고 또 가을 님의 평가와 판단이 상당히 주관적이었다고 깨달으실 수도 있습니다.

그녀가 문제라기보다는 가을 님이 자신의 내면을 성찰해야 하는 문제일 수도 있습니다. 감정을 잘 표현하지 않는(혹은 못하는) 사람, 굳은 표정의 소유자에 대해 가을 님이 유독 분노나 두려움을 느끼시는 분인지도 모르겠습니다. 사랑의 감정은 상당히 주관적이어서 어떤 사람들에게는 그런 무뚝뚝함이 매력적으로 느껴질 수도 있답니다. 또 지금은 내성적이지만 다정다감한 표현이 필요한 분은 가을 님 자신일 수도 있습니다. 인간은 보통 자신이 하고 싶은 것을 타인에게 요구하는 경향이 있으니까요.

그러니 그녀와 가을 님 자신을 충분히 이해할 기회를 가지세요. 그 과정에서 자신의 내면도 들여다보시구요.

대화는 그녀의 입장을 충분히 헤아려 하시되 그녀와의 만남을 계속할

것인지 아닌지는 어디까지나 가을 님의 입장에서 결정하셔야 합니다. 그녀를 이해하고 나니 불편한 감정은 사라졌지만 오히려 그녀가 가을 님과 잘 맞지 않는 여성이었다는 사실을 분명하게 느끼실 수도 있습니다.

같은 이별이라 하더라도 상대에 대해 충분히 이해하고 헤어졌을 때와 그렇지 못했을 때는 판이한 결과가 초래됩니다. 충분히 이해하셨다면 같은 실수를 반복하거나 계속 미련을 갖는 일은 없을 것이고, 자신과 잘 맞는 여성을 알아보는 일이 좀더 쉬워지실 테니까요.

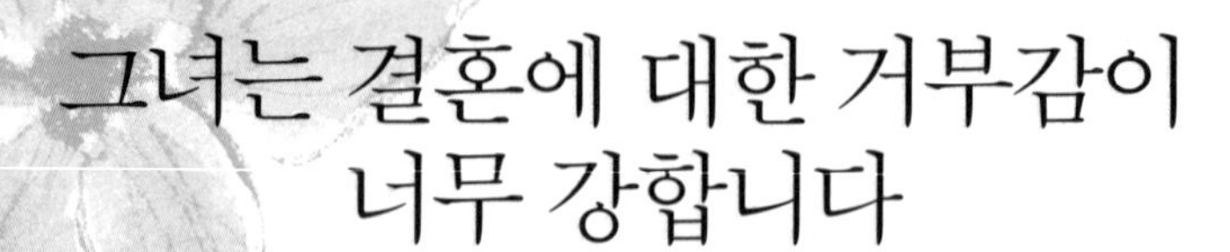

그녀는 결혼에 대한 거부감이 너무 강합니다

대학원에 가서 좋아하게 된 여자친구가 있습니다. 그런데 우리는 보통의 남자친구, 여자친구처럼 만나고 좋아하면서도 공식적으로는 여전히 친한 선후배 관계라는 틀을 벗어나지 못하고 있습니다.

시간이 지나면 자연스레 관계가 좋아질 거라는 믿음은 그녀의 태도로 인해서 깨져버렸습니다. 우선 그녀는 대학원에서 우리의 애기가 떠벌려질까봐 신경 쓰는 것 같습니다. 또 취업 같은 것에 신경을 더 많이 쓰고 불안해하는 것도 한 가지 이유입니다. 그런 현실적인 걱정으로 인해서 저와의 관계에 대해서는 아예 생각하지도 않는다는 군요.

그녀가 남자나 결혼에 대한 생각이 부정적인 이유는 예전에 만났던 스토커와 그녀의 아버지 때문인 것 같습니다. 그 스토커는 그녀가 화장실에 가서 조금 늦게 나오면 전화해서 닦달하고, 그녀 몰래 휴대전화로 위

치 추적도 하고 그랬답니다. 또 그녀는 아버지에 대해서, 아직 인간이 덜 되었다느니 하면서 유독 적대감을 보입니다.

제가 그녀를 자꾸 설득하려 할수록 그녀는 오히려 저를 더 냉담하게 대하고 일부러 연락도 자주 안 하고 그러는 것 같습니다. 자신이 잘못했다고 생각하는 것 이외에는 전혀 생각을 바꿀 마음이 없다면서, 자신의 생각에는 잘못이 없다고 합니다. 그러나 저는, 예전엔 그렇지 않았던 그녀가 갈수록 이상하게 변하는 것 같아서 마음이 아픕니다. 또 이런 상태가 마음이 편하다는 것도 이해가 안 되구요. 너무 제 마음만 강요하는 것일까요?

어떻게 하면 그녀의 머릿속에 가득 담겨 있는 남자와 결혼에 대한 거부감이 사라지게 할 수 있을까요? 팽팽해져 있는 기타줄을 자꾸 더 조이지 말고, 자기를 그냥 좀 놔두라는 그녀의 말대로 그냥 놔두면 될까요? 현 상황도 답답하고, 그녀와의 관계가 흐트러질까봐 답답하고 그렇습니다. **열병**

사랑은 설득할 수 없습니다

본격적이고 공식적인 연인관계가 되기를 꺼리는 여자친구와 사귀고 계시는군요. 그녀의 얘기를 소상히 열거하신 것으로 보아 그 문제에 대해 피차 대화도 많이 하신 듯합니다. 사랑하는 상대가 그렇게 애매한 태도를 보이는 것만큼 답답한 일이 어디 있을까요?

열병 님의 속 타는 마음이야 충분히 이해가 되고도 남지만 그럼에도 쓰디쓴 충고를 해야 할 것 같습니다. 이제 연인을 다그치는 일을 그만두시라고요. 제삼자의 입장에서 보건대 여자친구는 열병 님의 방식으로는 절대 마음을 돌리지 않을 것입니다. 아니, 점점 더 열병 님에게 방어적인 태도를 취하게 될 것입니다. 열병 님의 설득에 대한 변명거리를 더 많이 준비하게 될 거고, 나중엔 님을 부담스러워하게 될 수도 있겠네요.

그렇다면 열병 님은 어떠실까요? 그런 상황이 오래갈수록 열병 님은 여자친구에게 점점 더 화가 날지도 모르겠습니다. 내 진실한 마음을 몰라주는 여자친구에 대해서 답답해하시다가 어느 순간 울화통을 터뜨리는 건 아닐까요? 어떤 일이 내 마음 같이 이루어지지 않을 때, 사랑하는 상대가 내 말을 받아들이지 않을 때 우리는 분노를 느끼지요. 내 마음의 독재자가 고개를 쳐들기 때문인 것 같습니다.

어쨌든 분명한 것은, 그럴 때 분노의 원인은 여자친구가 만든 것이 아니라는 사실입니다. 제가 보건대 여자친구는 이미 분명히 자신의 의사를 밝힌 듯합니다. 열병 님에게 연인의 감정을 가지고 있기는 하지만 공식화하는 것은 싫고, 만약 열병 님이 그러고 싶다면 비공식적인 연인관계조차 정리할 의사가 분명한 듯 보입니다. 얘기는 다 정리됐습니다만 열병 님이 그런 여자친구의 생각을 납득할 수 없으셨나 보네요.

이 문제에 대해 얘기를 나누는 동안 열병 님의 여자친구는 남자나 결혼에 대해 거부감을 갖고 있다는 얘기와, 그것이 아버지로부터 비롯됐다

는 얘기까지 한 것 같습니다. 열병 님은 "나는 다른 남자들과 다르고, 너의 아버지와는 더더욱 다르다. 마음속의 편견에서 벗어나라" 고 여자친구에게 말씀하셨을지도 모르겠습니다. 맞는 말씀입니다만 그런 말로도 지금 여자친구의 닫힌 마음은 열리지 않을 것입니다. 왜냐하면 가슴으로 느껴야 할 '사랑' 을 머리로 '설득' 할 수는 없는 것이기 때문입니다.

아버지와 남자 일반에 대한 거부감 또한 '설득' 이나 '가르침' 으로 사라지는 것이 아니라는 사실을 열병 님은 잘 알고 계실 것입니다. 아버지를 극복하는 일은 그녀 자신의 체험으로만, 생생한 체험을 통한 깨달음으로만 결국 가능할 것입니다. 우리가 경험하는 어린 시절의 가족관계는 대부분 몸으로 그리고 가슴으로 경험하는 것들입니다. 어린아이들은 이성적인 능력이 발달하지 않았으니까요. 그래서 성인이 되어 몸과 가슴에 각인된 어린 시절의 기억을 이성적으로 지우려면 아주 오랜 시간이 필요합니다. 몇 년, 아니 평생이 걸릴지도 모릅니다. 그렇다고 해서 가족의 갈등과 상처를 풀어갈 심리학적인 노하우나 논리적인 해법이 없는 것은 아닙니다. 그러나 '가슴으로' 용서하지 못하면 논리적인 해법을 받아들이려 하지 않기 때문에 아무리 대단한 해법이라도 쓸모가 없는 것입니다.

걱정되는 것은 열병 님의 적극적인 태도가 여자친구에게는 자신의 아버지를 연상시킬 수도 있다는 점입니다. 추측이긴 하지만 여자친구의 아버지는 집안 식구를 자기 식으로 몰아붙이는 성격이었던 듯싶습니다. 그녀가 시달렸던 스토커에게도 사실은 비슷한 점이 있습니다. 그도 자신의 생각만 중요시해서 상대를 폭력적으로 대하는 존재니까요. 그러니 열병 님이 자신의 의도와 생각을 여자친구에게 관철시키려고 할수록 여자친구는 과거의 불쾌했던 남자들을 떠올리며 님에게서 멀어질 것입니다.

사랑을 화두로 연구해온 심리학자 A. M. 파인스도 《LOVE, 사랑에 대해 알아야 할 모든 것》에서 과도한 사랑이 죄책감을 만들고, 죄책감이 분노로 바뀔 수 있다고 충고합니다.

"자신이 주는 사랑보다 받는 사랑이 클 경우 죄책감이 들 수 있다. 지나치게 자신을 사랑하는 상대방이 오히려 더 싫어지거나 그에 대한 분노가 생길 수 있다. 지나치게 상대방에게 매달리는 사람들은, 사랑은 강요할 수 없는 것이라는 사실을 명심하기 바란다."

여자친구의 주장에 일일이 반박하려는 태도도 부정적인 결과를 낳을 수 있습니다. '하지만', '그러나', '그렇더라도' 등으로 이어지는 대화는 사적인 관계에서는 피하시는 게 좋습니다. 상대가 거부당한다는 느낌을 갖게 될 테니까요.

게다가 지금 열병 님은 '그녀와의 관계를 본격화' 하고 싶다는 자신의 목적이 있으므로 더더욱 여자친구에게는 호소력이 없습니다. 여자친구의 경우, 열병 님의 말에 수긍하는 순간 님의 모든 요구를 받아들여야 한다는 부담이 있으므로 절대 수긍하려 들지 않을 것입니다.

다시 한 번 말씀드리지만 '사랑' 은, 그리고 사랑하는 관계에서는 '설득' 이 통하지 않습니다. 상대가 설득당한 듯 보여도 그 후유증을 반드시 겪게 됩니다. 진정으로 동의하지 않았기 때문에 마음속에 억울함이 계속 남거든요. 사실 입장을 바꿔보면 열병 님도 여자친구의 변명에 설득당하지 않으셨지요.

만약 열병 님이 그녀가 가진 남성에 대한 분노와 거부감을 극복하도

록 돕고 싶다면 아주 오랫동안 그녀 옆에서 말없이 기다려주셔야 할 것입니다. 그녀의 아버지나 스토커와는 전혀 다른 방식으로 조급해하지 않고, 그녀만의 인격적 경계선을 인정해주면서 말이지요. 물론 그녀에게 심리적인 부채감도 지워주지 말아야 합니다. 그러려면 열병 님도 자기만의 영역을 가지고 자신의 삶을 즐기셔야 하겠지요. 결국은 기다린다는 의식도 없이 기다리는 일이 될 것입니다. 물론 오래 기다려준다고 해서 그녀가 끝내 열병 님에게 돌아오리라고 보장할 수도 없습니다.

열병 님, 그럼에도 그녀를 기다리실 수 있겠습니까? 저는 열병 님에게 그런 사랑을 하시라고 권하고 싶은 사람은 아닙니다. 만약 그렇게 하실 수 없다면 차라리 그녀를 잊고 다른 사랑을 찾아보시라고 말씀드리고 싶습니다.

그땐 설득이 필요 없는 사랑, 가슴의 언어를 가지고 쉽게 통할 수 있는 사랑을 만나시길 기대할 뿐입니다.

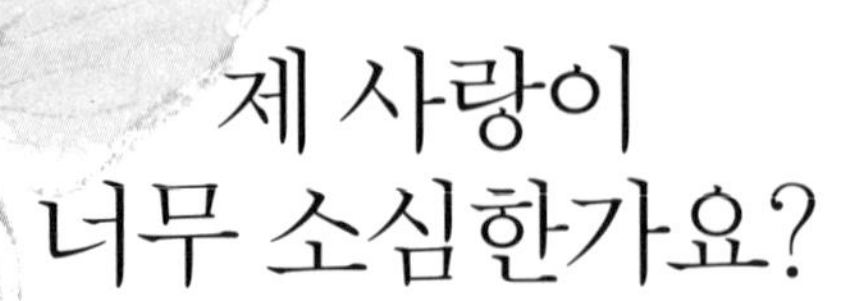

제 사랑이
너무 소심한가요?

저는 몇 번의 사랑에 실패하고 지금 새로운 사람을 만나고 있어요. 정말 똑같은 사람이 없더군요. 사랑 고민, 참 따분하다고 느끼실지 모르겠지만 남녀관계보다 제 자신에 대한 고민을 풀어보고 싶어서 이곳에 글을 써요.

처음에는 밀고 당기는 '사랑 기술'에 대해 어떻게 하면 재밌는 연애를 할 수 있을까를 고민하다 얼마가 지나면 상대를 이해하는 데 한계를 느끼는 저를 발견하곤 해요. 20여 년을 서로 다르게 살아왔으니 이 정도 불편은 참아낼 수 있어야 한다고 생각하다가도 왜 나만 참아야 하는지(꼭 나만 참는 것 같은 착각을 합니다) 답답하고 짜증이 날 때가 많아요.

이럴 때면 남자친구와 직접 이야기를 해서 풀어보자는 생각을 하지만 막상 전화를 걸어서 목소리를 들으면 아무 생각이 들지 않고 멍해지곤 해요. '내가 무슨 말을 해야 하지? 너무 유치한 거 아닐까?'

그래도 용기를 내서 제 속이야기를 하려고 하면 마지막에는 언제나 불편하게 다투다 말곤 해요. 전 '이건 이렇게 말을 해서 꼭 풀어봐야겠다' 고 마음먹고 상대를 만나면 아무 말을 못하나 봐요. '그래, 내가 이해해주자' 하고, 또 그 순간에는 정말 모든 걸 이해할 수 있게 되어버리죠. 막상 집에 돌아와서 혼자 있으면 억울해질 걸 알면서도요. 저 너무 소심한가요?

제가 이런 두 가지 성격 사이에서 왔다갔다하는 건 아닐까 생각해봤어요. 저에겐 사람들을 배려하는 마음도 있고 나쁜 성격도 있다는 걸 인정하게 됐어요. 외향적이고 즐겁게 이야기하는 걸 좋아하다가도 어느 순간 조용히 혼자 있고 싶은 충동을 느껴 주위 사람들을 당황하게 할 때가 종종 있거든요. '그래, 이게 나야' 라고 인정하게 되면서 마음이 편해졌어요.

하지만 좋아하고 사랑하는 사람을 만날 때 난 어떤 모습을 보여줘야 하는 건지, 그 사람도 내면에 복잡한 모습들을 갖고 있을 텐데 내 고민이나 변덕까지 이해할 수 있을지, 또 내게 다른 기회가 있기는 한 건지……. 답이 있을 것 같으면서도 왠지 없을 것 같은 그런 막연한 생각들 때문에 요즘 잠을 못 이룹니다. 좀 유치하죠? 그래도 답글 소심하게 기다려볼래요. **하루**

더 많이 실수하세요, 당신만의 더듬이가 생길 때까지

하루 님은 지금 연애와 사랑을 통해 소중한 경험을 하고 계시군요. 그래요. 님 말씀대로 남녀관계를 통해서 자기 자신을 돌아볼 수 있다면 그것만큼 소중한 경험이 있을까요? 결코 쉽지 않은 일이지만 연애를 하면서 자신의 진면목을 바라보고, 지금 하신 것처럼 마음을 열어 타인의 조언에 귀 기울인다면 분명 하루 님은 자신이 꿈꾸던 연애를 곧 하시게 될 것입니다.

그러기 위해서 님의 질문 첫 번째 문장부터 문제 삼으려고 합니다. 님은 과거에 '몇 번의 사랑에 실패했다' 고 말씀하십니다. 또다시 사랑에 '실패' 하게 될까 걱정하는 마음이 글 곳곳에 묻어납니다. 그래서 자신에게 어떤 문제가 있는 건지, 상대에게는 어떤 모습을 보여줘야 하는 건지 걱정하고 있습니다.

그러나 도대체 '사랑의 실패' 가 무엇입니까? 실패한 사랑이 있다면 성공한 사랑도 있나요? 무엇이 성공적인 사랑입니까? 사랑 끝에 결혼에 골인해야 '성공' 인가요? 청혼 후에 달콤한 키스에 빠지는 텔레비전 드라마의 한 장면처럼 말입니다. 아니면 애걸복걸 당신의 옷자락을 잡고 매달리는 그를 멋지게 차버렸을 때 '성공' 인가요?

사랑에는 성공도 실패도 없답니다. 사랑이라는 아주 절실하고 절박한 체험을 통해 자신을 돌아보는 일만이 있을 뿐. 게다가 오늘 가슴 아픈 그

와의 이별이 다음에 찾아올 사랑을 더욱 성숙하게 만들어줄 수 있으며, 더욱 잘 어울리는 상대를 만나게 해줄지도 모르는 일이니 '실패' 라고 섣불리 단정할 수 있는 여지는 어디에도 없어 보입니다. 그러니 사랑 앞에서 너무 노심초사하지 않으셔도 됩니다. 어떻게 하든 님에겐 오늘의 아픔을 바탕 삼은 더 나은 미래만 있을 뿐이니까요.

하루 님, 이제 실패의 두려움이나 좌절감에서 벗어나세요. 연애가 꼬이고 있다는 초조감에서도 잠시 벗어나 마음을 편하게 가져보세요. 헤어져도 된다고, 아니, 만남에서 이별까지 제대로 체험하고 싶어서 이런 관계를 시작했다고 큰소리라도 쳐보세요.

그리고 관심의 초점을 그가 아니라 당신 자신에게 맞춰보세요. 당신은 어떤 사랑을 원했으며 또 원하고 있나요? 그리고 지금의 연애 패턴을 하루 님은 어떻게 느끼나요? 제가 보기엔 하루 님이 자신의 연애방식을 회의적인 시선으로 바라보기 시작하신 것 같습니다. 특히 자신의 생각을 상대에게 잘 말하지 못해서 힘드신가 봐요.

그런데 하루 님은 왜 연애관계를 밀고 당기는 사랑 게임으로 시작하시게 됐을까요? 피해의식으로 힘들어하다가 결국 상대에게 제대로 이해받지 못한 채 헤어지는 지금의 연애 패턴을 하루 님은 앞으로도 반복할 작정인가요? 만약 그러고 싶지 않다면 '상대에게 어떤 모습을 보여줘야 하는 건지' 고민하기보다는 상대 앞에서 어떤 모습을 드러낼 때 가장 자기답다고 느끼는지 생각해보세요. 아니, 어차피 이별로 끝날 거라면 상대의 눈치만 볼 것이 아니라 당당함을 선택해보세요.

하루 님의 사랑 게임은 겉보기엔 그럴 듯하지만 결국 두려움에 뿌리를 두고 있다는 생각이 듭니다. 자신을 드러냈다가 거절당할지도 모른다는 두려움 때문에 '나는 지금 사랑 게임, 혹은 사랑 기술을 구사하는 거야' 라고 핑계를 대는 것입니다. 사랑이 어느 정도 무르익어 자신의 얘기를 하고 싶고 또 해야 할 때도 하루 님은 망설입니다. 거절당하거나 한심해 보일까 봐서요.

이성에게 다가갈 때, 특히 결정적인 순간에 자신의 허점을 보이지 않으려는 긴장감 뒤에는 하루 님의 과거 경험이 있을 것입니다. 어떤 걸까요? 하루 님의 어머니와 아버지가 그런 부부관계를 유지하셨나요? 아니면 하루 님과 아버지 간의 부녀관계가 그랬습니까? 혹은 오빠와 하루 님의 관계가 그와 유사한가요? 분명히 연관되는 관계가 있을 겁니다. 그건 이미 지나간 과거의 관계일 뿐 지금 하루 님의 연애에는 어떤 영향도 미치지 못한다는 사실을 분명히 아셔야 합니다.

하루 님, 내가 너무 따분한 얘기를 하고 있는 건 아닐까, 이중적인 인간은 아닐까 혹은 지나치게 유치하거나 소심한 건 아닐까 하는 식으로 너무 많이 반성하는 습관도 잠시 미뤄두세요. 사람들은 누구나 따분한 얘기를 잘하고, 이중적이며, 유치하고 소심하답니다. 그래도 사람들은 서로 사랑하고 존중하며 살아갑니다. 외향적인 듯하지만 곧 자기만의 껍질 속으로 숨어버리는 이중적인 성향은 현대인들의 주 특기이며, 우울하기 그지없는 고민거리나 하루에도 수십 번 끓어오르는 변덕은 현대인들의 일상생활의 한 부분입니다. 그래도 사람들은 지지고 볶으며 사랑합니다.

자신의 느낌과 감정을 상대에게 이해시키려고 애쓰는 여자들을 '이기적' 이라거나 유치하다고 판단하는 하루 님의 마음속 편견을 몰아내는

것도 중요합니다. 그들은 자신이 경험하는 느낌과 감정을 가지고 상대와 협상을 하고 또 대화를 시도하는 중이랍니다. 이기적이고 유치하다고 생각되는 그녀들이, 애인과 갈등이 생길 때마다 '내가 이해하자' 고 돌아서는 하루 님보다 더 깊은 연애관계에 돌입할 것은 자명합니다.

하루 님, 상대에게 더 많은 이의를 제기하고 더 많이 갈등하고 더 많이 실수하고 그러다 헤어져도 괜찮습니다. 자신의 생각을 거침없이 드러내고 투덜대고 머리 긁적이면서 하루 님의 순수를 마음껏 발휘하세요. '소심한 당신' 을 더욱 자유롭고 당당하게 해줄 사랑을 찾아낼 수 있는, 당신만의 더듬이가 만들어질 때까지 말입니다. 진정한 관용과 이해는 지금 당신의 몫이 아닙니다. 더 깊고 더 많은 경험을 통해 성숙해진 뒤에 저절로 갖추게 될 테니까요.

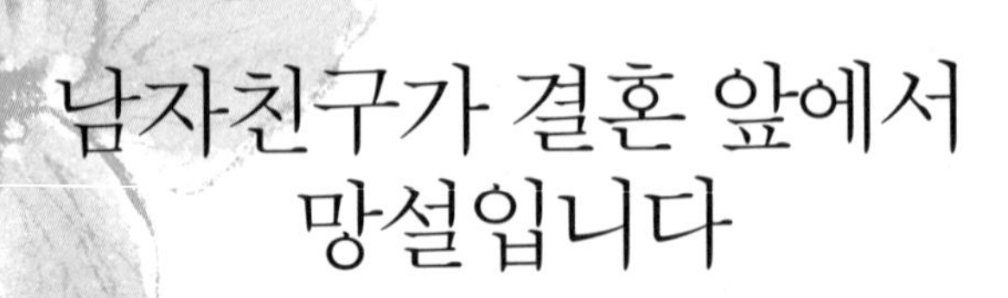

남자친구가 결혼 앞에서 망설입니다

제 나이 스물여덟, 남친은 스물아홉. 남친은 직업이 의사예요. 전 개인병원 직원이고요. 우리는 서로 코드도 맞고 해서 3년 동안 사귀면서도 크게 다툰 적은 없답니다.

작년 여름쯤 친구들이 하나둘 결혼을 하니 저는 불안했어요. 여자가 먼저 결혼 얘기하면 자존심도 상하고 해서 말을 안 하다가 어느날 조심스럽게 얘기를 꺼냈어요. 오빤 생각해본다고 하더군요. 작년 겨울쯤 또다시 결혼 얘기가 나왔어요. 솔직히 오빤 결혼에 대해 한 번도 생각해본 적이 없다고 하네요.

오빠네, 썩 잘사는 집은 아닙니다. 그렇다고 우리 집도 썩 잘살지 않구요. 그냥 양쪽 다 평범합니다. 오빠네는 아버지가 일찍 돌아가셔서 어머니 혼자 5남매를 키우셨다고 합니다. 물론 그 어머니 마음은 충분히 이

해합니다. 조건 좋은 집으로 아들 장가보내고 싶은 거. 의사기 때문에 그럴 수도 있고요. 오빤 조심스럽게 얘기를 꺼냅니다. 네가 세 살만 어렸으면 좋겠다고. 또 엄마가 욕심이 많아서 아직은 힘들다고.

그리고 오빠는 이렇게 말했습니다. "네 마음이 정리될 때까지 나 만나도 돼." 그러고는 저에게 어떻게 하겠다는 말 한 마디 없이 떠났습니다. 3년 넘게 지속해온 사랑이 하루 만에 변해서 나를 비참하게 만들었네요.
익명

그와 저는 2003년 봄에 만났어요. 그는 외국에서 유학 중이었기에 다시 학기가 시작돼서 돌아갔구요. 방학 때마다 짧게 만나서 매번 아쉬워했지요. 저의 부모님이 딸이 하나인 터라 교제조차도 항상 조심스러워하시기에 어쩔 수 없이 거짓말을 하며 관계를 계속 이어왔지요.

거짓말하며 지내는 것이 힘들어서 그에게 아버지를 만나 허락을 받아보는 게 어떻겠냐고 권유했고, 그가 용기를 내서 아버지를 만났습니다. 근데 아버지는 그의 심성은 훌륭하고 좋지만 군대 문제를 비롯해 앞으로의 미래가 불투명한데 당신 딸을 어떻게 지켜낼 수 있겠냐고 말씀하셨어요. 마음 변하지 않는다는 걸 어떻게 보장할 거냐는 거죠.

그는 아무 말도 못하고 그냥 인정하며 물러났구요. 자존심도 많이 상하고 지친 채로 다시 외국으로 갔어요. 그런 와중에 그와 떨어져 있으면서 연락을 주고받으며 자주 싸우게 되었고, 결국 저의 지친 심신이 저를 갉아먹는 것 같고 또 저의 사랑이 행복이 아닌 집착으로 변한 것 같아 그에게 서로를 위해 헤어지는 것이 좋겠다고 했어요.

그 또한 매번 나에게 미안해하며 힘들어야 하는 것이 너무 버겁고, 자존심도 너무 상했다며 시간을 가지자고 했어요. 전 그냥 계속 힘내라고, 그와 함께 있을 때가 가장 행복하고 즐거웠다고만 했을 뿐 어떤 말도 못 하겠는 거 있죠.

1월 한 달이 지옥 같았어요. 그에게 가까이 가면 그는 마치 성난 사람처럼 으르렁대며 숨어버리는 거예요. 그리고 자기는 생각보다 이기적인 인간이라며 고개만 떨구는 거죠.

마음도 많이 아프고, 눈물도 수천 번 더 흘리며, 누구를 원망할 수도 없어서 가슴만 저리게 붙잡고 있네요. 믿음

사랑의 나르시시즘에 빠지지 마세요

저는 가끔 연애에 빠져 고민하고 있는 젊은 여성들에게 이런 말을 해줍니다. "제발 나르시시즘에서 벗어나 자신의 애인을 낯설게 바라보라"고 말입니다. 지금 자신의 옆에 앉아서 자신을 사랑스럽게 바라보고 있는 남자가 그가 가진 모습의 전부가 아니라는 사실을 알아야 한다는 것입니다.

내 남편은, 우리 남친은 나밖에 몰라, 라고 말하며 은근히 자랑스러워하는 여성들을 보고 있으면 한숨이 나올 때가 있습니다. 자신의 사고방식

에서 벗어나지 못한 채 연인을 바라보는 천진성이 걱정스러울 뿐입니다.

남성들은 젊은 여성들이 생각하는 만큼 우직하고 단순하지 않습니다. 오로지 한 사람을 향한 순수한 사랑의 열망도 여성들만큼 강하지 않습니다. 잘 아시다시피 그들에겐 사랑보다는 사회적 인정과 성공이 더 중요합니다. 실제로 사랑 따위에 인생을 걸지 말도록 교육받았으니까요. 또 그들이 성욕에 몸살을 앓으며, 집요하게 구애하는 것을 절실하고 열렬한 사랑이라고 속단하지 않으셨으면 합니다.

물론 요즘 여성들도 남성과 많이 비슷해졌습니다. 사실 여성들이 사랑에 목숨 걸었던 이유는, 사랑밖에는 목숨 걸 일이 없었기 때문입니다. 그러나 선택하고 목숨 걸어야 할 일이 여성들에게도 많아졌지요. 그러니 여러 선택사항 앞에서 마음이 복잡해집니다.

남성들은 이미 오래전부터 그랬습니다. 결혼을 앞둔 남자들의 마음은 복잡합니다. 세칭 성공했다고 하는 남자들은 연애상대와 결혼상대를 잘 가려야 하고, 반대로 미래가 아직 불안정한 남자들은 극심한 열등감을 느끼기도 합니다. 옆에 앉은 자신의 여자친구를 열정적인 눈길로 바라보고 있다고 해도 속마음으로는 이리저리 결혼의 조건을 따지고 있을지도 모르겠습니다.

남자친구가 정말 자신을 사랑했다고 자신할 수 있으며, 사랑한다면 결혼하고 싶은 것 아니냐고 묻고 싶으실 수 있습니다. 그러나 사랑과 결혼을 구분해 생각하는 남성들의 사고방식은 이미 역사가 오래됐습니다. 조선시대 남성들은 가족은 아내와 꾸리고, 낭만적인 사랑은 첩이나 기녀와 나누었습니다. 양반계층의 경우, 부부간에는 성관계조차 자식을 낳을 때만 하도록 권했으니, 아내가 낭만적 사랑의 대상이 아닌 것은 그 사회의 상식이었지요.

게다가 남성들의 적극적인 구애란 그저 사랑을 성공시키기 위한 도구일 뿐입니다. 여성들은 "저렇게까지 나에게 매달리는 걸 보면 그만큼 나를 사랑한다는 말일 거야", "사랑의 표현이 이렇게 감동적인 걸 보면 그는 분명 낭만적인 사람일 거야"라고 판단하지만 사실 그들은 목표를 눈앞에 두면 모든 수단과 방법을 찾아 구사하는 데 본능적인 존재일 뿐이며, 그것이 미덕이라고 알고 있습니다.

다시 본론으로 돌아오자면 결혼 앞에서 계산하는 사람들은 여성이 아니라 오히려 남성들이라는 것입니다. 아니, 계산법이 이미 정확했기 때문에 고민거리도 되지 않을 수 있습니다. 남성들은 여성들보다 현실적이고 계산에 아주 능합니다. 대부분 어렸을 때부터 생계의 책임자로서 자신을 준비해왔기 때문일 것입니다. 지금 저는 물질만능사회 운운하며 남성들을 비난하려는 것이 아닙니다. 인간이라면 누구나 현실을 성공적으로 살고 싶어한다는 것을 인정한다면 그리 비난할 일도 아닙니다.

익명 님의 경우는 남자친구가 장래를 보장받았다고 사회가 인정해주는 의사이고, 믿음 님의 경우는 유학생활을 하는, 미래가 불투명한 남친과 사귀고 계십니다. 그럴 경우 두 남자친구의 고민은 아주 다르면서도 뿌리는 같습니다. 두 분 다 현실적인 사고방식의 소유자라는 것입니다.

익명 님의 남친의 경우, 사실 자신의 어머니를 핑계 삼았지만 어머니의 말씀을 극복하지 못하는 것은 자신의 내면에 어머니의 주장을 받아들이고 싶은 부분이 있기 때문입니다. 익명 님의 글을 통해서 보는 남자친

구는 이미 오래전부터 익명 님과 결혼할 마음이 없었던 것 같습니다.

글쎄요. 그의 머릿속에 들어가보지 못했기 때문에 익명 님과 헤어지기로 작심한 이유가 구체적으로 무엇이었는지 장담할 수는 없지만 그가 결혼의 조건들을 이리저리 따져봤을 가능성은 매우 큽니다. 익명 님은 3년을 사귄 남자가 하루 만에 변했다고 말씀하셨지만 아마도 남자친구의 갈등은 오래전부터 있었을 것입니다.

익명 님, 만약 그와 결혼하기를 원하셨다면, 저는 님이 좀더 현실적이고 전략적이었으면 좋았을 걸 하는 아쉬움을 느낍니다. 남친과 결혼하기를 원했다면 그와 균형을 맞출 수 있는 다양한 준비와 대비를 했어야 한다는 것입니다. 그저 단순히 사랑했으므로 결혼할 수 있을 거라는 믿음을 지키기엔 세상의 틀이 너무 강고하니까요. 그것이 아니라면 그의 속셈을 일찌감치 확인하고 빨리 관계를 정리하는 것도 좋았겠지요. 너무 깊이 사랑해서 헤어지는 고통이 커지기 전에 말입니다. 그러나 괜찮습니다. 지금의 쓰디쓴 경험을 익명 님이 몸에 좋은 약으로 받아들이시기만 한다면요.

반대로 믿음 님의 남자친구는 믿음 님의 부모를 만난 뒤, 관계가 많이 흔들리기 시작한 듯합니다. 익명 님의 남친이 자기 어머니의 말에 동조했다면, 믿음 님의 남친은 여친의 부모님의 말을 인정한 부분이 있을 것입니다. 그가 님의 아버지 앞에서 정말 자신 없어한 부분은 어떤 것이었을까요? "어떻게 우리 딸을 먹여 살릴 수 있을 것인가"라는 말보다는 "성공한 뒤에도 변함없이 우리 딸을 사랑할 수 있겠는가?"라는 물음이 아니었을까요? 한 여자만을 굳건히 사랑하겠다고, 자신이 바라는 성공을 잡은 뒤에도 지금 이 여자를 변함없이 사랑할 수 있다고 자신할 수 없었던 것이며, 그 부담감을 안고 미혼시절을 보내기 싫었을지도 모른다는 말씀입니다. 더 단순하게 정리하자면 그의 고민은, 믿음 님에게 이상적인 배필이 되지 못한다는 열등감보다는 믿음 님을 변치 않고 사랑해야 한다는 부담감이 우선적으로 작용한 결과인지도 모릅니다. "나는 이기적인 사람이다. 미안하다"와 같은 말들을 하는 것으로 봐서요.

죄송합니다. 익명 님과 믿음 님에게, 그리고 비슷한 상황에 처한 여성들에게 상처가 된다는 사실을 알면서도 굳이 이렇게까지 솔직하게 말하는 것은, 결혼을 꿈꾸는 젊은 여성들이 냉정하게 바라보고 인정해야 할 부분이 있기 때문입니다.

사랑에 대해 자신감이 없는 것도 문제지만 사랑의 나르시시즘에 빠져 상황을 있는 그대로 보지 못하는 것도 문제가 됩니다. 그가 내 마음 같이, 혹은 내 마음에도 없는 순정을 가지고 나를 절대적으로 사랑하고 있을 것이라는 확신에서 벗어나세요. 내 사랑에 내가 속는다는 말이 바로 그런 것일 테니까요.

사랑의 나르시시즘은 상대에게도 적지 않은 부담이 될 수 있습니다. 믿음 님의 경우, 부모님이 결혼을 반대하셨다면 그것은 님이 부모님과 해결해야 할 문제입니다. 아버지와 남자친구에게 자기 사랑의 결정권을 양도하고, 그 짐을 남자친구에게 떠넘겨 그를 상처 받게 하는 일은 결과적으로 커다란 부작용을 낳을 수밖에 없습니다. 여자친구의 부모란 남자친구에게 가장 두려운 존재이고 상처 주기 쉬운 존재이기 때문입니다. 아마 믿음 님의 남자친구는 그런 부담을 지워준 믿음 님을 많이 원망했을 것입니다. 그들도 여성들만큼 두려움 많고, 상처 받기 쉬운 자존심을 가지고

있답니다.

사랑에 대해 냉소적이고 약삭빠른 태도를 가지라는 말씀은 아닙니다. 현실을 정확히 보고, 그도 현실적인 인간에 지나지 않음을 빨리 받아들이시라는 말씀입니다. 그리하여 현실적이고 불완전한 사랑에 대비하시고, 그것에서도 삶의 지혜를 얻으시기를 기대합니다.

편하지만 가슴 뛰지 않는 사랑을 하고 있습니다

곧 서른이 되는 미혼여성입니다. 현재 만나는 사람이 있지만 마음속에 잊혀지지 않는 사람 때문에 힘이 듭니다. 직장동료였고, 짝사랑이었어요. 그 사람 처음 봤을 때 '이 사람 때문에 앞으로 많이 힘들어지겠구나' 그런 느낌이 들었어요. 저는 짝사랑으로 인한 아픔을 다 감내하기로 마음먹고 좋아했습니다. 물론 속으로만요. 겉으로는 무난한 직장동료로 지냈어요. 그 사람은 저보다 더 좋은 사람을 만나야 한다고 생각했고, 그 사람의 행복의 조건이 꼭 저여야 할 필요도 없으니까. 제 환경은 속된 말로 별 볼 일 없거든요. 집안환경, 학력, 가족문제 등.

지금 만나는 사람은 저의 모자란 환경을 이해해줄 수 있는 사람이에요. 그것이 어떻게 보면 이 사람과 시작하기로 마음먹었던 제일 큰 이유예요. 문제는 제 마음이 열리지 않는다는 것입니다. 한 달 반 정도 만났는

데 스킨십도 꺼려지고, 그다지 정이 들지 않습니다. 남자로서의 매력도 잘 모르겠고요. 만나고 헤어지면 왠지 숙제를 끝낸 듯한 기분이에요.

좋은 사람이고 저한테 잘해주려고 하는 건 느껴요. 하지만 내 마음이 이렇다 보니 나의 베스트를 보여줄 수가 없네요. 사람은 자연스레 좋아지는 법인데 좋아하려고 노력한다는 게 억지스럽기도 하구요. 편안함은 있습니다. 만날 때 맨얼굴에 집에서 입던 옷 그대로 나갈 만큼.

제가 조언을 구하고 싶은 점은 남녀관계에서 이성적 끌림보다 편안함만 가지고 결혼해도 되는 건지 하는 것입니다. 오늘 그 사람에게 당신이 편하다는 이유만으로 계속 만나고자 한다면 어떡할 거냐고 살짝 내비쳤더니 더 발전될 수 있다는, 긍정적인 쪽으로 생각하라고 하더군요.

잊을 수 없는 사람을 맘에 품고 혼자서 살아갈 것인지, 사랑은 기대 말고 그냥 편안한 사람과 결혼할 것인지, 어느 쪽이 더 행복할지는 저도 모르겠습니다. 지금 만나는 사람에게 못할 짓 같고요. 원

사랑을 선택하지 마시고, 가슴 뛰는 삶을 선택하세요

연애를 하고, 결혼 상대를 만날 때 편안한 사랑이냐, 가슴 떨리는 사랑이냐에 대한 고민은 이미 오래전부터 있었습니다.

어떤 사람들은 말합니다. "오래 만나고 싶다면, 평생을

함께하고 싶다면 편안한 사랑을 선택해라. 가슴 떨리는 사랑의 유효기간은 너무 짧다. 몇 개월 혹은 1~2년의 설렘이 지나고 나면 둘의 관계엔 아무것도 남지 않는다. 편안하지 않은 사람과 함께하는 평생은 숨 막힐 뿐이다."

또 다른 사람들은 말합니다. "평생을 가슴 두근거리는 사랑으로 사는 부부도 있다. 나중에는 사랑이 식어 아무 감정도 남지 않게 된다고 누가 장담할 수 있겠는가? 그건 가슴 떨리는 사람과 끝까지 가지 못한 자들의 질투다. 그리고 가슴 떨리는 사랑이 지나간 자리는 오래된 정이 메우게 될 거다. 아무리 편안함이 좋다고 해도 가슴 떨리지 않는 사람과 어떻게 결혼을 약속한단 말인가?"

두 주장 모두 절절한 진실을 가지고 있다고 해도, 사랑을 선택하는 기준은 언제나 선택의 당사자에게 있습니다. 너무 뻔한 말이라서 건성으로 들릴까 안타까울 뿐입니다. 사랑을 선택하는 기준은 우리 자신에게 있기 때문에 우리의 내면이 원하는 바가 무엇인지 귀 기울여야 합니다. 어떤 이들은 상대를 만나 편안한 감정을 느낄 때 지극한 행복을 느끼고, 또 어떤 이들은 이성적인 매력이 물씬 풍기는 연인과 있을 때 살아 있음을 느낍니다. 그것이 어떤 사랑이든 지금 나를 가장 행복하게 하고, 내가 살아 있음을 느끼게 해주는, 그런 상대를 선택하시라고 말씀드리고 싶네요.

그런데 안타깝게도 원 님의 선택은 내면의 요구와는 거리가 있군요. 원 님의 갈등은 가슴 설레는 사랑이냐, 편안한 사랑이냐를 선택해야 하는 것에 있지 않은 듯합니다. 현실적인 조건 때문에 원래 좋아하던 사람은 짝사랑에 가둬두고, 지금은 설렘이 없는 사람을 만나고 있습니다. 이성적

인 끌림이 있는 사랑이든 편안한 사랑이든 사랑의 선택 앞에 선 사람이라면 설렘이나 들뜬 감정이 있기 마련인데 원 님은 입맛에 맞지 않는 음식을 삼켜야 하는 사람처럼 난감한 상태입니다. 그것은 선택이 아니라 포기와 체념 뒤의 순응이고 적응입니다.

값비싼 음식점에 정말 먹고 싶은 음식이 있는데, 주머니에 가진 돈이 얼마 없어서 맞은편의 소박한 식당에 들어가 제일 무난하게 먹을 수 있는 음식을 주문해놓은 사람의 심정이라고 해야 할까요? 주머니에 돈이 없는 이유가 만성적인 가난 때문이라면 입맛 당기지 않는 음식을 먹으면서 우리는 인생의 비애까지 느끼게 될 것입니다. "아, 내 인생은 왜 이 모양일까. 나는 언제쯤이면 저런 멋진 식당에 앉아서 호사스러운 느낌으로 음식을 즐길 수 있을까? 아마 내 팔자엔 그런 기회가 없을지 몰라……."

조건 때문에 누군가를 마음껏 사랑할 수 없다는 사실은 우리를 초라하고 안타깝게 만듭니다. 드라마나 영화에선 신분과 조건을 뛰어넘는 사랑이야기가 넘쳐나지만 그것은 현실의 불가능을 증거하는 역설적인 현상일지도 모르겠습니다. 불가능하기에 더욱 간절해진 사랑이야기 말입니다.

원 님의 속상하고 안타까운 심정이 공감되니 저 또한 슬픔이 느껴집니다. 님이 먼 발치에서 바라보고 있는 그 사람의 현실적인 조건이 도대체 얼마나 거리가 있길래 그렇게 무력하게 마음을 접으신 건가요? 제가 자세한 상황을 모르니 사랑을 위하여 용감하게 뛰어들라고 현실감 없이 님을 부추길 수도 없는 노릇이네요. 용감하게 뛰어들었다가 원 님이 더 큰 좌절감만 맛보게 되실까봐 걱정이 되니까요.

아무리 그렇더라도 전혀 시도조차 하지 않고 지켜만 봤던 이유에 충분히 공감할 수는 없습니다. "그 사람은 저보다 더 좋은 사람을 만나야 한다고 생각했고, 그 사람의 행복의 조건이 꼭 저여야 할 필요도 없으니까"라는 대목에서는 자학의 뉘앙스마저 느껴집니다. 사랑을 선택하는데 원 님 자신의 행복을 우선하지 않고, 그 사람의 행복을 우선한 이유는 무엇일까요?

혹시 원 님은 연인을 만날 것인가 말 것인가를 결정할 때, 자신의 현실에 대해 화풀이하는 식으로 선택하고 있는 건 아닌지 묻고 싶습니다. 자신의 별 볼 일 없는 집안환경이나 학력, 가족문제 때문에 화가 나서 자신의 인생조차 벌주고 싶은 건 아니신가요? 그것이 아니라면 상처 받기 싫어서 지레 사랑을 시도하지 않은 것인지도 모르겠습니다. 원 님을 비난하는 것은 아닙니다. 누구에게나 그런 모습이 존재하니까요. 사랑을 선택할 때뿐 아니라 인생의 중요한 결정을 할 때도, 우리는 종종 이런 말을 속으로 되뇌면서 우울한 선택을 받아들입니다. '내 주제에 과한 욕심이라니, 당치 않아.'

편안한 사랑, 좋습니다. 그런 사랑은 님을 있는 그대로 존중해주고 사랑해줄 것입니다. 나의 존재 그 자체를 받아들여주는 사랑은 온전히 내게 돌아와 자존감을 높여주는 역할을 합니다. 자기비하감이나 자신에 대한 불만에 가득 찼던 사람들이라면 편안한 사랑을 경험하면서 자신에 대해 긍정하는 법을 배웁니다. 그런데 원 님의 경우는 그 편안한 사랑이 자신의 현실을 자꾸 확인시켜주는 결과를 낳기 때문에 늘 씁쓸한 느낌을 갖게 될 것입니다. 원 님이 말하는 편안한 사랑이라는 것은 '모자란 환경을 확

인시켜 주는 사랑' 이며, 원님이 판단하기에 그런 점에서 걸맞는 사랑이겠지요.

그러니 지금 원 님에게는 그 무엇도 내면이 요구하는 행복한 선택이 될 수 없습니다. 정말 사랑하는 사람은 현실적인 조건이 맞지 않는다는 이유로 가슴에 묻어두었고, 현실적인 조건이 맞는 사람을 선택하자니 마음이 내키지 않고 우울할 뿐입니다.

원 님, 저는 원 님이 지금의 모든 연애 관계를 접고 자신의 삶의 비전을 찾아 떠나기를 충고합니다. 일단 이제까지 자신의 삶을 규정하고 한계지었던 지난 삶을 총정리해볼 기회를 가지시기 바랍니다. 그리고 지난 삶에서 얻은 경험을 바탕 삼아 가장 행복할 수 있는 삶의 계획도 새롭게 세워보세요.

내가 가장 열망했던 삶, 내가 가장 하고 싶었던 일이 무엇이며, 어떻게 지금의 생활과 조화시킬 것인지 생각해보시는 겁니다. 혼자 하시는 것보다는 원 님을 도울 수 있는 다양한 프로그램에 참여하시는 편이 효과적일 것입니다. 사랑과 결혼에 대한 고려는 그런 뒤에 다시 시도하셨으면 좋겠습니다. 결혼의 조건에서 환경이나 나이보다 중요한 것은 원 님의 자신감과 삶에 대한 희망이라고 저는 자신합니다.

이별 선언했던 남자친구를 학대하고 싶어요

남자친구와 사귄 지 4년이 넘어갑니다. 그동안 둘은 표면적으로나 내면적으로 많이 성장했어요. 비교적 서로의 고민도 많이 나누고 있고요. '척하면 삼천리' 식으로, 서로를 잘 알고 있다고 생각합니다. 지지하고 격려하고 사랑하는 마음이 지금 서로에게 넘친다고 자신합니다.

하지만 저희는 딱 1년 전과 6개월 전에 헤어질 뻔한 적이 있었어요. 제가 개인적으로 일과 건강 때문에 힘든 시기를 거치고 있었고, 제 자신이 힘든 만큼 상대방을 소홀하게 대했고, 제가 특히 많은 횡포를 부린 게 사실입니다. 그리고 그 사람도 결코 여유 있는 상황이 아니었기 때문에 더 힘들어했고요.

힘들어하던 그 사람이 '헤어지자' 고 말해왔습니다. 두 번 다 제가 그 사람을 잡았어요. 저는 그 사람을 엄청 사랑했거든요. 그리고 필요했고

요. 이대로 헤어지면 안 된다, 지금의 힘든 시기를 넘기면 된다, 나로서는 헤어지는 게 더 힘들다, 당신 없이 나는 살 수 없다, 지금 헤어지고 싶은 것은 서로 사랑하지 않아서가 아니라, 잠시 힘들어서 그런 것뿐이라고 설득했습니다.

동시에, 설사 그와 헤어지더라도 제가 잘못한 부분에 대해서는 깨끗이 사과를 하고 이별해야겠다는 마음도 있었습니다. 그래서 결국은 이별하지 않고 지금껏 사귀고 있습니다. 얼마 후에 당시 제가 품고 있었던 마음(왜 그랬는지, 어떤 생각으로 그를 잡았는지)을 그와 공유했고, 그는 "나를 붙잡아주어서 고맙다, 당신은 참 용감한 사람이다"라며 내게 고마워했습니다.

하지만 문득문득 그를 너무너무 학대하고 싶어집니다. 섹스를 할 때 문득 이런 생각이 들더라고요, 이렇게 열심히 섹스하고 있는 이 남자가 "이제 너를 사랑하지 않아"라고 말하며 이별을 통보했던 그 사람 맞나. 섹스도 즐길 수가 없고 집중도 못하게 됐고요. 남자 하나 때문에 매달리고 울고 했던 내 자신이 너무 못난이 같아서, 나의 자존심을 망가뜨렸다는 생각에 너무 울화가 치밀어서 그 사람에게 문득문득 횡포를 부리고 싶고, 막 못살게 굴고, 못되게 굴고 싶어져요.

지금 연애는 표면적으로 아무 문제가 없지만, 결국은 뭔가 결단을 내려야 할지, 아니면 내가 마음을 달리 먹어야 하는 건지, 회복될 가능성이 있을지, 아니면 학대하고 싶은 만큼 그를 학대해도 될지 고민하고 있습니다. **연애의왕도**

사랑은 움직이는 것입니다

연애의왕도 님은 남들이 부러워할 만큼 성숙한 사랑을 하고 계신 듯한데, 그럼에도 이별의 후유증을 심각하고 앓고 계시네요. 일과 건강 때문에 힘들어하는 님을 두고 떠나려 했던 남자친구가 종종 원망스러워지시는군요. 그렇게 냉정하게 떠나는 남자친구에게 매달렸던 자신이 비참하게 느껴지기도 하구요. 그 모든 것을 서로 이해하고 또 아픔까지도 공유한 듯하지만 결코 인간적 자존심만은 상대와 나눌 수 없어서 힘들어하시는군요.

싸움의 주도권을 장악하기 위해 툭하면 '헤어지자' 고 말하는 분들이라면 연애의왕도 님이 겪는 아픔에 귀 기울여보실 만하네요. 상대방의 일방적이고 상습적인 이별 선언으로 상처 입었을 때 회복이 불가능한 경우가 참 많습니다. 상처가 수없이 덧나서 결코 감출 수 없는 흉터를 남기거든요. 사실 이별 선고란 어떤 것입니까? 인간이 태어나 자신의 보호자에게서 느끼는 가장 근원적인 감정이 바로 버림받을지도 모른다는 두려움입니다. 사랑하는 사람의 그 두려움을 자꾸 건드리지 마세요. 결국은 분노가 될 수 있으니까요. 그렇게 친다면 연애의왕도 님이 느꼈던 감정은 지극히 정상적입니다. 인간이라면 누구나 가지고 있는 근원적 불안감이니까요.

그러니 님이 받은 충격이 그리 쉽게 사라지지는 않을 것입니다. 특히

상대와의 관계에 의존적일수록 그 관계가 파기됐을 때는 심각한 자존감의 훼손을 경험하게 됩니다. 인간의 가장 깊은 의사소통이 섹스라고 하지만 사실 이럴 때 섹스는 또 얼마나 무가치하게 느껴지는지 모릅니다. 지금쯤 님은 마음 깊은 곳에서 우울을 경험하고 있을 것이며, 이별 준비를 할지도 모르겠습니다. 다시는 상대의 일방적인 이별 통고에 놀라거나 당황하지 않으리라 다짐하면서 마음을 다잡겠지요.

그래요. 관계를 청산하고자 하는 사람과 지속하려는 사람의 의견이 팽팽히 맞설 때, 대부분의 관계는 청산하는 쪽으로 흘러가게 되어 있습니다. 한쪽의 애정이 아무리 깊다 해도 싫다는 상대를 억지로 붙잡아둘 수는 없으니까요.

그러고 보면 아무리 소홀하게 대하고 일방적으로 요구하고 투정을 부려도 떠나지 않고 늘 거기 있어주는 존재는 부모가 처음이자 마지막인 듯합니다. 그런 부모 곁을 떠나 사회로 나온 우리는 재빨리 부모의 사랑을 대신할 수 있는 사람을 찾아 나섭니다. 대부분 애인에게서 영원한 사랑을 확인하려 하지만 현실의 그들은 부모에 비하면 너무 냉정하며, 그들의 사랑은 쉽게 변하고 또 너무 자주 떠나갑니다. 그러니 점점 더 우울해지고 냉소적으로 변할 수밖에요. 하지만 그들만 탓할 수는 없습니다. 영원한 사랑을 지키기에는 우리 서로가 너무 불완전하고 이기적이며, 쉽게 상처받으니까요. 그리고 무엇보다 사랑은 움직이는 것이니까요. 가슴 아픈 일이지만 우리는 사랑이 움직인다는 사실을 받아들여야 합니다.

그러나 사랑이 영원하지 않다고 해서 비관할 필요는 없습니다. 사랑을 지키기 위해 노력함으로써 애정이 부패하는 것을 막을 수 있고, 또 인간에 대한 이해의 폭도 넓어지지요. 그리고 무엇보다 우리는 그 사랑을 통해 지난 시간 동안 충분히 행복하고 감사하지 않았나요?

연인들은 약속합니다. 서로에게 지극한 사랑을 주는 사람이 되자고 말입니다. 지극한 사랑을 맛본 연인들은 행복한 만큼 불안해집니다. 그 사랑이 끝날 것을 걱정하기 때문이지요. 그래서 그들은 영원한 사랑을 약속하며 수없이 손가락을 겁니다. 아니, 사랑이 시작되기도 전에, 사랑을 꿈꾸면서 이미 이별을 두려워하기도 하고, 사랑이 유한하기 때문에 아예 시도조차 하지 않는 사람들도 꽤 있답니다.

그러나 연애의왕도 님, 사랑은 영원하기 때문이 아니라, 바로 지금 여기서 나를 행복하게 만들어주기 때문에 할 만한 가치가 있는 것 아닐까요? 단 하루를 만났어도 그 하루, 상대 때문에 행복했다면 그것으로 감사한 일 아닌가요?

그 하루의 즐거움과 행복을 잊어버리고 사랑이 영원하기를, 내 인생을 책임져주기를, 내 고통과 괴로움을 대신 져주기를 바라면서 우리는 전전긍긍하게 됩니다. 전전긍긍하는 사람에게 현재의 행복은 존재하지 않지요. 영원한 사랑얘기가 드라마에서나 가능하다는 사실을 알아챈다면, 이제 우리는 미래를 기대하지 않고 오늘 하루 행복한 것만으로도 충분히 본전을 뽑았다는 생각을 하게 될 것입니다. 그 밖에 그가 주는 모든 사랑은 아무리 받아들여도 부족하고 허기지는 세 끼의 밥이 아니라, 인생을 풍요롭게 할 보너스가 되는 것이지요.

갈등의 시기를 지나온 두 분에게 묻고 싶습니다. 두 번의 헤어질 위기를 통해서 무얼 얻으셨습니까? 겉으론 우리 사랑이 더 굳어졌다고 하지

만 내면엔 이별의 부담과 원망이 가득한 건 아니신가요? 연애의왕도 님처럼 치밀어오르는 울화 때문에 섹스를 할 때조차 딴 생각만 하고 계신 건 아닌가요?

저는 두 분이 이번 위기를 통해서 자신의 모습을 직면하셨으면 좋겠습니다. 연애의왕도 님은 자기 인생의 짜증을 남친에게 전가하고 그가 떠나려고 하면 절박하게 붙드는 행위를 왜 반복하고 계시는 걸까요? 남자친구는 연애의왕도 님의 행동에 적극적으로 대처하지 못하고 왜 자꾸 이별을 시도하는 걸까요? 또다시 각자에게 인생의 위기가 닥쳐온다면 앞으로는 어떻게 다르게 대처하실 건가요? 상대에게 어떤 것을 기대할 것이며, 어디까지 위로받고자 하나요? 만약 둘 사이에 다시 갈등이 생긴다면 예전과는 다르게 해결할 방법이 생겼습니까? 위기는 언제나 우리 주변을 맴돌고 있고, 호시탐탐 둘의 사이로 스며들 기회를 노리고 있으니 미리 생각해보고 얘기를 나누는 것이 좋겠습니다.

그리고 무엇보다 님 혼자 지내는 시간을 만들고 즐겨보세요. 이제까지 너무 남자친구에게 의존해서 문제를 해결해왔다는 생각이 든다면, 힘들고 어려운 일일수록 내면에서 여러 번 되뇌고 삭이면서 내면과 대화를 해보세요. 혼자하는 대화도 남자친구와의 대화만큼 달콤하고 행복할 수 있답니다.

나보다 그를 더 사랑합니다

저는 물론 알고 있습니다. 저 자신보다 그 사람을 더 사랑하는 걸요. **마음**

참 좋은 사람인데 제가 망쳐버린 거 같아서 죽고만 싶습니다. 하지만 저는 헤어질 자신이 없습니다. 정말 없습니다. 남자를 처음 사귀어본 건 아니지만 힘들게 헤어질 때마다 항상 제가 못나서 좋은 사람을 놓친다고 생각했습니다. 혼자된다는 것이 너무나 무섭습니다. 그렇다고 저 땜에 괴로워하고 울상 짓는 그를 보는 것도 매일매일 벼랑에서 떨어지는 기분입니다. **사랑**

남친이 사회생활이란 걸 시작하면서 저 아닌 사람들과 재미있게 지낼 거

라고 생각하면 너무 속상하고 화도 나요. 남친이 지겹대요. 왜 그렇게 자길 못 믿고 의심하느냐고. **고민**

제가 취업준비에 몰두하자 남자친구는 밤새 술을 마시고 아침에 집 앞으로 찾아와 술주정을 부리는 극단적인 행동을 보이더군요. 자기는 내가 보고 싶어서 미칠 거 같은데 나는 자기 없이도 잘 살 수 있는 거 같아서 질투가 난다나요? hesel

비위라도 거슬리는 말을 하면 바로 짜증을 내고, 자기 말에 순종하지 않으면 바로 윽박지릅니다. 이러다 헤어지는 것이겠죠. 그래서 전 자제를 하고 다시 그녀 밑으로 빌며 들어갑니다. 자존심을 조금이라도 내세우면 바로 끝내버리겠다는 자세이기 때문이죠. **블루**

사랑중독증,
당신과 상대에 대한 학대일 뿐입니다

연인들은 상대와 절대적인 일체가 되는 것을 꿈꿉니다. 하나가 되고 싶어하는 그들의 욕망은 종교적인 열망을 연상시킬 정도입니다. 그러나 그것이 신성한 종교적 열망과 다른 것은 바로 지나친 타인 의존성입니다. 신성과의 합일을 원하는 종교적 열망은 자신의 수행을 기본으로 합니다만, 연인들이 가진 사랑의 열망은 온통 타인에게 집중돼 있습니다. 그가 없이는 잠시도 살 수 없는 것, 그가 없이는 내 인생이 아무 의미도 없는 것, 즉 나 없는 상대에 대한 의존을 저는 사랑중독증이라고 말하고 싶습니다.

사랑에 중독된 사람들은 말합니다. 나 자신보다 그를 더 사랑한다고, 함께 있음으로 해서 매일매일 벼랑에서 떨어지는 고통을 겪을지라도 결코 헤어질 수 없다고 말입니다. 정말 짜릿한 사랑의 속삭임처럼 들립니다. 그런데 이상하게도 그런 사랑을 받는 상대는 행복해하는 것이 아니라, 고통스러워하거나 혹은 점점 더 나빠질 뿐입니다. 그들은 연인의 집착 때문에 숨 막혀하고 지겨워합니다. 하나가 되고 싶은 인간의 본능적인 지향성은 인정하지만, 그 최종적인 도착지가 파괴적이고 숨 막히는 감옥은 아닐 것입니다.

또 사랑중독증에 빠진 사람들이 보여주는 저자세와 자기비하가 상대의 내면에 숨어 있던 뻔뻔함과 폭력성을 부추기기도 합니다. 결국은 사랑의 이름을 빌어 자신도 상대도 불행해지고 마는 것입니다. 그것은 사랑이 아니라 자신과 자신의 사랑에 대한 학대일 뿐입니다. 사랑중독증에서 벗어나고자 한다면 먼저 그 가슴 아픈 사실을 인정하고 자각해야 합니다. 자신의 사랑이 결국은 사랑이 아니라 '독'이었음을 말입니다.

그들은 마치 밑 빠진 항아리처럼 아무리 사랑해주어도 만족할 줄 모릅니다. 눈 깜짝할 사이에 상대가 준 사랑을 먹어치우고 다음 사랑을 재촉합니다. 그는 음식의 맛을 느끼기도 전에 허겁지겁 먹어대는 폭식증 환자 같습니다. 무게중심을 상대에게 두고 전적으로 그에게 기대서 힘들게

합니다. 혹시나 그 사랑이 끝나버릴까봐 늘 전전긍긍하는 상태가 됩니다. 그런 그를 지켜보는 연인은 서서히 지쳐가지요.

그러고 보면 사랑은 본질적으로 타인이 주는 것이 아니라 자신이 자신에게 허락하는 것인가 봅니다. 내 자신이 사랑받을 가치가 있다는 사실을 인정해야 타인이 주는 사랑을 충분히 음미하고 즐길 수 있으니까요. 충분히 음미하는 사람에게는 많은 양의 사랑이 필요하지 않습니다.

사랑중독증 전문가인 마사 비레다(Martha R. Bireda) 박사는 사랑중독증이 현실보다는 '환상'에 뿌리를 둔 관계이기 때문에 '지금 여기'에 있지 않다고 말합니다. 연인들은 '서로의 관계가 앞으로 어떻게 될 것인가, 어떤 결과로 이어질 것인가'에 더 관심을 둔다는 말이지요. 지금 여기에 있지 않은 사랑, 허공에 떠 있는 사랑은 당연히 현재의 충만함을 느끼지 못하게 합니다. 그러니 사랑허기증의 악순환에서 벗어날 수가 없는 것입니다.

우리가 속한 공동체가 사랑을 주고받는 데 서툴렀기 때문일까요? 불행하게도 많은 사람이 사랑허기증이나 결핍증을 안고 살아갑니다. 그들은 '절대적이고 전폭적인 사랑', '나를 불행으로부터 건져준 사랑', '내 인생의 전부가 된 사랑', '내 목숨과도 바꿀 수 있는 사랑' 심지어 '치명적이고 위험한 사랑' 등을 찬미하느라 정신 없습니다. 온 사회가 사랑중독증후군에 빠져 있는 것입니다. 부디 그 집단적인 아우성에 너무 많이 휩쓸리지 마시기 바랍니다.

상대와 거리를 두고 서서 그를 다시 바라보세요. 그리고 가만히 자신의 허기증을 들여다보시기 바랍니다. 대부분의 연인들이 사랑허기증이나 결핍증이라는 한 가지 증상에 시달리고 있는 것 같지만 같은 증상도 사람마다 다른 원인을 가지고 있다는 사실을 발견하시게 될 겁니다. 마음 님에게서는 희생과 헌신에 대한 환상이 느껴지고, 사랑 님의 경우는 자기 비하와 함께 외로움에 대한 두려움이 크신 듯합니다. 고민 님과 hesel 님의 남자친구는 상대에 대한 독점욕과 그로 인한 질투심을 강박적으로 느끼시는 듯하고, 블루 님은 여자친구와 가학-피학의 관계를 맺고 계신 듯합니다. 그런 모습들이 바로 사랑중독의 현상이면서 또한 원인이겠지요. 물론 그런 심리적 이유 아래 더 근본적인 이유가, 그 아래는 더더욱 근본적인 원인이 켜켜이 존재합니다.

사랑에 집착하는 사람들에게는 가족과 사회로부터 진정한 사랑을 받을 수 없었던 어린 시절이 있었다고 전문가들은 분석합니다. 그래서 자신을 무가치하거나 사랑받을 가치가 없다고 생각하게 되고 그때부터 타인의 사랑을 찾아 헤매게 됩니다. 타인의 사랑으로 자기존중감을 지탱하고 사는 사람들의 사랑 욕구를 채워줄 연인은 거의 없습니다. 그래서 그들은 늘 외롭고 갈증이 난 상태입니다. 이 외에도 원인은 여러 가지일 수 있으며, 깊은 뿌리를 가지고 있을 수도 있습니다. 그 뿌리를 끈기 있게 찾아나가시기를 부탁드립니다.

그리고 또 한편으로는 이상적인 사랑에 대한 생각을 바꿔보시라고 권합니다. 같이 있으면 같이 있어서 행복하고 따로 있을 땐 또 나름의 즐거움을 느끼는 관계야말로 아름답다는 생각, 자신에게 완전히 종속된 상대보다 언제라도 자유롭게 떠나갈 수 있는 상대가 더 매력적이라는 생각, 그가 떠나면 내 인생 전체가 무의미해지는 것이 아니라 그를 제외한 내 인생의 여러 의미 있는 요소들 때문에 이별의 아픔도 잘 극복할 수 있을

거라는 긍정적인 생각으로 말입니다. 더도 덜도 말고 딱 그만큼의 사랑이야말로 건강한 사랑이라고 생각해보세요. 그렇게 다소 밋밋하게 느껴지는 사랑이야말로 인간이 경험할 수 있는 완전한 사랑이며, 앞으로는 그런 사랑을 경험하게 해줄 상대를 만나고 싶다고 자기 자신에게 수없이 되뇌는 겁니다.

그리고 무엇보다 지금 당장 자신의 자화상을 긍정적으로 바꿀 수 있도록 구체적인 노력을 시작하세요. 그 없이도 당신의 행복한 삶은 계속될 것이라는 사실을 믿을 수 있게 말이지요. 관련 서적을 읽고, 친구들과 토론하며, 자기긍정 프로그램 같은 것에 참가해보시는 것도 좋습니다.

생각보다 시간이 오래 걸릴 것입니다. 보통 문제를 안고 살아온 기간만큼의 치유기간이 필요하기 때문입니다. 그렇더라도 부디 포기하지 마시기를 간절히 부탁드립니다. 사랑중독증에서 벗어나게 되면 연애뿐 아니라 인생 전반에서 크고 작은 기적들을 만나게 될 것입니다. 그 기쁨을 충분히 누리시게 되길 기대합니다.

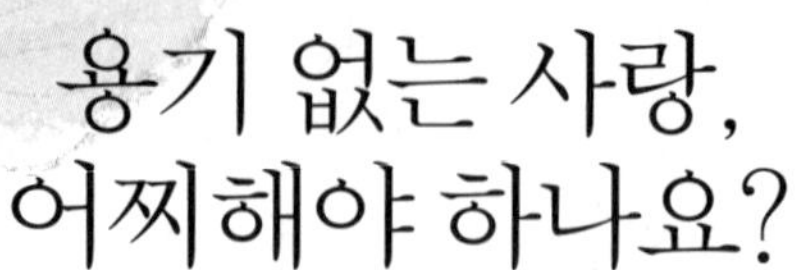

용기 없는 사랑, 어찌해야 하나요?

애인이 심하게 다투고 나면 헤어지자고 하고요, 저는 매달리죠. 어느 정도의 반복인지 기억이 안 나지만 다투면 다툴수록 다음에 다툴 땐 더더욱 심해져서……. **화이트**

한 번 시작하면 사랑에 너무 푹 빠지게 되고, 힘들고 괴로워서 헤어지자는 애기를 합니다. 너무 사랑하기 때문에 말입니다. 이런 일이 반복되다 보니 결혼이나 제대로 할지 걱정이 됩니다. **쏭쏭**

그는 저에게 헤어지자는 말을 자주 했습니다. 저는 그런 그의 행동이 충격 자체였습니다. 그가 헤어지자고 하는 말은, '너의 잘못은 네가 생각해도 분명할 것이니, 화가 풀릴 때까지 몇 번이고 전화해서 용서를 빌어야

한다'는 뜻이었던 것 같습니다. **봄이올까**

모든 남자가 다 제 첫사랑처럼 변해버릴 거 같아서 믿지 못하겠어요. 새로운 사람을 사귀게 될 때마다 핸드폰, 지갑, 수첩, 가방 등 안 뒤진 게 없습니다. 그러다 보니 남자친구들이 얼마 못 버티더군요. 저 역시 누군가를 사귈 때마다 '이 남자 얼마 안 있음 또 떨어지겠네' 하는 생각에 어느 정도 친해지면 그 이상 마음이 안 갑니다. **소연**

스무 살이 되었을 때 아버지의 여자 문제로 크게 상처를 받았고, 너무나 괴로워하는 엄마를 지켜보면서 더 많이 힘들었던 저에게 '믿음'이라는 것은 하나의 허상에 불과했죠. **싱글**

이젠 제 맘도 모르겠고, 그 사람 맘도 모르겠고……. **블랙**

머릿속이 정말 혼란스럽고 복잡하네요. 인생은 부딪칠수록 참 힘겨운것 같습니다. **봄**

4년간의 시간, 그 모든 것이 거짓처럼 느껴지고, 그 거짓에 놀아난 것만 같은 제 자신과 자존심이 무너져내리고, 이제는 제 진심을 모르는 그 앞에서 '삶'이 아닌 '죽음'만이 그것을 증명하는 유일한 방법인 것 같고……. 정말 슬픔의 끝이 보이지 않습니다. **...**

사랑은 원래 고통을 동반합니다

용기 없는 사랑에는 세 가지 특징이 있습니다. 용기 없는 사랑은 겉으로 보기엔 치열하지만 언제나 겉돌고 있습니다. 관계의 본질로 들어가 자신과 상대의 문제를 직면하고 해결할 용기가 없기 때문입니다. 용기 없는 사랑의 특징을 세 가지로 나누어보았습니다.

첫째, 이별중독에라도 빠진 것처럼 습관적으로 이별을 시도합니다.

'그래, 헤어지자고', '지금 헤어지잔 소리 아냐?', '헤어지면 괴로움도 끝일 거야' 식의 자포자기형부터 '우린 너무 어울리지 않아. 그러니 헤어지는 게 현명해' 식의 자위형, 그리고 '내가 헤어지자고 하면 그가 무조건 빌고 들어오겠지' 하는 전략형까지 다양한 듯 보이지만 사실 연인들이 이별을 무기로 싸움을 하는 이유는 용기가 없기 때문입니다.

그들은 끊임없이 싸우지만 정작 대화다운 대화를 나눈 적이 별로 없습니다. 자신을 어떻게 생각하고, 평가하는지 듣는다는 건 솔직히 겁나는 일이기 때문입니다. 그래서 문제가 생기면 책임을 전가하기 위해 억지 섞인 짜증을 내면서 끊임없이 헤어지자고 투정을 부립니다.

이렇게 이별중독에 빠지면 다음에 오는 사랑과도 습관적으로 이별을 시도합니다. 뭐가 문제인지도 모르는 채 이별하고, 자신의 뜨거운 사랑을 감당하기 어려워서 헤어집니다.

그런데 그거 아시나요? 일방적이고 상습적인 이별 선언 때문에 상대가 얼마나 고통스러워하는지 말입니다. 되돌아와서 용서를 구하고, 그만큼 더 잘해주면 금방 풀어질 거라고 쉽게 생각해서는 안 될 것 같습니다. 그들은 좀처럼 치유되지 않는 상처 때문에 남 모를 고통과 상대에 대한 분노에 시달리고 있답니다. 용기 없는 자의 투정이 부메랑이 되어 언제 다시 자신에게 돌아올지 모를 일입니다.

둘째, 용기 없는 사랑은 과거의 그림자에서 벗어나지 못합니다. '과거에 우리 아버지도 엄마를 배신했지', '과거의 사랑이 나를 보기 좋게 이용했어', '남자/여자들은 다 믿을 수 없는 족속이야.' 첫사랑에 배신당한 한 여성은 그 후에 만난 상대를 끊임없이 의심함으로써 떠나 보냅니다. 과거의 분노를 현재의 상대에게 전가하는 것입니다.

이런 태도는 사랑을 불행으로 결말짓기로 작정한 듯 보일 뿐입니다. 용기 없는 사랑의 세 번째 특징이 바로 이것입니다. 불행을 감당할 용기가 없어서 일찌감치 불행을 준비하고 받아들이는 것이지요. 그런 뒤에 사람들은 한탄합니다. "거봐! 다 똑같다니까. 내 사랑은 번번이 불행해진다고. 이러다간 평생 외톨이가 되고 말 거야."

그런 관계를 몇 번 반복하고 나면 남은 건 결국 분노와 자기 부정과 회한뿐입니다. 몸은 이십대지만 마음은 산전수전을 다 겪은 노인이 되어 있는 것입니다. '그에게 속았어', '결국 그에게 나는 아무것도 아니었단 말인가?', '인생을 헛산 거야', '죽어버리고 싶어'…….

자신에게 다가오는 사랑이 늘 비슷한 패턴을 가지고 있다면 정신을 바짝 차려야 합니다. 그것은 자신의 내면에 뭔가 해결하고 극복할 것이 있다는 신호이기 때문입니다. 당신의 내면이 그 문제의 해결을 위해 반복해서 비슷한 유형의 사람을 좋아하게 만들고, 또 비슷한 과정을 겪게 하는 것입니다.

예를 들어 툭하면 헤어지자고 투정 부리는 남성과 제발 떠나지 말라고 애원하는 여성은 각자 민감한 문제를 안고 있을 것입니다. 어쩌면 둘 다 심각한 분리공포증을 앓고 있는지도 모르겠습니다. 그 분리공포증은 어디에서 왔을까요? 심리학자들은 3세 이전에 양육자와의 성공적인 분리에 실패한 경험을 가진 이들에게 분리 공포증이 있다고 말하는데, 우리에게 그런 어린 시절이 있었던 걸까요? 그래서 우리는 이성을 잃은 모습으로 떠나가겠다고 소리치고, 옷자락을 붙들면서 매달리는 걸까요?

왜 그런 사람을 좋아하게 되었으며 도대체 어떻게 극복해야 하는지, 앞으로도 그런 상대를 만난다면 어떻게 대응해야 하는지 알아낼 때까지 자신을 성찰하고, 상대와 대화를 시도하고, 주위 사람들과 상담하고, 공부하셔야 합니다. 그렇게 함으로써 자신이 하고 있는 사랑에 대해 좀더 깊이 있게 이해할 수 있게 됩니다. 그러고 나면 자신의 내면에 쌓여 있던 막연한 두려움과 분노도 슬그머니 사그라집니다. 연인관계뿐 아니라 자신의 내면도 강해진다는 얘기지요. 일석이조인 셈입니다.

그러나 연인들은 두려워합니다. 사랑하는 만큼 실패하고 싶지 않은 것인지도 모르겠습니다. 젊은 남녀의 연애 문제를 상담하다 보면 그들이 정말 문제를 해결하고 싶기는 한 걸까, 진심으로 행복하기를 원하는 걸까 의심스러워질 때가 많습니다. 그들은 자신의 사랑이 어떤 두려움이나 아픈 과정 없이 순식간에 해피엔딩이 되기를 원합니다. 잔뜩 움츠린 자세로

제발 아프지 않게 살살 다뤄주세요, 하는 표정을 짓습니다.

하지만 연애 문제를 해결하는 일은 어느 정도의 공포감과 고통을 동반합니다. 연인들은, 가족 다음으로 깊은 관계를 맺기 때문에(그보다 더 깊을 수도 있지만) 그 문제를 헤집어 펼쳐 보인다는 것이 쉬운 일은 아닙니다. 특히 연애관계의 이면에는 보고 싶지 않는 생애 어느 지점이 연결되어 있을 수도 있지요. 그것과 직면하려면 무엇보다 용기가 필요합니다.

연애는 인간관계의 정수입니다. 가장 민감한 부분까지 드러내 상대와 맞춰가야 하기 때문입니다. 부디 사랑의 고통 앞에서 치열해지고 용감해지세요. 지금 겪는 사랑의 아픔은 기쁨이 넘치는 사랑과 인간관계를 위한 준비운동일 뿐입니다.

가족들을 낯설게 바라보는 연습을 합니다

실수를 통해 더욱 성숙해지겠다고 말씀드리세요 | 나를 보호할 수 있는 사람은 오로지 나 자신뿐입니다 | 어머니에게도 면의 아이가 있답니다 | 분명하게 선을 긋고 독립하세요 | 타인을 위해 자신을 방치하지 마세요 | 돈과 마음의 경제학을 해하세요 | 강한 여자의 약한 내면을 인정하세요 | 현실의 아이는 내면 아이의 거울입니다 | 상황에 떠밀려 탁아를 결 지 마세요 | 미워했던 만큼 죄의식도 자랍니다

엄마의 간섭이 너무 지나치세요

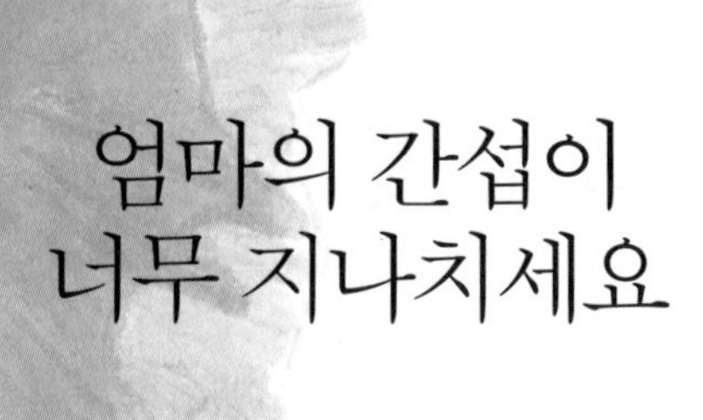

저는 이제 막 스물한 살이 된 대학생입니다. 2남 1녀 중 막내구요. 물론 어렸을 때야 곁에서 이것저것 챙겨주시는 어머니가 나쁘지 않았지만 이제는 다 큰 어른인데 자꾸 옆에서 간섭하시는 것이 부담스럽습니다. 제가 혼자 판단할 수 있는 일까지 참견하시려고 합니다. 또한 제 자취방에 매일 들르실 정도로 걱정을 하십니다.

얼마 전 제가 혼자 여행을 갔을 때는 제 걱정에 우울증 진단까지 받으셨다고 합니다.

아직도 저를 애 취급하는 것 같아 기분이 나쁜 것도 문제지만 가장 큰 걱정은 저에게 너무 집착하신다는 겁니다. 어머니와 저 사이의 끈 조절을 어떻게 해야 할까요? **막내**

실수를 통해서 더욱 성숙해지겠다고 말씀드리세요

일전에 텔레비전 오락프로그램에서 왕년에 무척 잘나가던 여자가수를 본 적이 있습니다. 그 가수는 춤 잘 추고 외모가 뛰어나서 시청자들의 사랑을 한 몸에 받았는데 어쩐 일인지 스캔들에 휘말리더니 10여 년간 얼굴을 보이지 않다가 삼십 대가 되어 재기를 시도하던 중이었습니다. 그 프로그램에서 잠시 그녀의 어머니를 인터뷰하는 장면이 나왔습니다. 딸에 대해서 어떻게 생각하느냐는 것이었는데, 그 어머니는 걱정스러운 표정으로 이렇게 말했습니다.

"아직도 너무 걱정스럽죠. 물가에 내놓은 아이처럼. 잘했으면 좋겠는데 제대로 할까, 어쩔까 하구요"라고 말입니다. 저는 참 안타까웠습니다. 딸의 재기를 바란다면, 정말 딸이 힘차게 재기하기를 바란다면 그런 식으로 말해서는 안 된다고 생각했습니다. 그런 발언은 자신의 모성애를 자랑하기 위한 것이지 딸을 위한 멘트는 아니지요. 엄마의 그런 걱정스런 시선 때문에 딸이 그렇게 힘들었던 건 아닐까 하는 생각까지 했습니다. 제가 듣기로 그녀는 전성기 때에도 연예계에 친구 하나 없고, 말도 거의 없던 외톨이었다고 하니까요.

그런 걱정 대신 어머니가 "딸이 그동안 많이 성장했고, 듬직해졌다. 앞으로는 무엇을 해도 더 잘할 것 같다"고 말했다면 얼마나 좋았을까요.

아마 막내 님도 그런 격려를 부모님에게 받고 싶었을 겁니다. 특히 집안에서 가장 마지막으로 독립을 시도하는 막내들에게 그 같은 격려는 참으로 힘이 됩니다.

아기의 성장 과정을 지켜본 사람이라면 누구나 알게 되는 것이 있습니다. 인간은 독립적인 존재가 되고자 하는 본능적인 욕구를 가지고 있다는 것입니다. 제 손으로 만져서 확인하기를 원하고, 저 혼자 서서 걷기를 원합니다. 혼자 해야 하는 것에 대한 두려움을 보이기도 하지만 아이들은 독립적으로 무엇인가를 이루어냈을 때 커다란 기쁨을 느끼지요.

그러고 보면 독립이 어려운 쪽은 아이가 아니라 부모입니다. 아이가 자기 힘으로 성취하려는 욕구를 부모들은 자주 묵살하곤 합니다. 아이가 자기만의 세상이나 영역을 갖고 싶어하는 나이가 되면 부모들은 거의 필사적으로 아이의 독립을 반대합니다. 사생활에 간섭하고, 일기를 훔쳐보고, 친구관계를 일일이 파악해서 통제하려고 합니다. 아이와 대화한다는 명목으로 아이의 일거수일투족에 사족을 붙이고 잔소리를 하지요.

자식 걱정이 지나쳐 그것을 정체성으로 삼아버린 부모님들이 한국 사회엔 너무 많습니다. 자신의 존재 이유를 '자식 걱정하는 부모 역할' 에서 찾으려는 것입니다. 그럴 경우 의식적으로는 자식이 어서 자라서 불안하지 않을 만큼 성숙해졌으면 좋겠다, 고 생각하지만 무의식에선 도리어 자식이 독립해버릴까 불안할 수도 있습니다. 그래서 부모님들은 여러 가지 전략으로 자식을 곁에 붙들어두고자 하십니다. "넌 아직 독립하기엔 너무 위험해" 하는 '협박성 자식 걱정' 이나 "내가 너무 심약해졌으니 이젠 나를 돌봐줘" 식의 애원과 한탄이 바로 그런 것입니다.

또 한편으로, 자식과 부모가 생의 사이클이 다른 데서 오는 갈등일 수도 있습니다. 자식이 자신의 에너지를 세상에 펼치기 위해 더 넓은 곳으로 나가려고 하는 나이에 부모는 모든 사회생활을 접고 서서히 둥지로 돌아와야 하는, 이른바 인생의 수렴기에 접어듭니다. 이제 부모에게는 더욱더 자식 걱정밖에는 할 것이 없게 됩니다. 그것마저 놓치면 그야말로 무기력감에 의한 우울증이 찾아올지도 모를 일입니다. 해야 할 일도 없고, 자신을 필요로 하는 곳도 없다고 생각해보세요.

막내 님의 어머니는 막내인 님을 대학까지 보내셨으니 빈둥지증후군을 지나 이미 우울증을 앓고 계신 상태가 아닌지도 의심이 됩니다. 가능하다면 이 기회에 님의 어머니가 자식에게 집착하는 당신의 문제를 돌아보시고 더 나아가 상담을 받는 기회도 가지셨으면 좋겠네요. 자식들을 모두 떠나보내고 인생의 두 번째 독립을 맞는 중년 이후의 삶에 대한 상담이 꼭 필요하리라 생각합니다.

어쨌든 자식이 불안하고 걱정되는 어머니의 마음은 사실 당신 자신의 인생이 불안하고 걱정된다고 생각하는 것의 반영일 수 있습니다. 자신감이 없고, 의존적이며, 자신을 미숙하다고 생각하는 사람들이 그런 자신의 문제를 숨기기 위해 무의식적으로 자식이나 가까운 사람들을 미숙하다고 판단하고 걱정하는 것과 같은 심리입니다. 심리학적으로는 '투사'라고 하지요.

막내 님의 어머니는 지금 자식들이 모두 독립해서 당신 곁을 떠나가면 어떻게 살아갈지 외롭고 막막한 어린아이 상태이실 수도 있습니다. 그러니까 막내 님에 대한 걱정은 당신 자신에 대한 걱정이며, 막내 님에 대

한 간섭은 당신이 자식들에게서 받고 싶은 것일 수도 있겠다는 말이지요. 인간은 자신이 받고 싶은 것을 타인에게 해주는 경향이 있다는 것을 막내 님도 잘 알고 계시지요?

그러니 이렇게 해보면 어떨까요? 이제 막내 님과 형제 분들이 어머니에게 어른이 되어 드리는 겁니다. 어머니의 간섭을 부담스러워하면서 수동적으로 대처하기보다는 오히려 막내 님 쪽에서 어머니의 생활에 대해 안부를 묻고, 챙기고, 걱정을 해드리는 것이지요. 어머니가 막내 님에게 말 걸던 방식으로 막내 님이 어머니에게 먼저 말을 건네는 것입니다. 그렇다고 해서 어머니에게 많은 시간을 투자하라는 말씀은 아닙니다. 막내 님의 경우는 어머니와 같이 보내는 시간을 조금씩이라도 줄여나가는 것이 필요해 보이니까요. 자취를 하는 딸의 방에 매일 찾아오시는 어머니라면 말입니다.

또 어머니가 습관적으로 막내 님을 걱정하실 때는 정색을 하고 어머니의 두 눈을 바라보면서 어른스럽게 말씀해보세요.

"엄마, 제가 뭐든 잘할 수는 없겠지만 그래도 문제를 고쳐나가면서 어른스럽게 처리해볼게요. 너무 걱정하지 마세요. 엄마가 자꾸 걱정하시면 제가 되레 위축돼요."

처음엔 그런 말들이 잘 나오지 않습니다. 피차 과거의 엄마와 막내 관계에 길들여져 있기 때문입니다. 그러나 마음속에서 많이 되뇌며 훈련하시고 또 말문을 열어 한 부분만이라도 시작한 뒤 자꾸 반복해서 말씀하세요. 그러다 보면 나중에는 좀더 잘 설명하실 수 있게 될 거예요.

"어머니, 저의 일에 간섭하지 마세요" 하는 식으로 어머니를 밀어내거나 문제를 지적하는 방법도 있을 수 있습니다. 대부분의 자식들이 용기를 내서 하는 말이 이런 식입니다. 물론 어정쩡하게 침묵으로 일관하는 것보다는 낫다고 생각합니다. 그러나 어머니를 거부하거나 어머니의 문제점을 지적해서 태도를 변화시키는 일은 사실상 거의 불가능합니다. 관계만 불편해질 수 있을 뿐더러 거부당한 사람은 자신의 이미지를 만회하기 위해서 더욱 같은 행동을 반복하려는 경향이 있답니다. 간섭하는 게 싫다고 말하면 상대는 자신이 단지 간섭하려는 게 아니었다는 걸 납득시키기 위해서 더 간섭합니다.

어머니와의 밀착된 관계를 조정하는 데 성공하기 위해서는 어머니의 변화뿐 아니라 막내 님 자신을 돌아보는 일도 필요합니다. 지금까지도 딸의 일에 그렇게까지 간여하고 집착하시는 분이라면 어머니의 영향을 받을 수밖에 없었을 것이기 때문입니다. 혹시 어머니에게 길들여진 부분은 없을까요?

많은 부모가 이렇게 말합니다. "네가 뭘 안다고?", "넌 세상을 너무 몰라", "그러다가 큰일 나기라도 하면 그땐 어떻게 할래?", "거 봐라. 내 말 안 듣더니 내가 그럴 줄 알았다."

혹은 자신의 노심초사를 '사랑'으로 미화하기도 합니다. "너 때문에 밤잠을 못 이룬다", "물가에 내놓은 아이 같이 불안하다", "엄마 말 들으면 자다가도 떡이 생긴다", "부모 말 들어서 손해날 거 없지 않니."

이렇게 자식의 귀에 대고 끊임없이 되뇌는 말은 일종의 주문이 되어 효력을 갖습니다. 평소에는 지겹다고 생각했던 말들이 위기상황에서는 강렬하게 자식의 마음을 지배하지요. 실수를 하면 부모님의 말을 듣지 않

았기 때문이 아닐까 필요 이상으로 걱정하게 되고, 어려움이 닥치면 부모님 말마따나 내가 너무 어리고 미숙해서 해결할 수 없는 것은 아닐까 불안합니다. 바로 부모님의 주문에 걸려들었기 때문입니다. 부모의 주문은 겉으로는 "네가 잘되기를 바란다"이지만 실제로는 "너 혼자서는 잘해낼 수 없을 거야"라는 메시지를 담고 있습니다.

특히나 부모가 실수에 엄격하셨던 분이라면 더더욱 잘못을 저지를까 노심초사하는데, 그런 감정이 지나치게 되면 사회에 나갔을 때 언제나 긴장해서 쉽게 피로감을 느낍니다. 내면에 부모가 만들어준 자기검열 시스템이 자신의 잘못과 실수를 늘 예의주시하고 혹독하게 야단치기 때문에 언제나 누군가에게 혼나고 있는 기분이 듭니다.

그 주문에서 풀려나기 위해서는 어떻게 해야 할까요? 무엇보다 자신에게 너그러워질 필요가 있습니다. 미숙하든 아니든, 나이가 들었든 젊었든 인간은 누구나 실수도 하고 때로는 자신감을 잃기도 하지요. 그리고 더욱 긍정적으로 생각해보면, 실수와 좌절 없이는 성장할 수 없습니다. 실수나 잘못, 좌절 등의 '위험한 경험'은 언젠간 반드시 겪어야 하는 일들입니다. 문제는 그 위험한 경험을 부모님들이 대신 해주고 있거나 또는 반드시 피해야 하는 '나쁜 것'이라고 오해하는 데서 생깁니다.

그러니 부모님이 걱정하고 불안해하시더라도 '나는 부모님이 걱정할 만큼 미숙하지 않다. 나는 부모님이 불안하지 않도록 잘살 것이다'라고 방어하지 않으셔도 됩니다. 부모님이 걱정하는 일이 생길 수도 있지만 그 과정을 통해서 더욱 성숙할 것이라고만 약속하십시오. 그것이 가장 솔직한 대답이고 또 안전한 대답이 될 것입니다.

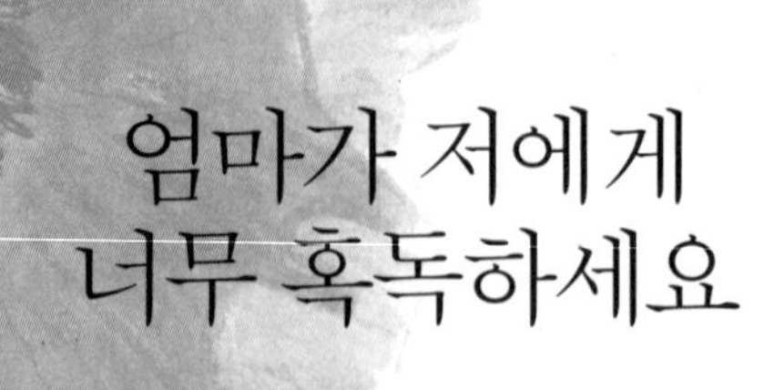

엄마가 저에게 너무 혹독하세요

저는 평범한 여대생입니다. 오래전부터 엄마와의 관계로 힘들게 지냈는데 대학교에 들어온 후 관계가 더욱 악화된 것 같습니다. 저희 엄마도 남들이 보기에는 평범한 현모양처형 주부입니다. 남들에게는 싫은 소리 한 마디 못하시면서 저에게는 너무나 혹독한 분입니다.

엄마 생신 때 로션 세트를 사드렸더니 "고맙다. 근데 네 오빠를 봐라. 10만 원짜리 상품권 주잖니?" 하셨습니다.

예전에 남자친구가 만나러 나왔더니 저한테 전화를 걸어 "빌어먹을 X. 아, 빨리 들어오지 못해!!! 빌어먹을 X. 빨리 들어와!" 계속 이렇게 옆에서까지 다 들리게 소리를 지르시고, 그럴 땐 밖에 나와 있어도 안절부절못합니다.

엄마는 화가 나면 몇 년 전 일부터 하나씩 늘어놓으십니다. 제가 무슨

얘기라도 할라 치면 또 대꾸한다고 하면서 한 마디도 들어주지 않으시고요. 뻔히 옳은 말을 해도 자존심이 상하시는지 제가 하는 말은 다 틀렸다고 하십니다. 생각 없이 꺼낸 말이 어느새 엄마의 신경을 건드렸는지 화를 내십니다. 제가 하는 모든 얘기가 엄마에게는 싸움거리로 보이는 것 같아요. 피해의식을 갖고 계신 걸까요?

어린 시절로 거슬러올라가 보니 그땐 제가 어려서 엄마에 대해 몰랐던 것 같습니다. 초등학교 때 엄마와 수학공부를 하다가 틀리면 머리채를 쥐어뜯긴 적이 한두 번이 아니었고요. 그때마다 "휴지 같으면 확 뭉개서 불에 태워버리고 싶다"는 말을 하셨어요.

요즘 엄마랑 대화하지 말자는 다짐을 하곤 하지만 몇 시간만 지나면 잊어버리고 저도 모르게 엄마한테 살갑게 대하게 됩니다. 그 대화가 또 다시 싸움이 되구요. 자신은 할 말 다 퍼부으면서 저에게는 한 마디도 못하게 하시는 엄마 때문에 제 안에 쌓인 응어리를 풀 길이 없어 확 죽어버리고 싶다는 생각도 여러 번 했습니다. 오빠한테는 안 그러시는데…….
오빠는 공부를 정말 잘해서 엄마의 자랑거리지요.

엄마가 저를 사랑하시는 건 알지만 이제는 더 이상 엄마의 화를 참아낼 수가 없습니다. 매일 새벽에 엄마랑 싸우는 꿈을 꿔서 잠꼬대하다가 깨곤 합니다. 하루하루 미칠 것 같아요. 저도 모르게 제가 엄마를 닮아가는 것 같아요. 제 안에도 화가 쌓이고 있거든요. 그게 더 무섭습니다. 좀 도와주세요. 제가 어떻게 해야 할까요? **응어리**

나를 보호할 수 있는 사람은 오로지 나 자신뿐입니다

응어리 님의 말씀을 듣고 있자니 저도 화가 치밀어 오릅니다. 자식을 자신의 한풀이 대상으로 생각하는 대책 없는 부모가 세상엔 아직도 많습니다. 응어리 님의 어머니와 같은 '엄마의 얘기'를 어렵지 않게 들을 수 있는 걸 보면 말이지요. 도대체 어머니들은 왜 그렇게 딸들을 함부로 대하고 또 폭력적이기까지 한 걸까요? 왜 딸 앞에선 어머니의 광기가 그토록 거침없이 드러나는 걸까요?

갓난아기를 키우는 젊은 엄마는 나름의 혹독한 훈련을 통해 모성애를 키웁니다. 부담스럽고 힘들지만 보호자의 손길이 없으면 단 며칠도 생존할 수 없는 아기를 구석구석 살피고 먹이고 씻기면서 그 아이를 내 몸의 일부처럼 받아들여야 했던 시기가 바로 훈련기간이라고 할 수 있습니다. 그러니 모성도 타고나는 것이 아니라 만들어지는 것이지요.

어쨌든 그런 부모훈련 과정을 통해서 이기심을 죽이고, 아이를 자신의 일부로 받아들이는 과정은 눈물겹다고 할 수 있습니다. 그러나 바로 거기에 문제도 있습니다. 아이를 나의 일부로 여기면서 부모는 아이와 사랑뿐 아니라 분노까지 나누기 때문입니다. 다시 말해 자식을 '나'라고 여기기 때문에 무의식에 감춰둔 분노가 쉽게 개인의 페르소나(사회적 가면)를 벗겨버리고 인격의 경계를 넘어섭니다. 모든 친밀한 관계가 애증의 두

얼굴을 갖고 있는 것은 아마도 그 때문일 것입니다.

특히 인간의 폭력성과 분노는 자기보다 약한 존재에게 향하기 쉬우니 남성에게는 여성이, 어른에게는 아이가 표적이 되는 것이 너무도 당연한 것입니다. 많은 어머니들이 가슴을 치면서 이렇게 털어놓습니다.

"왜 아이 앞에서는 내가 짐승처럼 돌변해서 밑바닥을 다 드러내는지 모르겠어요."

물론 그런 고민을 하는 어머니라면 차라리 다행입니다만, 그렇지 않은 많은 부모들은 시간이 흐를수록 분노는 도를 더해가고 폭력적인 태도는 극단으로 가게 마련입니다.

웅어리 님의 어머니는 인격적인 모독이라고 부를 수 있는 말씀도 서슴지 않으시는군요. 이를테면 딸이 어머니를 위해 준비한 선물을 다른 형제의 것과 대놓고 비교한다든지, 데이트를 하고 있는 딸의 상황은 고려하지 않고 막말을 하며 소리친다든지 하는 행위가 그렇습니다. 어린 딸에게 "휴지 같으면 태워버리고 싶다"는 식의 표현을 하셨다니 마음의 상처가 되기에 충분한 언어폭력이었겠습니다.

부모자식 관계든 아니든, 당신에게 그런 말과 행동을 할 수 있는 권리는 그 누구에게도 없습니다. 마찬가지로 그런 대우를 받아야 할 사람도 세상에는 없습니다. 제가 이런 식으로 얘기하면 이제껏 어머니를 원망하던 딸들은 갑자기 화를 내며 이렇게 외칠지도 모르겠습니다.

"우리 엄마가 그렇게까지 나쁜 사람은 아니에요. 그래도 저를 사랑하신단 말이에요."

아니면 갑자기 죄의식이 느껴지는 목소리로 변명을 하기도 합니다.

"제가 엄마에게 잘하지 못한 것도 사실이에요."

세상의 많은 딸들이 "엄마가 지겹다"고 입버릇처럼 되뇌지만, 사실 그렇게 말하는 딸일수록 어머니와 거리두기에 성공한 경우는 별로 없습니다. 어머니와의 거리두기란 어머니를 '나의 분신'으로 보지 않고, 낯선 '타인'으로 볼 수 있는 것을 말합니다.

대부분의 딸들이 어머니의 억압적이고 폭력적인 태도에 너무 익숙한 나머지 그것을 비인간적이라거나 무례라고 생각하지 못합니다. 그저 너무 지나친 사랑 또는 집착하는 사랑 정도로 생각하면서 부담스러워할 뿐입니다. 그러나 생각해보세요. 만약 주변에 어머니처럼 구는 낯선 사람이 생긴다면 응어리 님은 어떠시겠어요? 그녀의 무례가 견딜 수 없는 지경이라고 느끼실 것이며, 도저히 더 이상은 상대하고 싶지 않을 겁니다.

응어리 님, 대학교에 들어와서 관계가 더 악화되었다고 말씀하시는 걸 보니 아마 응어리 님도 어머니로부터 심리적으로 독립하고 싶으신가 봅니다. 그런 때가 되면 이제까지 참아왔던 어머니의 태도가 새삼 견딜 수 없게 되거든요. 그래요. 이제 어머니를 낯선 시선으로 바라보세요. '지금 나를 대하는 엄마의 태도가 성인을 대하는 태도인가? 엄마는 딸 아닌 젊은 사람들도 나처럼 대하는가?' 하는 식으로요. 당연히 다른 이들에게는 그렇게 하지 않습니다. 우리는 가족이라는 이름으로, 사랑이라고 변명하면서 서로에게 얼마나 큰 상처를 입히고 사는지 모릅니다.

물론 어머니에게도 사연은 있을 것입니다. 딸에게도 말하지 못한 과거의 분노가 있거나 또는 어머니의 낮은 자존감이 원인일 수도 있습니다. 자존감이 낮기 때문에 동성의 자식인 딸도 자신을 대하듯 함부로 대하는

것이지요. 그 밖에도 딸에 대한 질투나 혐오가 있을 수 있고, 딸에게 죄의식을 심어줌으로써 자신의 울타리에서 벗어나지 못하게 하려는 무의식적인 의도가 숨어 있을 수도 있습니다.

하지만 그 어떤 이유에서든 그런 식으로 딸을 대하는 것은 부당합니다. 어머니는 자신의 아픈 내면을 위로해달라고 딸에게 부탁할 수는 있지만 딸을 함부로 할 권리는 없습니다. 응어리 님도 어머니를 위로해드릴 수는 있지만 속수무책으로 그녀의 화풀이 대상이 될 수는 없는 노릇입니다.

어쨌든 어머니가 나를 힘들게 했던 것이, 나를 너무 사랑하기 때문이 아니라는 사실을 알게 되면 딸들은 충격에 빠집니다. 엄마가 어떻게 딸에게 그럴 수 있을까, 도대체 나는 엄마의 사랑도 받지 못한 존재란 말인가 하는 혼란을 느끼게 되고, 또 한편으로는 어머니에 대한 견딜 수 없는 분노에 사로잡힙니다.

바로 그런 혼란과 분노가 두려워서 많은 딸들이 나이 들어서까지 어머니를 객관적으로 바라보지 않으려 했는지도 모릅니다. "사랑 때문이야. 단지 사랑이 지나쳤기 때문일 거야"라고 중얼거리면서 말입니다. 그러나 가슴 아프시겠지만 응어리 님, 이 말씀도 들어주시기 바랍니다. 완전한 모성은 없답니다. 인간은 누구나 기본적으로 이기적이며 자기 상처와 자기 경험에 충실한 존재라는 사실을 받아들이셨으면 합니다.

갑자기 외로움이 걷잡을 수 없이 밀려오거나 공허함을 느끼게 될지도 모르겠습니다. '누구를 믿을 수 있단 말인가' 혹은 '내가 사랑한다고 믿었던 사람들의 내면이 이랬단 말인가' 하고 말이지요. 아주 교과서적인 말씀이지만 바로 그때, 세상의 무례와 폭력으로부터 나를 보호할 사람은 나 자신밖에 없다는 깨달음을 얻게 될지도 모르겠습니다.

자, 그렇게 마음을 무장하셨다면 내면적으로, 그리고 어머니와의 관계에서 두 가지 실천이 필요합니다.

내면적으로는 부모에게 받았던 과거의 부당한 대우와 상처들을 꺼내서 직면하시는 겁니다. 그 과정에서 두려움이나 죄책감에 떨고 있는 나, 슬퍼하고 외로워하는 나, 분노 때문에 고통 받는 어린 나를 수없이 만나게 되실 거예요. 그들에게 연민과 애도의 마음을 전하는 일을 지속적으로 하시기 바랍니다. 생각보다 시간이 오래 걸릴 수도 있습니다. 내면의 어린아이들은 반복해서 위로받기를 원하거든요. 이제는 응어리 님이 그 아이들의 부모가 되어서 그들을 다독여줘야 할 때입니다.

나의 아픔과 상처를 어머니가 아니라 나 자신이 위로해줄 나이가 되었다고 인식하는 것은 무척 중요합니다. 현실의 어머니에게 매달려 그녀의 사랑을 제대로 받고 싶다고 집착할수록 응어리 님은 어머니와의 크고 작은 싸움을 계속하실 수밖에 없답니다.

또 하나의 과제는 현재진행형인 어머니와의 전쟁을 약화시키거나 멈추는 일입니다. 그러기 위해서 대화 방식을 바꿔보시면 어떨까요?

일단 어머니가 응어리 님의 마음을 흥분시키고 화를 돋울수록 그런 어머니의 의도를 빨리 알아차리시고 거리두기를 하면서 냉정해질 필요가 있습니다. 엄마가 걸어오는 싸움에 말려들지 않는 것이 무엇보다 중요하다는 말씀입니다. 대화가 다툼으로 진행된다면 얼른 다른 화제를 가져오거나 그 자리를 비키는 식의 방법도 괜찮습니다.

둘째, 엄마와 시시비비를 가리는 논쟁에 빠지지 마세요. 누가 잘못했는지, 그 말이 왜 잘못됐는지 말싸움을 해봤자 자식을 이겨야겠다고 작정한 부모를 이길 재간이 없습니다. 오히려 논쟁에 찬물을 끼얹는 대화가 더 유리할지도 모릅니다. "엄마, 지금 굉장히 화내시는 거 알고 계세요?" "엄마가 화를 내시니 무서워서 말을 못하겠어요.", "그만 흥분하세요. 저는 엄마와 싸우고 싶지 않거든요" 하는 식으로 말입니다.

마지막으로 응어리 님이 어머니의 태도 중에서 좋아하는 것과 싫어하는 것이 무엇인지 구체적이고 분명하게 말씀하세요. "엄마, 나는 비교당하는 게 싫어요", "엄마, 그렇게 거칠게 말하시니 제 자존심이 너무 뭉개지는 것 같아요", "더 이상 제게 화내지 마세요. 제가 너무 가슴이 아파요" 등등으로 표현하시는 겁니다.

물론 오랜 기간 익숙해진 관계 맺기 방식을 버리고 하루아침에 달라지기는 거의 불가능할 것입니다. 특히 응어리 님의 태도가 달라지기 시작하면 어머니는 더욱더 트집을 잡으려 드실 수도 있습니다. 딸의 애정이 식은 것은 아닐까, 딸이 자라서 나의 문제를 파악하게 된 건 아닐까 불안해지실 테니까요. 그 과정에서 수없이 응어리 님의 의도가 좌절당할지도 모릅니다. 그러나 원하는 대로 대응하지 못하셨더라도 자책하지 마세요. 과거의 관계를 고수하려는 어른을 자식이 변화시키기란 그리 쉬운 일이 아니니까요. 그저 자신을 격려하면서 끊임없이 심기일전하시기를 충고해드립니다.

내면 위로하기, 그리고 엄마와 거리두기를 끊임없이 하시다 보면 어느 순간 문득 몰라보게 강해진 자신을 발견하시게 될 것입니다.

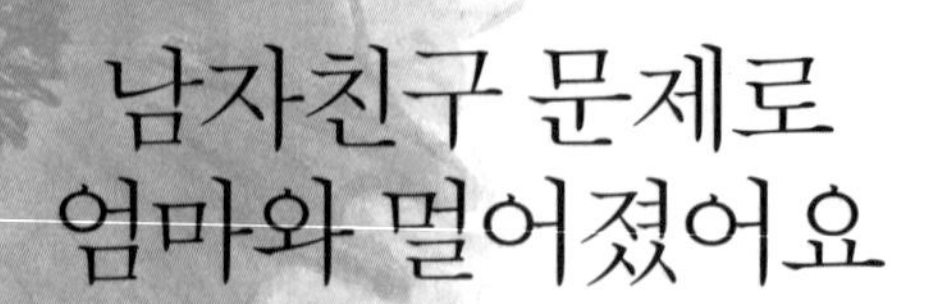

남자친구 문제로 엄마와 멀어졌어요

전 이제까지 한 번도 부모님의 기대를 저버리지 않고 살아왔는데 남자친구 문제로 엄마와 사이가 많이 나빠졌습니다. 기대하는 수준에 미치지 못한다는 이유였죠. 제가 아무리 그 사람을 사랑한다 해도 엄마는 "눈이 멀어서 그렇다"는 식으로 치부해버리셨고 제게 남자친구가 있단 사실을 아버지를 포함한 어느 누구에게도 말씀하시지 않더군요. 오히려 친구 분들을 만나면 우리 딸 중매 좀 하란 얘길 하셨습니다. 엄마 등쌀에 남친 몰래 선을 몇 번 보기까지 했습니다.

더 이상은 그렇게는 못하겠단 생각에 엄마에게 최후통첩을 했습니다. 내가 행복한 게 싫은 게 아니라면 더 이상 맞선을 강요하지 말라고 편지에 써서 드렸습니다. 그 후 정말 일절 아무 말씀이 없으셨어요. 올초 남자친구의 청혼도 있고 저도 더는 싱글로 지내고 싶지 않아 결혼을 결심하고

그 사실을 엄마에게 얘기했습니다. 그런데 뜻밖의 대답을 들었습니다.

"네 마음대로 해. 너도 이제 성인인데 내가 뭐라고 하겠니."

그런데 엄마는 결혼준비 과정에서 뭔가 상의하려고만 하면 "왜 나한테 물어? 어차피 결혼도 네 맘대로 하는 거 아냐?" 이런 식으로 말씀하셔서 제 맘을 아프게 합니다. 급기야 오늘 전화 통화 때입니다. "너 때문에 내 인생관이 바뀌었어. 인생 별 거 아니더라. 너한테 바라는 것 눈곱만큼도 없으니까 하고 싶은 대로 하고 살아. 나 같은 엄마 있는 줄 알아? 내가 얼마나 자식 문제에 헌신적이었는데. 이젠 그러는 거 부질없어." 이렇게 말씀하시곤 전화를 덜컥 끊어버리시네요. 결혼 문제 때문에 이런 식으로 사이가 틀어진 것, 참 슬픕니다. 엄마가 너무 어린아이 같단 생각이 듭니다. 어떤 노력이 필요한 걸까요? **고민이**

어머니에게도
내면의 아이가 있답니다

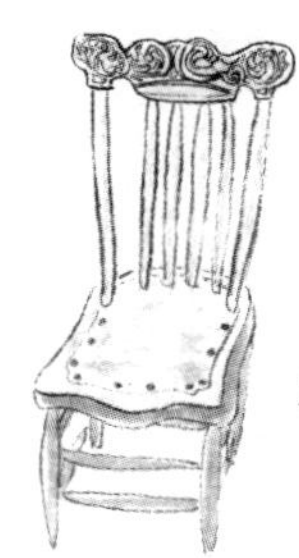

"내가 저를 어떻게 키웠는데 그거밖에 안 되는 남자한테 빠지다니", "너는 나처럼 살지 말랬잖아", "평생을 키워준 이 엄마보다 그 남자가 더 좋다고?", "자식 다 소용없어", "아, 이렇게 혼자가 되는구나."

결혼하는 딸을 바라보는 대한민국 엄마들의 심정은 복잡하기 그지없습니다. 노년기를 앞둔 여성에게 딸은 사랑하는 자식인 것은 말할 것도 없거니와 양육의 성과물이기도 하고, 자신의 분신이기도 하며, 동시에 대리만족의 대상이기도 합니다. 그 딸이 결혼을 해서 엄마로부터 독립한다는 사실도 받아들이기 쉽지 않은데 심지어 엄마의 기대를 저버린 결혼을 하다니요.

엄마에게 결혼생활이란 무엇입니까? 여성으로서의 한이 농축된 인생 과정이며, 만약 시간을 되돌릴 수만 있다면 다시는 그렇게 살고 싶지 않은 후회막급한 세월이기도 할 것입니다. 그래서 종종 어머니들은 당신 인생의 한풀이를 하려는 듯 딸의 결혼에 끼어듭니다. 그뿐인가요. 한국에서 자녀의 결혼은 엄마의 자식농사를 판가름하는 최후 결정판입니다. 그러니 영광된 대단원을 꿈꾸는 엄마들이 자식의 결혼에 필사적으로 매달릴 밖에요.

그 결정적인 시기에 고민이 님은 어머니로부터의 독립을 선언하며 자신이 원하는 결혼을 관철하셨군요. 그 때문에 어머니는 이제까지 미뤄두고 외면했던 당신 생의 문제들을 한꺼번에 직면하시게 됐네요. 딸을 조금씩 마음으로부터 떠나 보내면서 독립시키고, 그와 함께 어머니도 당신만의 행복을 챙기셔야 했는데 말입니다. 그 과정을 순차적으로 치르셨다면 고민이 님의 선언에도 한층 초연하실 수 있었겠지요.

고민이 님은 어머니가 어린아이 같다고 하셨지요? 실제로 지금 어머니는 자신의 내면에 존재하고 있는 '어린아이'와 격렬하게 싸우고 계실 것입니다. 딸의 선택을 받아들여야 한다고 생각하면서도 왠지 모를 억울함이나 배신감, 외로움, 분노 등에 휩싸여 그야말로 '내 마음 나도 어쩔

수 없는' 심정일 것입니다. 우리 모두에게 그런 순간들이 존재합니다. 나잇값을 할 수 없게 완고히 버티는 내면의 아이 때문에 말이지요.

조금 냉정하게 말하자면 딸인 고민이 님도 어머니의 내면의 아이를 방치한 공모자일 수 있습니다. 엄마를 거역하기가 두려워서, 또는 엄마의 아기로 안주하는 것이 편해서 그동안 효녀라는 이름으로 엄마의 성숙을 외면했을 것이기 때문입니다. 고민이 님은 엄마의 기대대로 살아온 자신의 삶을 '양보' 라고 생각하시겠지만 사실은 엄마의 보호막을 이용하기도 하셨을 겁니다. 서로가 서로의 아기가 되어 위로받고 안주하는 모녀관계를 유지했던 딸이, 어느 날 갑자기 자신을 어머니의 소유물로 보지 말아달라고 요구했을 때 어머니는 억울하기도 하셨을 겁니다.

때늦은 감은 있지만 모녀간의 대화법이 조금 달랐다면 지금과 같은 단절을 막을 수 있지 않았을까 하는 생각도 듭니다.

대부분의 딸들은 어머니가 문제를 지적하면 방어하기에 급급해서 어머니가 하고 싶어하는 말에 귀 기울이지 않습니다. 물론 어렸을 때부터 무방비 상태에서 들어야 했던 부모의 혹독하고 날카로운 지적이 깊고도 아픈 상처가 되었을 것입니다. 자식의 선택을 신랄하게 비난하는 엄마와, 더 이상은 엄마의 비난에 상처 받고 싶지 않은 딸의 강고한 방어가 고민이 님 모녀 사이에 있었을 것입니다. 특히 자신의 남편감, 그리고 어머니의 사윗감에 대한 문제라서 피차 물러설 수 없으셨겠지요.

그런데 의외로, 특히나 부모님 중에서 어머니의 반대는, 자식과 의사소통이 얼마나 이루어지느냐에 따라서 달라질 수도 있습니다. 어머니가 반대의사를 통해서 진정으로 하고 싶은 말씀이 무엇이었는지 고민이 님이 귀 기울이고 알아채셨다면 말입니다.

어머니는 고민이 님의 남자친구가 왜 못마땅하신 걸까요? 그 못마땅한 점에 얽힌 사연이 어머니에게 있는 것일까요? 혹시 이참에 자식도 모르게 살아온 남편과 얽힌 세월을 털어놓고 싶으셨던 건 아닐까요? 그것도 아니라면 딸에게 기울인 자신의 애정에 대해 새삼스럽게 보상을 받고 싶으셨던 것일까요? 어머니에게 딸이란 어떤 존재였을까요? 딸을 키우면서 느꼈던 감정과 고생스러운 기억은 무엇이었을까요?

어머니의 반대가 근본적으로는 어머니 자신의 콤플렉스에서 기인했더라도 고민이 님이 귀 기울일 만한 부분이 있었을 것이라는 생각도 듭니다. 보통은 구태의연한 잔소리 속에 묻혀 그 진가를 알아볼 수 없지만 세상을 살면서 터득한 어른들의 통찰력을 무시할 수만은 없으니까요. 어머니의 충고가 유용했다고, 어머니가 말씀하시는 남자친구의 단점이 장래에 생길 문제를 미리 아는 데 도움이 됐다고 말씀드렸다면 어머니의 반응이 어땠을까요?

시간이 좀 오래 걸리긴 했겠지만 그렇게 서로의 얘기를 듣고 수긍하고 반박하는 과정을 통해서 어머니의 마음이 풀어지지 않았을까요? 사실 자식의 결혼은 부모 인생의 한 단락, 절정의 시기를 마무리하는 계기가 됩니다. 그 마무리를 새로운 삶을 시작하는 자식과 함께할 수 있다면 더할 나위 없이 바람직할 것입니다.

그러나 고민이 님의 어머니처럼 자신만의 동굴에 들어가서 혼자 마무리를 하실 수도 있습니다. 어머니가 너무 단단한 껍질을 갖고 계실 경우에는 어쩔 수 없는 문제일 것입니다. 저는 의사소통이 늘 평화로워야 한

다고는 생각하지 않습니다. 어떤 극적인 상황을 맞더라도 상대에 대한 이 생각 하나만 잘 간직한다면 말입니다. 결국은 어머니가 고민이 님을 미워하는 것이 아니라 어머니 내면의 문제와 싸우고 있다는 것, 더 나아가 어머니의 인생, 어머니의 모순과 싸우고 있다는 것을 기억하세요.

인간에게는 변태에 가까운 변화를 하는 생의 고비가 평생에 걸쳐 몇 번 있게 마련입니다. 지금 고민이 님도, 어머니도 그 고비에 서 계시네요. 고민이 님 인생에 결혼이 중요하듯이 어머니의 인생에서는 지금의 갈등이 참으로 중요한 계기가 될 것입니다. 어머니의 지지를 받으며 결혼하지 못하는 것은 안타까운 일이지만 어머니를 채근한다고 해서 문제가 해결될 것 같지는 않습니다. "엄마가 되어가지고 딸이 결혼하는 마당에 이럴 수 있나"라고 원망하는 대신 어머니께서 당신 인생에 집중하실 수 있도록 기다려주세요.

그리고 새로운 편지 한 통을 다시 어머니에게 보내면 어떨까 싶습니다. 엄마를 기다리겠으며 엄마를 사랑한다고 써서 말입니다.

매정한 엄마에게 화가 납니다

어쩌다보니 늦은 나이에 공무원 시험을 준비하고 있는 서른세 살 먹은 여자입니다.

최근 몇 년 동안 저의 가장 큰 숙제는 저희 엄마입니다. 적어도 서른이 되기 전까지 엄마는 그냥 엄마일 뿐이었습니다. 하지만 서른이 되던 해, 할머니 장례를 치르는 과정에서 인간으로서의 엄마를 보게 되었습니다. 비록 갈등 많은 고부 사이였지만, 그래도 33년이나 함께 살아온 시어머니를 보내면서 조금도 서운해하지도 안타까워하지도 않을 정도로 그는 매정한 사람이었습니다.

그는 지극히 이기적이고 자기중심적인 사람이었습니다. 어린 시절, 급성 맹장염 증세를 보이는 저를 데리고 급히 병원으로 가는 택시 안에서도 제 머리채를 잡아 흔들며 아프다는 말을 왜 진작 하지 않았느냐고 윽

박지를 정도로 그는 자신의 분풀이가 먼저인 사람이었습니다.(그때 저는 급성 맹장염으로 죽을 수도 있다는 사실보다도 엄마한테 맞아 죽을까봐 더 무서웠습니다.^^;;)

지금은 어느 정도 정리가 된 상태입니다. '그는 나의 엄마이기 이전에 한 인간이다. 그 역시 매정하고 한 많은 부모 밑에서 유년기를 보낸 피해자일 뿐이다. 다른 누군가에게 애정을 나눠줄 여력이 그에겐 없다.'

이젠, 제 인생에서 그가 차지하는 비중을 줄이려고 합니다. 저도 행복할 권리가 있으니까요. 그런데 이성적으로는 대강 정리가 되었는데도 매일매일 부딪히는 엄마를 견디기가 무척 힘듭니다. 입만 열면 쏟아내는 누군가에 대한 온갖 험담과 부정적인 얘기들, 특히 오빠가 결혼한 이후로는 새언니와 그 친정에 대한 험담이 매일같이 이어집니다. 그냥 흘려듣자고 결심해도 제 의지와는 상관없이 울화가 치밀어 오르면서 "당신이나 잘하세요"라는 말이 목까지 차오릅니다. 엄마를 대할 때면 늘 화가 나고, 그의 모든 행동이나 말들을 무시하자니 죄책감이 듭니다. 어찌 보면 가엾기 짝이 없는 그를 도울 수 없다는 사실에 대한 무력감도 여전합니다. 삼킬 수도 뱉을 수도 없는, 맛없는 음식을 입에 물고 있는 기분입니다. **마요네즈**

분명하게 선을 긋고 독립하세요

어머니와 거리두기를 하려고 애쓰시는 마요네즈 님의 노력을 지지합니다. 이참에 어머니가 차지하는 비중을 줄이는 정도가 아니라 어머니로부터 독립하셔도 좋겠다는 생각입니다.

어머니에 대한 효도, 같은 여성으로서 어머니의 삶 이해하기, 어머니의 지지자, 친밀한 모녀관계…… 모두 훌륭한 말들입니다. 그러나 현실에는 어울리지 않는 말이기도 합니다. 모녀관계의 문제는 어머니와 딸이 너무 소원해서가 아니라, 너무 밀착돼 있기 때문에 일어나는 경우가 많습니다. 여성은 워낙 타인과 자신을 가르는 자아경계선이 불분명한데다 모녀간에는 더욱 그러합니다. 어머니는 세상에 대한 분노를 안으로 돌려 자신을 학대하듯 딸을 괴롭히고 학대합니다. 반대로 자아경계선이 희미한 '착한 딸'들은 어머니의 부당한 처사를 한없이 용서하고 또 사랑하려고 애쓰면서도 그로 인한 자기 내면의 고통은 외면합니다.

세상은 사람들에게 '공동체정신' 혹은 '함께하기'를 충고하지만 적어도 한국 사회의 가족관계에서 우선 해결되어야 하는 문제는 개개인의 독립이라고 생각됩니다. '개인의 독립' 없는 일체화는 미분화된 조직체에 불과할 테니까요.

힘드시겠지만 마요네즈 님이 먼저 분명하게 선을 긋지 않는다면 어머

니는 언제나 그랬듯 님에게 자신의 감정적 찌꺼기를 계속 퍼부을 것입니다. 어머니께 "그런 부정적인 얘기는 더 이상 듣고 싶지 않다"고 반복해서 말씀드려야 합니다. 언성을 높여 무조건 다투라는 것은 아니지만 만약 싸움으로 비화하더라도 어쩔 수 없다는 각오는 필요합니다. 직장을 갖고 수입이 생긴다면 별도의 주거공간을 만들어 독립하시는 것도 좋습니다.

독립을 반대하는 어머니와 치열한 공방이 오래 계속될 수도 있습니다. 그러나 그때 비로소 어머니는 마요네즈 님을 낯설게 바라보시기 시작할 것이며, 어쩌면 어머니가 먼저 딸에 대한 의존감을 떨쳐버리고 심정적인 독립을 하실지도 모릅니다. 자식이 성장해 부모로부터 독립해야 하듯이 어머니에게도 그럴 기회가 필요하답니다.

만약 지금 상태가 지속된다면 생각보다 끈질기게 어머니는 마요네즈 님의 삶을 지배하게 될 것입니다. 살면서 반복적으로 어머니와 같은 성향의 사람들과 인간관계를 맺고 또 괴롭힘을 당할지도 모릅니다. 대부분의 사람들이 자기 생애 첫 번째 관계를 반복하기 때문이지요. 또는 자신에게서 문득문득 어머니의 모습을 발견하고는 당혹스러워질지도 모르겠습니다. '엄마처럼 살지 않을 거야'라고 다짐할수록 어머니 모습을 내면화하게 되니까요.

따라서 어머니로부터 독립하시라는 충고는, 현실의 어머니로부터 벗어나서 마요네즈 님 안에 이미 뿌리 깊이 자리 잡고 있을 내면의 어머니를 성찰하고 극복할 시간을 가지라는 말씀입니다. 현실의 어머니 때문에 전전긍긍하다 보면 정작 자기 안에서 싹트고 있는 어머니의 부정적인 모습을 놓칠 수도 있기 때문입니다.

마요네즈 님. 어머니의 말을 무시하자니 죄책감이 생기고, 어머니를 도울 수 없다고 생각하니 무력감을 느끼신다고 하셨지요. 그 말씀은 충분히 이해가 됩니다. 마요네즈 님이 어머니에게 느끼는 깊은 애정도 확인할 수 있어서 마음이 따뜻합니다. 사실 자식들이 부모에게 느끼는 죄의식은 그 뿌리가 의외로 깊습니다. 스캇 펙 박사는 저서 《거짓의 사람들》에서 "자녀를 향한 부모의 사랑에 결손이 있게 되면 아이는 십중팔구 그 결함의 원인이 자기 자신이라고 생각하며 그로 말미암아 비현실적인 부정적 자아상을 갖게 된다"고 주장합니다. 이것이 아동발달의 일반적인 원칙이라는 것입니다. 아이를 향한 사랑의 문제뿐 아니라 일반적인 어른들의 문제에 대해서도 아이들은 죄의식을 갖습니다. 이를테면 부모의 이혼이나 죽음, 가난 등과 같은 것에 대해서도 '자기 탓'을 하게 된다는 것이지요.

부모들은 아이들의 그런 심리를 본능적으로 아는 걸까요? 아이를 교육할 때 죄의식을 많이 심어줍니다. "너 때문에, 네가 잘못해서, 네가 잘하기만 한다면……" 하는 식으로 모든 책임을 아이에게 떠넘기는 것이지요.

혹시 마요네즈 님은 그런 자식의 죄의식과 책임감을 아직까지도 고스란히 짊어지고 계신 건 아닐까요? 어머니의 문제를 님이 해결하고 도울 수 있다고 생각하는 것 자체가 저는 어쩐지 '주제넘다'고 생각되는데요. 단언하건대 자식의 역할은 이미 어린 시절 대부분 끝납니다. 자식이 부모에게 주는 기쁨과 사랑은 부모의 사랑을 넘어섭니다. 부모가 실수하거나 미숙해도 언제나 용서하고 무조건적인 사랑을 보이면서 부모를 행복하게 하는 것은 도리어 자식 쪽이라는 것입니다. 뿐인가요. 아이를 기르면

서 얻게 되는 교훈과 삶의 지혜는 또 어떻고요?

그런 자식이 성인이 되어서까지 부모의 허물과 고통을 책임져야 한다면 자식이 짊어지고 가야 할 짐이 너무 많습니다. 그에겐 그의 인생이 이미 시작되고 있는데 말입니다.

어머니와의 사이에 인격적인 경계선을 긋는 일도 마찬가지입니다. 님이 말씀하신 것처럼 맛없는 밥을 뱉는 것과는 다릅니다. 누가 누구를 버리는 일이 아니니까요. 그것은 단지 관계의 재조정 작업일 뿐입니다. 이제 어른이 된 딸과 자식에 대한 책임에서 놓여나기 시작한 어머니의 관계로 말입니다.

그럼에도 어머니에게 자식 이상의 도움이 되어드리고 싶으신가요? 그렇다면 먼저 마요네즈 님이 내면의 힘을 충분히 기르시기 바랍니다.

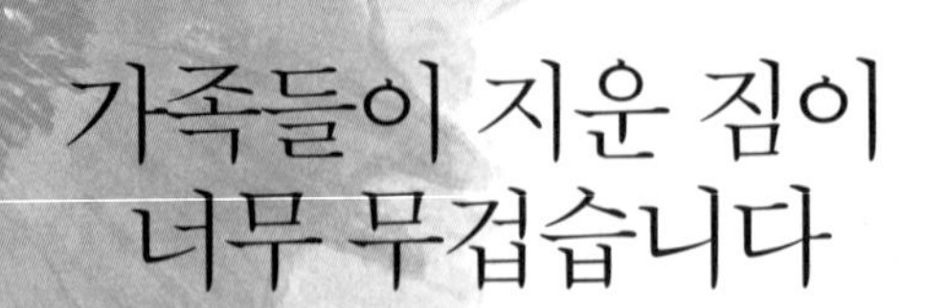

가족들이 지운 짐이 너무 무겁습니다

생활력이 없는, 아니 스스로의 힘으로 생활해보려는 의지가 전혀 없는 가족들 때문에 솔직히 고통스럽습니다.

저희 어머님. 어려서부터 곱게만 자라서 자기 힘으로 뭐 하나 하실 줄 아는 게 없습니다. 남에게 싫은 소리 잘 못하는 순한 성품이지만 한평생 다른 사람 — 어려서는 부모, 그 후론 남편, 그리고 지금의 저 — 에게 의존해서 사시는 분입니다. 집안이 망한 후에는 오로지 주변 사람들 원망만 할 뿐, 스스로 일어서보려는 의지라곤 없으십니다.

저희 형. 키도 크고 잘났지만 어려서부터 성실함과는 담을 쌓고 놀기만 잘하더니 고등학교 졸업하고 미국 가서 5~6년 아무것도 한 것 없이 살다 와서 군대 늦게 다녀오고는 벌써 6년째 영화 일을 해보겠다고 백수 생활입니다. 형은 나이 서른여섯이 되어서까지 자기 힘으로 돈 한 푼 벌

어보지도 못했으면서(그 흔한 아르바이트 한번 안 하더군요) 헬스장 찾아다니고, 여자친구 따라서 해외여행 다녀오고…….

저희 집은 제가 대학갈 때까지는 아주 잘 사는 편이었습니다. 비록 가족 간에 불화가 끊이지 않았고 사랑이라고는 할 줄도, 받을 줄도 모르는 사람들이었지만요. 아버지는 제가 대학교 3학년 때 사업에 실패하고 집을 나가신 후 지금 생사 확인도 못하는 상태입니다.

저는 4년 전에 결혼을 했었고 2년 전에 이혼을 했습니다. 이혼한 것이 가족들 책임이라고 생각하지는 않았지만 결혼을 한 후에도 전혀 노력하지 않는 가족들 때문에 얼마나 고통스러웠는지…….

저, 올해로 직장생활 9년째입니다. 그런데 제 손에 현금이라고는 1000만 원도 안 되네요. 미리 받은 퇴직금은 어머님과 형이 사는 전셋집에 들어갔고요. 정신적으로 몹시 불안정해서 상담을 받았고 지금 많이 좋아졌지만, 회사에서 능력을 인정받고 누구보다 열심히 일해온 세월에 비해 지금 저의 모습이 너무 초라해서 속상합니다. 중고차 한 대 살 형편이 안 되고, 전셋값이 없어서 손바닥만 한 월세집에서 살고 있어요.

저는 그다지 금전 욕심이 없고, 정신적인 가치가 더 중요하고 더 큰 행복을 가져다 준다는 확신을 가지고 있습니다. 경험을 통해서 깨닫게 된 것이지요. 하지만 주위를 둘러보면 영리하게 자기 것 챙기면서 '건강하게' 사는 사람들이 많더군요. 그런 사람들을 건강하다고 하더군요. 하지만 정말 인정할 수밖에 없는 것이, 저는 그럴 수 없을 것 같다는 생각입니다. 더 어렵게 사는 사람들 — 특히 아이들 — 을 생각하면 어찌 이런 괴로움이 가당할까 싶습니다.

요즘 들어 부쩍 어머님과 형의 얼굴이 떠오르면 걷잡을 수 없는 분노가 치밀어 올라 무척 두렵습니다. 어쩌면 좋을까요? **바보**

타인을 위해 자신을 방치하지 마세요

'착한 사람' 들의 가장 큰 맹점은, 타인에게는 착하게 굴면서 자기 자신에게는 착하지 않다는 데 있습니다. 자신과 타인을 공평하게 대하지 않는다는 점에서 그들은 나쁩니다. 참으로 아이러니한 점은, 착한남자들의 경우 아내와 자식들을 자신과 동일시하면서 그들 역시 돌보지 않는다는 것입니다.

바보 님은 혹시 아시나요? 세상에 잘 알려진 봉사자들조차 자기행복권을 지키기 위한 자기돌봄의 장치를 어떤 식으로든 마련해놓고 있다는 사실을요. 자기돌봄의 장치란 경제적인 안전장치일 수도 있고, 그것이 아니라면 경제적인 문제를 초월해서도 행복할 수 있는 영적인 성장일 수도 있겠지요. 자기 몸의 안전장치가 단단해야 타인을 구할 수 있다는 사실은 이미 상식이 되었습니다. 그 어떤 것이라도 자신에 대한 투자 없는 헌신과 희생은 눈물 없이는 볼 수 없는 비극에 지나지 않습니다.

삭티 거웨인은《나는 날마다 좋아지고 있다》에서 자신을 돌보지 않은 채 타인 돌보기에만 전념하는 사람에게는 타인을 무력하게 만드는 태도

가 숨어 있다고 말합니다. 그들은 상대에게 이렇게 주문을 겁니다. "나는 너를 믿지 않는다. 나는 네가 네 인생을 제대로 살고 있다고 생각하지 않는다. 너는 나보다 못한 사람이고 그래서 도움을 받아야 한다." 그리하여 결국은 상대를 돕는 게 아니라 상대의 힘을 손상시키게 된다는 것입니다. 어찌 보면 이런 태도는 타인을 지배하는 또 다른 방법일 뿐입니다.

왜 착한 사람들은 이런 식으로 상대와 관계를 맺을까요? 그것은 버림받을 수도 있다는 일종의 두려움 때문입니다. 남들이 자신을 버릴까봐 두려워서 상대의 힘을 무력하게 하는 주문을 걸어 습관처럼 남을 도와주고 구해주는 것이지요. 그 말은 곧 버림받을까봐 두려움에 떠는 내면이 착한 사람들에게 존재한다는 것을 의미합니다.

또한 착한 사람들은 자기가 상대에게 받고 싶은 것을 남에게 베풉니다. 자신이 받고 싶은 배려나 친절을 상대에게 당당하게 요구하지 못하기 때문에 친절을 베푼 뒤 마음속으로 외치는 것입니다. "내가 당신에게 해준 것은 내가 받고 싶은 것이며, 내가 베푼 친절은 바로 내가 누리고 싶어하는 거예요"라고 말입니다.

바보 님이 돕고 있는 상대가 특히 가족들이라면 오래전부터 가족에 대해 얽혀 있던 감정들 때문일 수 있습니다. 바보 님, 가족들이 자신 앞에서 무력한 모습을 보이면서 끊임없이 당신에게 의존하기를 원하시는 것일까요? 아니면 어린 시절부터 지금까지 한 번도 든든한 의지처가 되어준 적 없던 어머니나 형에 대한 원망 때문에 도리어 여보란 듯 그들의 보호자가 되신 건가요?

그러나 이제는 버림받을까봐 두려움에 떨고 있는, 혹은 누군가의 보살핌을 원하는 바보 님 내면을 돌봐주세요. 자신의 욕구와 욕망과 상처를 치유하고 나면 가족을 바라보는 바보 님의 시선이 한결 쿨해진 것을 깨닫게 되실 겁니다. 바보 님이 자신을 돌보기 시작하면 가족들도 자구책을 마련하게 될 겁니다. 그 편이 그들에게도 더 나았다는 사실을 피차 알게 될 겁니다. 그 과정에서 '아, 이제까지 내 도움이 아무 쓸모가 없었구나' 하는 자괴감을 느끼실 수도 있습니다. 세상에 나를 필요로 하는 사람이 아무도 없다는 사실에 불안감이 엄습할 수도 있을 것입니다. 하지만 그 정도는 자신을 피폐하게 방치했던 것에 비하면 아무것도 아닙니다.

아마도 바보 님은 정신적인 가치를 더 중요하게 여기며, 어렵고 불우한 이웃에 대한 애정도 많은 분 같습니다. 그런 모습 보기 좋습니다. 그 미덕을 오래도록 잃지 않으셨으면 좋겠습니다. 그러나 만약 정신적인 가치를 중요하게 여기신다면 바보 님의 정신을 살찌우는 일에도 욕심을 내셨으면 좋겠고, 불우한 이웃에 대한 연민도 이왕이면 실천적이고 현실적이었으면 하는 게 제 바람입니다.

요즘은 가족들에게 분노를 느끼신다고 했나요? 새삼 분노를 느끼시게 됐다면 좋은 징조입니다. 문제를 자각하는 일은 문제 해결의 첫 단계이고 또 결정적인 단계니까요. 하지만 분노를 아주 잘 다루셔야 합니다. 많은 사람들이 상대 앞에서 대책 없이 분노를 터뜨린 후 미안한 감정 때문에 다시 관계의 원점으로 돌아가곤 합니다.

진정으로 가족 간의 거리두기를 원하신다면 그들 앞에서 하실 말씀은 다 하시되 감정적으로는 냉정을 유지하시는 것이 좋습니다. 가족들에게 그동안 뒤치다꺼리하느라 힘들었다고 말씀하세요. 그리고 이렇게 마무

리하시기 바랍니다. "안타깝긴 하지만 앞으로 한동안은 당신들을 도울 수 없습니다. 이제 저도 제 인생을 챙겨야겠습니다. 그렇지 않으면 평생 당신들을 미워하고 원망하면서 살 수도 있으니까요."

쉽지 않은 일일 것입니다. 지겹긴 하셨겠지만 막상 과거의 나에게서 벗어나려고 하면 불편한데다 거부감마저 느껴질 것입니다. 그래서 많은 사람들이 "그래, 이건 나답지 않아. 남을 돕는다는 건 나쁜 일이 아니야" 라고 자위하면서 제자리로 돌아갑니다.

잊지 마십시오. 타인을 돕기 위해 자신을 방치하는 것은 매우 불공평하고 비인간적인 행위라는 사실을 말입니다. 아니, 바보 님이 진정으로 원하는 나눔을 위해서는 우선 자신을 돌봐야 한다는 사실을 말입니다.

심리적 보상에 허기진 어머니, 어찌해야 할까요?

어머니는 학교 교사로 일하시다가 35년째 되던 해에 명예퇴직을 하셨습니다. 아버지는 공무원이셨는데 무슨 이유에서인지 늘 10만 원 정도 자신의 식비만 내놓고 가족들의 생활은 모두 어머니에게 미루셨지요. 어머니는 저희 4남매를 대학까지 가르치셨습니다. 어머니는 늘 무책임한 아버지와 싸우시면서 이혼을 하고 싶어도 못하셨지요. '이혼한 여교사' 라는 사회의 곱지 않은 시선을 이겨낼 자신이 없었기 때문입니다.

그래서인지 어머니는 돈에 목숨 건 분 같았어요. 솔직히 넉넉하지는 않은 형편이었기에 저희도 꼭 필요할 때만 손을 내밀었고, 그 돈을 받기까지 온갖 잔소리를 삼켜야 했기 때문에 고마움 이전에 치욕스러울 정도로 금전에 한이 많은 성향을 갖게 되었습니다.

어머니의 고생을 모르는 건 아니지만 어머니는 저희가 늘 입으로 "엄

마 덕분에 우리가 먹고삽니다. 너무 감사합니다"라고 말하기를 바라십니다. 저희야 마음으로는 늘 고마움을 느끼면서도 가족끼리니까 그저 열심히 말씽 없이 사는 게 보답일 거라 생각했지만.

하지만 이제 노인이 되어가면서 작은 일에도 노여워하시고 대놓고 심리적 보상을 더 원하시니까 자식들, 며느리, 사위까지 너무 당황스러워할 때가 한두 번이 아닙니다.

오랜만에 형제들끼리 술 한잔하며 정담이라도 나눌라 치면 어찌 늙은 어미만 방에 둔 채 지들끼리 흉보고 웃느냐며 화내시고, 당신 덕분에 자식들이 이렇게 살아가는데 당신을 섭섭하게 하냐고 사사건건 대놓고 말씀하십니다.

문제 없는 가정은 없지만 부모자식 간에 베푼 자와 베풂을 받은 자의 관계만 남아 있다고 생각하니 참 삭막한 심정입니다. **불효녀**

돈과 마음의 경제학을 이해하세요

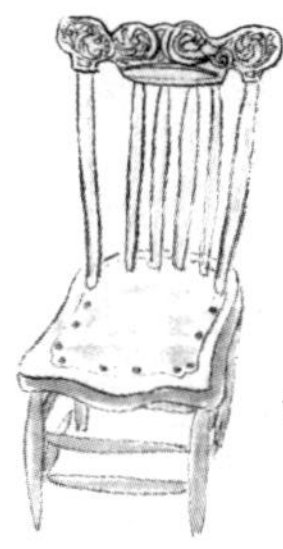

어머니가 자식들을 원망하고 뭔가 보상을 바라시니 자식들이 부모님에 대해 채무자의 심정이 되시나 봅니다. 어머니가 고생하신 것을 모르는 바는 아니지만 자꾸 어머니의 눈초리에 떠밀리는 심정이 되니 난감하고, 또 많이 속상하시겠네요. 불효녀 님의 가족사를 들어보니 님의 형제분들과 그 어머니 양쪽이 다 이해가 되어 안타깝습니다. 불효녀 님은 어떻게 생각하실지 모르겠지만 제가 보기에는 '금전' 이라는 외피에 둘러싸인 '사랑' 이 님의 가족에게 너무 부족했고 그래서 그것에 목말라 있다는 생각이 듭니다.

많은 사람들이 돈과 애정을 분리해서 그 둘이 서로 반대되는 것이라고 생각하지요. 돈은 애정이나 사랑과 달라서 속물적이고 냉정하며 이해타산적인 것이고 인간을 타락하게 만드는 것이라고 말입니다. 그래서 금전적 계산에 밝은 사람들은 비인간적이라고 평가되기도 합니다.

그러나 불효녀 님, 사랑도 그렇지 않던가요? 사랑도 주는 것과 받는 것이 균형을 이뤄야 탈이 없으며, 사랑에 대해서도 인간은 얼마든지 속물적으로 변할 수 있지요.

사실 사랑과 돈은 서로 분리하기 어려운 것인지도 모릅니다. 사람의 손에서 손으로 건네지는 금전이라고 하는 것은, 종종 사람들 간에 오가는 사랑이나 진심으로 상징되기도 합니다. 논과 밭을 팔아서 자식의 학비를 대던 부모의 마음은 자식에 대한 사랑이었을 것이며, 빠듯한 살림에도 어려운 사람들을 돕는 어느 후원자의 마음도 사랑에 기반한 것입니다. 누군가의 얼굴만 쳐다보면서 '사랑한다' 고 생각하는 것으로는 사랑을 인정받을 수 없는 경우가 많이 있습니다. 자식이 절박한 상황에 빠져 고생하는 걸 뻔히 아는 부모가 돈을 가지고 있으면서도 너를 사랑하지만 줄 수 없다, 고 한다면 부모의 진심이야 어찌됐든 간에 아마도 자식은 그 말을 믿지 않을 것입니다. '돈 가는 곳에 마음 간다' 는 속담이 있는 것으로 보아 과거 어른들이라고 해서 돈과 마음의 경제학을 몰랐던 것은 아니라는 생

각도 듭니다.

엄마의 사랑을 받고 싶은 아이가 엄마의 돈을 훔치고, 사랑받고 싶다는 욕구와 손상된 자존감을 회복하려는 무의식이 도둑질을 하도록 만든다는 것은 인간의 마음속에서 돈과 사랑이 별개가 아니라는 단면을 보여줍니다.

제가 보기에 불효녀 님의 어머니는 지금 누구보다 '사랑'이 필요한 분입니다. 어머니의 어린 시절을 제가 짐작할 수는 없지만 적어도 부부관계에서만큼은 사랑받지 못했다고 느끼셨을 만하다는 생각이 듭니다. 인간에게 결혼이란 제2의 탄생과 같은 결정적인 사건이며, 배우자는 제2의 부모라고 할 수 있을 만큼 영향력 있는 존재입니다.

그런데 공무원인 남편에게서 평생 10만 원의 생활비만을 받았으며 거의 대부분 어머니의 노력으로 4남매를 교육시키셨다면 어머니는 결혼생활 내내 경제적 결핍보다 더 큰 '사랑의 결핍'을 처절하게 몸으로 겪으셨으리라 짐작이 됩니다. 부부간에 사랑이 넘치지는 못했더라도 응당 받아야 할 것조차 받지 못했다면 당연히 분노가 생겼을 것이고 그것이 오랜 시간 누적되었을 것입니다.

안타깝게도 어머니의 참고 있던 분노가 자식에게 향했나 봅니다. 그것 또한 우리 사회에서 아주 흔한 광경입니다. 시부모나 남편과의 관계가 불편했던 많은 여성들이 자식에게 불행을 보상받으려는 경향을 보입니다. 사랑이 거래라는 것을 여기서 알 수 있습니다.

누군가에게 받아야 할 사랑을 받지 못했을 때 인간은 제삼자에게서라도 그 사랑을 받으려고 애쓰게 됩니다. 받으려고 애쓰는 모습도 사람에 따라서 각양각색입니다. 누군가는 눈물을 흘리며 애걸복걸하기도 하고, 불효녀 님의 어머니처럼 냉정하고 혹독할 수도 있고, 화내고 질투하는 모습을 보일 수도 있습니다. 그러나 단언할 수 있는 것은 그 모든 것이 사랑과 배려를 받고 싶어하는 행위라는 것입니다.

또 어떤 부분에서는 단순한 보상을 원하는 것이 아닐 수도 있습니다. 나이 들수록 자식들이 당신을 좋아하지 않는다고 느낀 어머니가 그걸 확인해보고 싶어서 자식들을 자꾸 자극할 수도 있답니다. '니들 하는 짓을 보니까 나를 좋아하지 않는 것 같아. 그게 나는 자꾸 화가 나. 왜 내가 이런 대접을 받아야 하는 거지?' 하는 심정일 수 있다는 것이지요.

원인이야 어찌됐든 문제는 자신의 진정한 욕구가 무엇인지도 모른 채 타인을 괴롭히는 경우입니다. '내 마음 나도 모르는 채로' 끊임없이 문제를 만들어서 주위 사람들의 관심을 사려고 하는 경우를 우리는 수없이 봐왔습니다. 예를 들어 이유 없이 오랫동안 신체적인 질병이나 우울증에 시달리고, 자신의 일을 타인에게 떠넘겨서 곤란하게 만들고 도박이나 술 중독에 빠질 수도 있지요. 이런 경우 치료는커녕 원인을 찾는 데만도 시간이 많이 걸립니다.

불효녀 님의 어머니는 어떤 분인가요? 그래도 어머니가 자신의 욕구를 분명하게 알고 계시니 차라리 다행이 아닐까 하는 생각을 해봅니다. 님의 어머니가 "내 덕에 살아가고 있으니 나를 서운하게 하지 말라"고 표현하신다니 어쩌면 문제 해결이 쉬울 수도 있다는 말입니다. '어머니를 서운하지 않게 해드리는 방법'에 대해 함께 생각해보면 되니까요.

불효녀 님, 저는 님과 님의 형제자매들이 겪었을 돈에 얽힌 치욕스러

운 경험을 이해합니다. 어머니에게 그런 식으로 돈을 받았다면 순수한 감사의 마음을 가질 수 없었으리라는 점도 공감할 수 있습니다. 쉽지 않은 일이겠지만 그럼에도 과거의 돈에 대한 경험에서 조금만 거리를 두고 벗어나보시기를 권해봅니다.

사실 불효녀 님 댁의 돈과 관련한 문제는 앞서도 잠깐 언급했지만 아버지에게서 비롯된 것일 수 있습니다. 정확한 사연을 알 수는 없지만 님의 아버지는 아내뿐 아니라 자식들에게도 인색하셨던 분이고, 그로 인해 갈등이 시작됐습니다. 그런데 정작 지금의 갈등관계에서 아버지는 빠진 채로 어머니와 자식들이 서로 원망하는 상황이 된 것입니다. 저는 불효녀 님의 형제자매 역시 아버지에 대한 감정을 어머니에 대한 원망과 분리하실 필요가 있다고 생각합니다. 그 시절 돈 때문에 겪었던 괴로움을 모두 어머니에게 전가하지는 않으셨으면 한다는 말씀입니다.

솔직히 말씀드리자면 저는 불효녀 님의 형제자매 분들에게서도 어머니를 향한 인색한 감정을 발견합니다. "마음으로 늘 고마움을 느끼면서도 가족끼리니까 그저 열심히 말썽 없이 사는 게 보답일 거라 생각"한다는 님의 글에서 말입니다. 왜 불효녀 님은 마음으로 느끼는 고마움을 굳이 표현하지 않으시려 할까요. 상대가 간절히 원하는 말이 입 밖으로 나오지 않을 때 사람들은 "마음이 중요하지 뭘 굳이 인사치레를 받으려고 하냐?"고 변명합니다. 하지만 저는 굳이 침묵을 지키는 분들에게 자신의 마음속에 숨어 있는 감정적 앙금을 바라보라고 권합니다. 어머니에 대한 분노가 진심 어린 감사의 표현을 가로막고 있다는 사실을 불효녀 님도 인정하셔야 할 것 같습니다. 결국 불효녀 님의 어머니는 남편뿐 아니라 자식들에게서도 사랑의 인색함을 경험하시는 것입니다. 물론 자식들의 경우는 어머니께서 자초한 부분이 있지만 말입니다.

만약 님이 어머니와의 불편한 관계를 해결하고 싶으시다면 돈과, 어머니와, 어머니에 대한 님의 감정을 차분하게 바라보신 후 어머니와 대화를 나눠보시는 것이 좋을 것 같습니다. 두 가지 방향에서 말입니다.

먼저, 어머니가 당신의 욕구에 대해 분명하게 밝히셨으므로 불효녀님도 비교적 솔직하게 당신의 생각을 말씀드릴 수 있지 않을까 생각됩니다. 어린 시절 어머니의 태도 때문에 외롭고 힘들었다는 사실도 털어놓으시고 현재 어머니의 태도가 가족 간의 소통을 오히려 가로막고 있다는 사실도 알려드리는 것입니다. 제가 보기에 불효녀 님를 비롯한 4남매가 돈 때문에 입었을 상처 또한 어머니보다 적지 않았으리라 생각됩니다. 그러니 어떤 식으로든지 스스로에게 위로와 위안이 필요할 것입니다.

반대로 어머니의 인생과 어머니의 욕구를 완전히 이해하고 전혀 새로운 마음으로 어머니에게 감사하다고 표현하는 방법도 있습니다. 적당한 기회를 잡아서 4남매가 함께, 그간의 노고에 진심으로 충분히 공치사를 해드리는 것이지요. 자식들이 알아준다는 사실만으로 채무관계는 의외로 싱겁게 끝날 수도 있습니다.

두 가지 방법 중에서 어떤 것을 선택할지는 불효녀 님이 결정하셔야 할 것입니다. 아니면 두 가지 방법 모두 선후를 정해서 적용해보실 수도 있겠지요. 그 어떤 과정을 거치든 피해자만 남은 오랜 갈등의 끝에서 어머니와 자식들이 서로를 용서하고 화해에 이르시기를 간절히 바랍니다.

육아와 직장 일을 혼자 감당하기가 힘듭니다

평소 강하고 독립적인 여성이라고 자부하며 살았고, 지금도 열심히 제 역할을 하고 있습니다.

엄마는 저를 키울 때 격려하기보다는 야단만 쳤죠. 제가 교만해질까봐 그랬다나요. 지금은 완전히 판세가 뒤집혀 저에게 어리광을 부립니다. 엄마는 의존적인 사람이에요.

연하인 남편도 처음엔 저를 참 존경(?)하고 소극적인 자기와는 달리 적극적인 저를 늘 앞세워왔죠. 그래서 가사분담이나 성역할 고정의 문제로 다툴 일이 거의 없어서 친구들은 다들 절 부러워했지요.

그런데 아기가 태어나니 모든 게 힘들어지네요. 육아와 직장 일을 병행하려니 물리적으로 참 시간이 부족합니다. 그래서 엄마의 칭얼거림을 받아주는 것도, 남편의 우유부단함을 참아내는 것도 갑자기 어려워집니다. 머릿속은 회사에 있어도 집에는 늘 할 일이 많아서 바쁘고, 아기는 제 맘대로 되지 않으니까 때로는 발 동동 구르면서도 아기 달래주고 있어야 하고.

저를 힘들게 하는 두 사람이 변한 게 아니라 제가 여유가 없어진 거죠. 전엔 힘들지 않게 받아줄 수 있었던 것이 이제는 짜증이 나고 미워져요. 나 힘든 것은 알아주지 않고 자기들 힘든 얘기만 쏟아내고 있는 것이 화나요. 하지만 어떻게 표현해야 할지 모르겠어요. 왜냐면 두 사람은 예전과 똑같이 하고 있다고 생각할 테니까요.

감기로 몸까지 아픈 오늘은 더욱 우울하네요. 어젯밤에 아기가 아파서 자주 깨서 울었는데, 그렇게 아기 예쁘다고 남들에게 자랑하는 남편은 제가 빨리 아기를 달래지 않는다며 화가 나서 버럭 소리를 지르더군요. 결국 제가 한 시간 정도 업어서 재웠습니다.

육아로 힘든 것은 어느 집이나 마찬가지일 텐데, 저만 나약한 소리를 하는 것인지. 제가 욕심을 부리고 있는 것인지……. 때로는 마음을 비우고 나의 한계든 남의 한계든 인정하고 받아들이자고 스스로 달래기도 하지만 얼마 가지 않아 다시 속은 부글부글 끓어오릅니다.

남편과는 커뮤니케이션의 좌절을 자주 겪어서 이제는 하고 싶은 말이 있어도 못하겠어요. 단지 화가 났다는 표시로 서로 말을 안 하고 자학적인 행동 — 밥을 안 먹거나, 씻지 않거나 — 을 합니다. 남편이 나에게 불만이 있어도 말을 안 하고 있다가 내가 뭐라고 말을 걸면, 제가 쓰는 단어 하나하나에 트집을 잡으며 상처 입었다고 부르르 떠니까 이제는 말을 걸 수도 없네요.

두서 없이 썼지만 제가 어떡하면 좋을지 충고해주세요. 제가 나쁜 건가요? 지금도 고자질하는 기분이 드는군요. **약한인간**

강한 여자의 약한 내면을 인정하세요

강하고 독립적인 여성들이 쉽게 범하는 우가 자기를 혹사시킨다는 것입니다. 그것은 일종의 자기 학대이며 착한여자의 또 다른 모습일 뿐입니다. 누구에게도 칭얼거리거나 의존하지 않겠다고 다짐하며 마치 만화주인공 캔디처럼 속으로 울더라도 겉으론 씩씩한 척 살아갑니다.

그러다 지칠 대로 지치면 하나둘 포기하는 일들이 생깁니다. 그것도 자신이 좋아하는 일부터 말이지요. 만약 그렇게 된다면 당신의 일상은 '하고 싶은 일'이 아니라 '해야만 하는 일'들로 꽉 차버리게 될 겁니다. 그러고는 어느 날부터 이유도 모르게 문득문득 이게 인생인가 싶어 허탈해지고, 의욕도 없어지고, 우울해지겠지요. 그것은 강하고 독립적인 여성들이 자신의 의욕과 기쁨의 원천이라고 할 수 있는 '좋아하는 일'들을 모두 잘라냈기 때문에 생기는 증상입니다.

약한인간 님도 그런 위기를 느끼기 시작하셨나 봅니다. 그렇게 점점 지치다 보면 하나둘 포기하는 것이 생길 테니까요. 여성에게 출산과 육아가 바로 그런 위기를 만들어내지요. 님은 아주 시기적절한 때에 상담을 요청하신 것입니다.

다시 약한인간 님의 내면의 얘기로 돌아가 보겠습니다. 칭얼대는 여자와 강한 여자의 공통점이 있다면 그것은 자기학대입니다. 칭얼대는 여자는 그래, 누가 이런 나를 끝까지 지켜주나 한번 보자는 태도로 끝도 없이 칭얼거려서 결국은 사랑하는 사람들을 떠나게 만들죠. 사실 칭얼대는 여자는 강한 여자의 내면입니다. 그녀는 아무도 모르게 속으로 칭얼거리는 데는 선수랍니다. 겉으론 씩씩해 보여도 속으로는 늘 화가 나 있고 우울합니다. '왜 아무도 나를 안 도와주는 거야? 왜 나에게 기대하는 게 많지? 왜 나만 애써야 하지? 너무 많은 문제들이 엉켜 있어서 머리가 터질 거 같아' 하는 생각들 때문입니다.

그러면서도 그런 내면을 절대 드러내지 않습니다. 칭얼대는 것이 가장 한심하고 부끄러운 모습이며, 타인에게 해가 된다고 생각하기 때문에 자기도 모르게 꾹꾹 눌러놓고 혹시나 그런 모습이 드러날까 경계를 늦추지 않습니다. 그런 강한 여성들이 현실에서 칭얼대는 사람들을 보면 두 가지 감정을 갖습니다. 하나는 그렇지 않은 자신에 대한 자부심이고, 또 하나는 혐오감입니다.

보아하니 약한인간 님의 친정어머니와 남편 모두 의존적인 분들이고 또 어떤 면에서는 칭얼대는 유형이겠네요. 처음엔 약한인간 님이 그들 앞에서 자기긍정성 같은 걸 느끼셨을 거예요. 난 저들에게 도움이 되는 존재야, 하면서 말이지요. 그런데 약한인간 님이 그들의 문제를 하나둘 떠맡게 되면서 과부하가 걸리게 된 겁니다. 인간은 누구나 하루 24시간밖에

는 쓸 수 없으며, 초능력자가 아닌 이상 한정된 에너지를 가지고 살아야 하니까요.

약한인간 님, 자신을 연민의 눈으로 바라보세요. 어린 시절 엄마의 엄격한 눈초리 때문에, 그리고 성장해서는 엄마 같이 의존적인 사람이 되기 싫어서 그동안 자신이 얼마나 애써왔는지, 결혼생활에 적응하기 위해서, 그리고 직장 일과 육아 사이에서 얼마나 오랫동안 긴장하고 허덕였는지 찬찬히 되돌아보세요. 사실 한국 사회에서 일하는 여성이 육아를 혼자 감당한다는 것은 참으로 비인간적인 일 아닌가요?

그리고 약한인간 님, 닉네임으로 쓰신 것처럼 자신이 약한 인간이라는 사실을, 아니 약한 인간으로 변했다는 사실을 받아들이세요. 상황이 변한 만큼 자신도 변할 수 있다는 것을 인정해주세요. 여성에게 결혼이나 임신, 출산, 육아 등은 운명을 뒤바꿀 만한 생의 혁명적인 변화입니다. 예측할 수 없었던 운명적인 사건 말고도 여성들은 생물학적으로 몇 번의 극적인 변화를 맞게 됩니다. 이것이 남성의 삶과 여성의 삶을 전혀 다르게 만드는 원인입니다. 그 변화의 시기에 약한인간 님이 변화하지 않는다면 그것이 오히려 이상한 것 아닐까요?

이제 약한 인간이 되어 남편과 어머니에게 하소연하시고, 도움을 청하세요. 약한인간 님이 사실은 얼마나 힘들었는지, 무엇이 서운했는지, 그동안 얼마나 고독했는지 말입니다. 앞으로도 이렇게 살다간 그냥 쓰러져버릴지도 모르겠다고, 내가 의지할 수 있게 도와달라고 눈물로 하소연하셔도 됩니다. 인간이란 사실 나약한 존재이며, 당신도 예외가 아니라는 사실을 당신 자신과 가족들에게 인식시킬 필요가 있습니다. 그리하여 그들에게도 책임감을 나눠주세요. 당신이 나누어준 책임감 덕분에 오히려 그들은 더 이상 칭얼거리지 않고 삶의 의욕을 느낄지도 모르는 일입니다.

또 하나, 자신의 감정을 자꾸 의심하고 반성하는 습관도 내려놓으세요. 그들이 변한 게 아니고 내가 변한 거다, 나와 남의 한계를 받아들이자, 너무 욕심내는 건 아닐까, 고자질하고 있는 건 아닐까, 하는 자기검열 장치 말입니다.

내가 문제의 원인이라는 생각, 나와 남의 한계를 받아들여야 한다는 생각은 어떤 사람들에겐 약이 되지만 약한인간 님에게는 독이 될 수 있습니다. 가뜩이나 지친 님의 마음을 더욱 불안하게 만들기 때문입니다. 지금 님에게 필요한 것은 현실의 한계를 받아들이는 것이 아니라, 주변 환경을 변화시키고자 하는 의지와 구체적인 실천들입니다.

걷잡을 수 없이 분노가 치밀어 오르거나 우울증에 빠질까 두려우신가요? 그래도 가끔은 자신의 삶을 애도하는 시간이 필요합니다. 감정이 바닥을 치고 올라와야 비로소 자신의 인생이 낯설게 보이고, 변화시킬 의욕도 생기니까요.

동시에 현재 님이 견딜 수 없다고 생각하는 삶의 문제들을 적어보세요. 최대한 많이 기록하셔야 합니다. 예를 들어 아이를 병원에 데려가야 하는 것, 퇴근 후 장을 봐야 하는 것, 주말에 쉬지 못하고 시댁에 가야 하는 것, 남편이 짜증을 내는 것, 엄마의 하소연을 듣는 것 등등 아주 구체적으로 말입니다. 적어도 스무 가지 이상은 나올 겁니다.

적으셨다면 그 목록을 사안별로 분류하고 그에 대한 구체적인 대책을 적어보세요. 육아는 남편이나 그 밖의 사람들과 어떻게 나눌 것인지, 친

정어머니의 하소연을 듣지 않기 위해서는 어떻게 해야 하는지, 남편과 속 깊은 의사소통을 하기 위해서는 어떤 준비가 필요한지, 가사도우미를 활용해 부담을 줄일 수는 없는지 등등으로요. 지금 상황에서 님의 힘으로는 절대 해결할 수 없는 문제가 있다면 솔직하게 인정하는 것도 문제를 단순하게 만드는 데 도움이 됩니다.

비슷한 문제를 먼저 겪었던 선배들의 조언을 듣는 것도 고려해볼 만합니다. 인터넷의 관련 카페나 맞벌이부부의 육아경험을 모은 책 등도 좋고, 여러 상담 관련 프로그램의 도움을 받는 것도 생각해보세요.

그렇게 타인의 조력과 지원을 구하고 활용할 줄 아는 사람이 진정으로 강하고 독립적인 여성이랍니다.

의식적으로 아들을 차별하게 됩니다

아들과 딸, 두 아이를 두고 있습니다. 너무너무 예쁘고 사랑스러운데 저의 어릴 적 기억들이 자꾸만 저를 괴롭힙니다. 유난히 아들을 좋아하셨던 부모님 때문에 정서적으로 피해를 당하며 어린 시절을 감내해야 했습니다. 이제 제가 엄마가 되어 예쁜 두 아이를 낳았는데 아들을 예뻐하면 안 될 것 같은 거예요. 괜히 무심한 듯 아들에게 관심을 안 주고 딸에게만 더 많은 관심을 쏟는 제 모습을 문득 발견하고 깜짝 놀랐습니다. 아들을 보고 사랑스러워 하는 자신에 대해 죄책감 비슷한 감정을 느끼기도 했어요. 모두 지난 일이라고 생각했는데, 그래도 소중한 부모님이고 또 저를 열심히 길러주신 고마운 분들이라 생각했는데 왜 정리가 되지 않고 아직까지 제가 괴로워야 하는 걸까요. **엄마마음**

현실의 아이는 내면 아이의 거울입니다

그러셨군요. 아이를 키우시다가 엄마마음 님 자신의 모습을 발견하셨군요. 님은 참 좋은 엄마가 되시겠네요. 자신의 모습을 성찰할 수 있는 힘을 가지셨으니 말입니다. 사실 자신이 어떤 태도로 자식들을 키우고 있는지 객관적으로 바라보기는 쉽지 않습니다. 게다가 아들과 딸을 차별하고 있는 엄마마음 님의 양육 태도가 어린 시절의 부모자식 관계와 연관 있다는 사실을 인정하신 점도 칭찬해드리고 싶습니다.

님도 알아채셨지만 아이를 키우는 과정은 매 순간 나의 어린 시절과 직면하는 과정입니다. 어린 시절의 경험들이 기억과 무의식 속에 잠복해 있으면서 아주 끈질기게 아이의 양육에 영향을 미치게 되지요. 엄마마음 님도 아이를 낳아 기르는 경험을 하지 않으셨다면, 그것도 아들을 낳지 않으셨다면 딸로서 차별대우를 받았던 어린 시절을 모두 극복했고, 이제는 부모님도 다 이해한다고 착각하고 사셨을지 모르겠습니다.

많은 분들이 그렇게 얘기하세요. 다 지난 일이라고, 이젠 모두 용서했고 자신을 고통스럽게 했던 그 분들과 잘 지내고 있다고 말입니다. 과거의 일을 떠올려봐도 그다지 화가 나지 않고, 또 문제의 당사자를 봐도 별다른 감정이 느껴지지 않으니 이 정도면 치유된 게 아니냐고 생각하시는 거지요.

하지만 엄마마음 님, 상처가 완전히 치유된 것과 상처의 고통에 무뎌진 것을 혼동하지 마세요. 마음의 상처가 치유되지 않았어도 그 기억에 대해서는 무뎌질 수 있답니다. 그때의 고통이 너무 생생하거나 또는 그 상황에 처했던 자신이 수치스럽게 느껴질 때 우리는 하루빨리 그 고통에 둔감해지려고 노력하게 됩니다. 또 상대가 미워할 수만은 없는 존재일 때도 어떻게든 감정을 빨리 종결시키려고 하게 됩니다. 그렇지 않으면 오랫동안 복잡하고 불편한 관계를 유지해야 하거든요. 예를 들어 평생을 함께 해야 하는 부모님이거나 형제자매, 오랜 친구 등이 그렇습니다. 죄책감과 분노를 함께 느끼는 상대에 대해서도 빨리 잊으려고 합니다. '나도 그에게 지은 죄가 있는데 이기적으로 나만 그를 미워해서는 안 되지', '그나 나나 마찬가지니까 우리는 서로 주고받은 거야' 하는 심정이 되기 때문입니다.

어쨌든 그렇게 다 용서하고 정리한 줄 알았는데 그렇지 못한 자신을 발견하면 무척 당황해서 감추려고 하고 또 인정한 후에는 크게 낙담하기도 합니다. 속 좁고 집착이 강한 자신이 부끄럽게 느껴지기 때문입니다.

하지만 용서는 그렇게 쉽게 되는 게 아니랍니다. 속 좁게 과거에 집착하는 모습은 어찌 보면 지극히 정상적인 인간의 모습입니다. 많은 분들을 만나 고민을 들어봤지만 거리낌 없이 잘 용서하고 잘 잊어버리는 속 넓은 분을 저는 별로 만나지 못했습니다. 진짜 용서했다고 자신하는 분들도 대부분은 무의식 깊은 곳에 그 감정을 묻어놓아서 자각하지 못할 뿐입니다. 특히 어린 시절에 겪은 문제들은 더욱더 집요하게 우리에게 매달려 있습니다. 부모와 관련된 문제는 거의 평생을 두고 해결해야 하는 인생의

과업이 되기도 합니다.

정리가 덜 된 감정들은 어떻게든 다시 증상을 드러내게 돼 있습니다. 억눌렸던 감정이 어떤 계기를 만나서 다시 도지기도 하지요. 다 정리했다고 생각했는데 이유 없는 우울증이 찾아와서 나를 힘들게 하기도 하고, 또 원인을 알 수 없는 가슴 답답증에 시달리기도 합니다. 다 용서했다고 생각했는데 과거에 겪었던 것과 비슷한 상황을 만나거나 비슷한 사람을 만나면 여전히 흥분하게 되며, 정체 모를 감정적 회오리에 휩싸이기도 합니다. 엄마마음 님의 경우는 아들을 낳고 나서 자신의 내면을 새롭게 발견하시게 된 것이고요.

그렇게라도 알아차리실 수 있다니 얼마나 다행인지요. 그 감정이 억눌리고 억눌려서 제2, 제3의 증상이나 '정신적 합병증' 을 만들어내지 않은 것만으로도 우리는 억압된 내면의 문제를 알아차리게 해준 모든 계기에 감사해야 하는 것입니다.

그럼 도대체 어린 시절의 일은 용서하지 못하면서 지금 부모님과 잘 지내는 이유는 뭔가, 라고 의아해하실 겁니다. '나는 비굴한 건가? 둔감한 건가?' 혼란스러우실 수도 있어요.

우리의 과거 기억은 하나하나 거의 독립적으로 살아서 존재합니다. 그 기억과 경험에 대해 일일이 처방을 내리고 치유의 과정을 거쳐야 비로소 '상처' 혹은 '아픔' 이라는 딱지가 떨어지고, 새살이 돋아납니다. 그러니까 '과거의 부모님' 이 아들만 귀하게 여기고 딸을 무시하거나 차별하셨다면 과거의 부모님에 대한 서운한 감정이 여전히 엄마마음 님 가슴에 살아 있는 것입니다. 그때 그 아픔을 맛봤던 아이는 성장을 멈춘 채 여전히 그 당시 아버지를 붙잡고 거기에 서 있습니다. 그 후 아버지가 다른 일로 엄마마음 님을 감동시켰다 하더라도 당시의 아이가 느꼈던 서운함은 풀리지 않은 상태입니다.

예를 들어 아이가 말을 듣지 않는다고 폭력을 행사한 아버지가 있었습니다. 그 뒤에 아버지는 아이에게 미안함을 느껴 말 없이 예쁜 인형을 하나 선물했습니다. 아이는 눈물을 씻고 아빠의 품에 안겨 기뻐했습니다. 그것으로 아빠에 대한 원망이 해소됐다고 아이도, 아빠도 생각을 했지요. 그러나 그렇지 않답니다. 체벌에 대한 분노나 공포는 과거의 기억과 함께 언제든 다시 살아날 것입니다. 그 아버지가 아이에게 그날의 폭력에 대해 언급하면서 사과하고 화해하거나, 혹은 그 아이가 자라서 그날의 상황을 떠올리고 직면해서 자신을 위로해주지 않는다면 말입니다.

아마도 엄마마음 님이 용서한 부모님은 현재의 부모님일 것입니다. 현재의 부모님은 더 이상 딸과 아들을 차별하지 않으시거나, 이제는 딸들에게 무뚝뚝하지 않으시거나, 혹은 너무 연로하고 약해져서 원망할 수도 없는 존재가 되어 계실지도 모르겠습니다. 또는 어느 순간, 엄마마음 님이 자식들을 기르시느라 고생하신 부모님의 존재를 새삼 발견하시는 계기가 있었을지도 모르겠어요. 그 모든 것이 좋습니다. 어떤 계기를 통해서라도 누군가를 용서한다는 것은 아주 훌륭한 일입니다. 그러나 부모님에게, 혹은 사회적으로 차별받던 어린 딸은 여전히 엄마마음 님 마음에 남아 있다는 사실도 인정해주시기 바랍니다.

그 감정이 남아 있는 한 님은 아들을 보면서 드는 이중적인 감정 때문에 복잡한 심정이 되실 수 있습니다. 과거, 부모님의 사랑을 독차지하던

남자형제에 대한 선망과 함께 질투심이나 원망 같은 감정이 되살아나면, 아들에 대해서도 지나치게 애착을 느끼면서 동시에 자꾸 거리감을 두려는 태도를 가질 수 있습니다. 남매 간에 차별받은 경험을 가진 많은 엄마들이 그래서 아들에게 집착하거나 또는 아들을 이유 없이 경계하는 태도를 갖게 됩니다. 결국은 과거의 기억에 붙들린 엄마마음 님이 현재의 아이에게 감정을 투사하고 있는 것이지요.

그러면 어떻게 엄마마음 님 내면의 아이가 느꼈던 서운한 감정을 극복할 수 있을까요? 일단은 님의 기억 속에서 자꾸 고개를 쳐드는 그 당시 감정들을 외면하지 않으셨으면 합니다. 서운하고 외로웠던 감정이 님을 한동안 힘들게 할지도 모르겠습니다만 그걸 억누르느라고 두 배 더 힘들어하시지 말고, 그냥 감정의 흐름을 지켜보시기 바랍니다. "왜 아직도 그렇게 징징대니? 이제 그만하지!" 하면서 채근하지 마세요. 부모님에게 외면당했던 그 시절 아이가 성인이 된 엄마마음 님에게조차 외면당하고 무시당한다면 아마 상처는 더 깊어지고 커질지도 모르겠습니다.

엄마마음 님, 내면의 아이를 다루는 방식은 현실 속의 아이들을 양육하는 것과 다르지 않습니다. 내면의 아이 역시 어른의 논리로는 설득되지 않으며, 이성보다는 감성적 위로가 내면 아이에게 더 큰 힘이 됩니다. 그리고 그 아이가 서운했다는 얘기를 지칠 때까지 반복할지도 모르겠습니다. 그럴 때마다 엄마마음 님이 그야말로 엄마의 마음으로 그 아이의 감정에 적극적으로 공감해주고 따뜻하게 안아주는 수밖에 다른 방법이 없을 것입니다.

경험컨대 부모가 되어 아이를 키운다는 것은 현실의 아이와 아직 성장하지 못한 내면의 아이를 함께 기르는 일인 것 같습니다. 그때 현실의 아이와 내면의 아이는 서로에게 아주 훌륭한 거울이 되어줍니다.

시어머니의 육아 방식이 마음에 들지 않아요

저는 이제 갓 돌이 지난 아이를 둔 삼십대 초반의 엄마입니다. 부부가 맞벌이를 하느라 시어머님께서 주중에 저희 집에서 지내면서 아이를 돌봐주십니다. 저희 시부모님은 참 좋으십니다. 자식을 너무 사랑하셔서 시누이네 아이들도 친손자보다 더 잘 돌봐주십니다. 제가 직접 키울 수 없다면 할머니가 아이를 봐주시는 것이 남한테 맡기는 것보다는 나을 듯해서 시어머님께 육아를 부탁드렸습니다. 1년이 다 되어가는 시점에서 판단컨대 그럭저럭 괜찮습니다.

하지만 아무래도 시어머니이다 보니 제가 불편한 점이 많습니다. 육아 방식이 저와 달라서 이것저것 의견을 말씀드리면, 굉장히 싫어하시더라구요. 결국 제가 피곤한 사람이고 결벽주의자가 되었지요. 일부는 맞을 수도 있습니다. 하지만 남편까지 합세해서 시어머니 편을 들고, 제 흉을

봅니다. 어찌 보면 남편이야 시어머니가 키우셨으니 코드가 잘 맞겠지요. 요즘은 남편도 싫습니다.

그래서 아이가 24개월이 될 때까지만 어머님께 맡기고, 그 다음부터는 '어린이집'에 맡길까 생각 중입니다. 24개월이면 너무 어린 것도 같지만 지금의 생활이 너무 불편하고, 계속 맡기면 어머님 육아 방식에 너무 익숙해질 거 같아서요. 사실 마음 같아서는 일을 그만두고 살림하면서 아이를 키우고 싶습니다. 그런데 시댁이나 남편은 계속 일하기를 원합니다. 게다가 아이도 하나 더 낳으라고 하구요.

저도 아이가 하나 더 있으면 좋겠다 싶지만 여자가 일하면서 아이 둘을 키우자면 어떤 식으로든 남에게 의존해야 하는데 그게 싫거든요. 전 아이를 직접 키우고 싶거든요. 사회생활을 통해 성취감도 느끼고, 경제적인 여유도 누리는 건 좋지만 저는 직장생활이 힘듭니다.

나약한 소리인 것도 같지만, 저와 같은 고민을 하시는 분들도 많을 거 같습니다. 어떻게 하는 게 좋을까요? 은이맘

상황에 떠밀려 탁아를 결정하지 마세요

아이를 양육자인 엄마로부터 격리할 수 있는 '아기구덕'을 가지고 있지 않은 문화권은 전세계에서 제주도를 제외한 한반도뿐이라고 합니다. "이처럼 격리 육아가 발달하지 않은 이유는 할아버지, 할머니와 한 집에 더불어 살면서 조부모가 손자를 보살펴주는 삼세동당(三世同堂) 때문"이라고 이규태 씨는 말했습니다.(《조선일보》 이규태 코너, 2004년 8월) 그러면서 그는 그 같은 전통을 가지고 있던 우리나라가 어떻게 세계 최고의 저출산 국가가 되었는지 개탄했습니다.

그러나 저는 바로 그 이유 때문에, 그러니까 아이를 매개로 긴밀하게 묶여 있던 가족구조 때문에 지금의 저출산과 노인 문제가 생겼다고 말하고 싶습니다. 한시도 떨어질 새 없이 의무와 책임으로 밀접하게 결합돼 있던 가족원들이 느꼈을 숨 막히는 갈등을 생각해본다면 말입니다.

지금도 한국의 결혼한 여성들은 시어머니와 힘겨운 실랑이를 벌입니다. 과거에는 아들을 잃지 않으려는 시어머니와, 남편의 사랑을 지키고자 하는 며느리 간의 싸움이 대부분이었는데 요즘은 취업여성들이 부쩍 늘어나면서 아이의 양육 방식에 대한 주도권 갈등까지 보태졌습니다.

그러니 어머니 세대와 양육 방식이 달라서 갈등이 생기는 은이맘 님의 사례는 우리 주변에서 흔히 볼 수 있는 육아 풍경입니다. 육아에 대한 시시콜콜한 이견이 발생하고 그것 때문에 언쟁이나 서운함이 생겨나는 일련의 과정은, 아이의 엄마가 엄마로서 그리고 성인으로서 어른들로부터 심리적인 독립을 해나가려고 애쓰는 과정입니다.

과거의 아이 엄마들은 그렇지 못했습니다. 아이를 낳고 시어머니의 품에 안겨드리면서 자신이 누려야 하는 양육의 기쁨을 고스란히 반납했으니까요. 그렇게 함으로써 며느리는 시어머니와의 갈등을 어느 정도는 미연에 방지할 수 있었을 것입니다. 해야 할 일이 많은 며느리로서는 시부모의 요구에 달리 저항할 수 있는 길도 없었지요.

은이맘 님도 처음 아이를 낳고서는 그 누구도 아닌 시어머니의 도움이 절실했을 것입니다. 직장을 다니는 초보 엄마들에게 아이 양육은 가장 조심스러운 문제가 아닐 수 없습니다. 그럴 때 나의 아이를 다른 사람이 아닌 혈육에게 맡기고 싶다는 간절함을 많은 취업모들은 경험합니다.

아이 양육이라는 중요한 일을 혈육에게 맡기고 싶은 마음은, 어린아이가 가장 힘들 때 가족을 찾아 그들에게 기대고 싶어하는 마음과 같습니다. 부모를 거부하면서도 그에게 의지하고 싶어하는 어린아이 같은 욕구가 거의 본능처럼 인간의 내면에 존재하는 것이지요. 그러니 내가 낳은 아이가 문제가 아니라, 독립을 두려워하는 나의 내면의 아이가 가족에 의한 탁아를 원했는지도 모르겠습니다. 물론 대부분의 며느리나 딸들은 이렇게 말합니다. "힘들고 불편해서 더 이상 부모님께 의지하고 싶지 않지만 '아이를 위해서 어쩔 수 없이' 맡길 수밖에 없었어요"라고요.

그리하여 아이를 핑계로 많은 젊은 엄마들이 아직도 부모세대로부터 심리적인 독립을 하지 못한 채 기대고 있습니다. 한 아이의 부모가 되어

완전하게 성인으로서 독립해야 하는 그 시기에 가장 큰 분리불안을 겪으면서 부모세대에 은근슬쩍 어깨를 기대고 독립을 늦추는 것입니다.

문제는 그 이후 생겨납니다. 의지의 대가로 지불해야 하는 것들이 적지 않기 때문입니다. 아이의 양육권이란 가족관계에서 엄청난 권한입니다. 그러니 자신의 아이에 대한 양육권을 가지게 된 부모 앞에서 당당하게 자기주장을 하기란 쉬운 일이 아니지요. 많은 여성들이 부모님에게 아이를 맡긴다는 부채의식 때문에 과거의 부모자식 관계를 되풀이하거나 불편한 고부관계를 유지하고 있습니다.

특히 시부모님에게 아이를 맡길 경우, 남편이 부모로부터 독립하기는 거의 불가능해지며 심지어 독립적인 관계가 퇴보할 수도 있습니다. 남편 자신은 육아에 거의 참여하지 않으면서도 아내보다는 아이를 길러주시는 어머니에게 연민과 애틋함을 느끼게 됩니다. 뿐인가요? 은이맘 님의 남편처럼 아이 양육 방식에서도 부모 편이 됩니다. 그 방식이 남편에게 더 익숙하기 때문입니다. 물론 아이도 예외가 아닙니다. 엄마와 아빠보다 할머니를 더 좋아해서 고민스럽다는 육아상담 사례가 적지 않으니까요.

그 과정에서 여성들은 당황스러워합니다. 아이를 매개로 시부모님에게 의지해 한 가족으로서의 유대감을 느끼고 싶었는데 어느새 자신만 외톨이가 되었다는 것을 발견하기 때문입니다. 가족원 중에서 며느리가 가장 소외감을 느낄 수 있다는 사실을 남편을 비롯한 식구들이 배려해준다면 좋겠지만 어느 누구도 그런 상황을 배려하지 않지요. 은이맘 님은 아마도 그런 반쪽짜리 독립, 반쪽의 결속을 눈치 채고 경험하면서 마음이 불편해지셨나 봅니다.

결과적으로 은이맘 님과 시어머니 사이의 양육에 관한 의견 차이와 그 때문에 느끼는 불편함은 사실 '독립'을 주제로 한 갈등이라고 보시면 됩니다. 아이의 양육자로서의 권리를 온전하게 누리고 싶지만 시부모님의 권력 앞에서 며느리는 무력할 뿐입니다. 그 사실을 절감한 며느리는 서서히 시부모님에게서 벗어나야겠다는 생각을 하게 되지요. 그러나 발설하기에는 너무 큰 문제라서 겉으로는 사소한 양육 방식으로 갈등하시는 것입니다. 갈등의 주요한 부분은 덮어두고 사소한 문제를 붙잡고 씨름을 하는 격이지요.

은이맘 님, 아이가 두 돌이 지나면 어린이집에 맡기고 싶다고 하셨지요. 그렇게 하시는 것도 나쁘지 않습니다. 그간의 시어머니 노고에 대해 충분히 감사드린 후 독립하세요. 어린이집도 좋고 개인 탁아도 좋습니다. 어떤 형식으로 아이를 맡길 것인가에 대해 고민하고, 탁아기관이나 탁아모를 알아보고, 정보를 취합하고, 결정하고, 아이를 맡기는 그 모든 과정을 남편과 함께 나누시기 바랍니다. 바로 그것이 부모로서의 책임과 권리를 온전하게 누리는 방법이고, 또 독립적인 성인으로 거듭나는 과정이기도 하답니다.

아이를 때리는 탁아모 이야기가 전설처럼 떠돌아다니고, 폭력이 난무하고, 위생관념이 엉망인 탁아기관에 대한 뉴스가 주기적으로 텔레비전을 장식하면서 엄마들의 불안감을 가중시키지만 친부모보다 아이를 더 잘 길러주고 사랑해주는 기관이나 탁아모도 많이 있습니다. 다른 사람에게 맡기는 것보다 엄마가 기르는 편이 최상이라고 생각하지만 육아에 무능하고 무심한 엄마보다 유능한 탁아모에게 맡기는 것이 더 나은 경우도

있답니다. 특히 요즘은 탁아시설이나 교육의 질이 많이 좋아져서 주거지를 옮길 각오라도 되어 있다면 괜찮은 탁아기관을 찾기가 과거만큼 어렵지는 않습니다.

사실 부모님의 입장을 고려해도 부모님에게서 독립하는 것을 죄스럽게 생각하실 일은 아닙니다. 요즘 부모님들이 손주 키우는 일을 달가와하지 않는다는 것은 이미 잘 알려진 사실입니다. 아이와 격리될 수 있는 도구 하나 없이 20~30여 년간 육아의 짐을 떠안고 살아오셨기 때문일 것입니다. 자신의 설 자리가 없어진 노인들이나 혹은 냉정한 부모라는 평가를 듣고 싶지 않은 부모님들이 어쩔 수 없이 부담을 떠안는 경우가 많이 있지요. 경제적인 대가 없이, 혹은 부모님의 건강을 고려하지 않고 종일 탁아를 부탁드리는 경우는 비인간적이라고까지 할 수 있을 것입니다.

직장을 다닐 것인가 말 것인가에 대해서는 앞의 모든 것을 결정하신 뒤에 고려하셔도 좋을 것 같습니다. 부모님으로부터 독립한 뒤 아이가 다른 방식의 탁아에도 잘 적응하게 되면 은이맘 님이 다시 일을 하고 싶어지실 수도 있으니까요.

지금 은이맘 님이 육아에 전념하고 싶다고 느끼시는 것은, 어쩌면 가족관계에서 경험하고 있는 소외감의 또 다른 모습일 수도 있답니다. 그 소외감 때문에 시어머니가 누리는 아이 양육의 기쁨을 부러워하고 계신 건 아닌지 묻고 싶네요. 그러니 심리적으로 불편한 상태에서, 혹은 상황에 밀려서 직장 문제를 결정하지는 않으셨으면 좋겠습니다. 지금도 좋지만 더 좋은 것을 선택할 수 있을 때 비로소 자신의 욕구가 무엇인지 잘 알 수 있고 그에 따라 후회 없는 결정을 하실 수도 있을 테니까요.

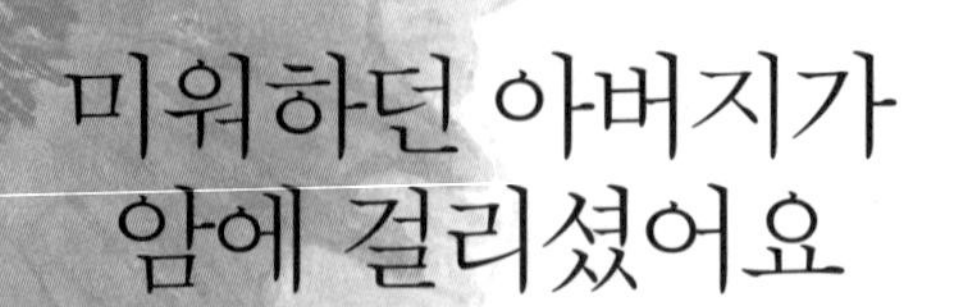

미워하던 아버지가 암에 걸리셨어요

어제 아버지가 위암 선고를 받으셨습니다. 글쎄요. 전 지금 담담합니다. 사실 외면하고 싶은 걸 거예요. "나의 일이 아니야. 누군가가 장난을 치고 있는 걸 거야"라고 말하고 싶은 건지도 모르겠습니다.

전…… 아버지를 좋아하지 않았습니다. 어렸을 적 아버지에 대한 안 좋은 추억들 때문에 나이가 들어서도 그때의 일에 대해서만은 억지로 아버지를 이해하고 싶지가 않았습니다. 회사를 퇴직하신 지 10년이 지났습니다. 아버지는 그 시간 동안 정말 많이 외로우셨을지 모른다는 생각을 했고 이제는 아버지를 외면하는 나를 고쳐야 한다는 생각에 이르렀습니다.

저와 아버지 사이에 벌어진 멍한 이 거리를 어떻게 좁혀갈 수 있을까요? 아버지에게 지금 가장 필요한 건 뭘까요? 전 지금 아무 생각도 나지 않습니다. **하루**

미워했던 만큼
죄의식도 자랍니다

미워하고 분노했던 딱 그만큼 죄의식도 자랍니다. 그가 너무 나빴으므로 죄의식 같은 건 없노라고 큰소리치지는 마십시오. 죄의식은 아주 은밀하게 뿌리내리고 전혀 엉뚱하게 그 모습을 드러내니까요.

예를 들면 이런 것입니다. 아버지를 증오했던 아들이 병상의 아버지를 극진하게 간호합니다. 돌아가시고 나서도 늘 아버지의 얘기를 달고 다녔지요. 아버지가 훌륭한 분이었으며, 자신은 그런 아버지에게 효도를 다하지 못한 불효자였다고 되뇝니다. 그러나 알고 보니 그는 내면에 아버지에 대한 증오심을 억누르고 있었습니다. 살아생전 아버지는 아들에게 무리한 기대를 하면서 몰아붙이고, 그가 기대에 못 미칠 땐 폭력을 행사했습니다. 그는 아버지 때문에 공포에 휩싸인 적이 한두 번이 아니었으며 자살 충동에 시달렸던 것도 아주 나중에야 기억해냈습니다. 아버지를 죽도록 미워했던 자신의 내면과 직면할 수 없었던 아들이 아버지에 대한 죄의식을 그리움이나 존경심으로 바꿔버린 것입니다.

사랑하는 부모의 경우는 말할 것도 없겠지만 오랫동안 미워하고 원망했던 부모가 암과 같은 치명적인 질병에 걸리게 되면 자식이 느끼는 당혹감과 충격은 말로 표현할 수 없습니다. 바로 죄의식 때문이지요. 부모에게 분노를 느낄 때마다 의식하지 못했던 저 아래 깊은 곳에선 죄의식이 이렇게 속삭였을 것입니다. "부모에게 감히 그런 감정을 갖다니 언젠간 혹독한 벌을 받고 말거야. 너는 불행해질 거야. 뼈저리게 후회하겠지. 만약 부모에게 안 좋은 일이 닥친다면 그건 다 너 때문이야."

분노와 죄의식은 그렇게 빛과 그림자처럼 한 짝을 이루어 동행합니다. 평소엔 분노가 활개를 치지만 문제가 발생하거나 불행이 닥치면 죄의식이 짙게 드리웁니다. 하루 님은 어떠셨나요? 아버지가 아버지로서의 역할을 하지 못했던 것에 대해 원망을 많이 하셨을 것이고, 그러다가 서서히 아버지를 기억 속에서 지워가고 있다고 생각하셨을 것입니다. 그런데 아버지가 갑자기 암 선고를 받자 아버지에 대한 연민과 함께 죄의식으로 가슴이 철렁 내려앉지는 않으셨나요? 크게 잘못한 일을 들킨 아이처럼 말입니다. 그래서 아버지에 대한 설명할 수 없는 복잡한 감정이 복받치게 되는 것입니다. 하루 님이 말씀하셨듯이 외면하고 싶기도 하고, 외면하는 나를 변화시키고 싶기도 하고, 너무나 복잡해서 아무 생각도 나지 않는 상태가 그것입니다.

죄의식이 자신을 뒤돌아볼 수 있는 계기를 만들어주기도 하지만, 지나친 죄의식은 상황을 객관적으로 볼 수 없게 만들고 결국 온전한 자기성찰을 불가능하게 합니다. 끊임없이 자신을 책망하고 자신에게 벌을 내리고 모든 문제의 원인을 자신에게 돌려 스스로를 불행하게 만듭니다. 그러나 정작 상황을 개선할 생각은 하지 않습니다. 어쩌면 변화하고 싶지 않아서 자기를 구박하고 있는 것인지도 모르겠습니다.

그러니 하루 님, 아버지에 대한 태도를 명확히 하기 위해서 이제는 분노도 죄의식도 잠시 내려놓으세요. 사실 하루 님이 아버지에게 느꼈던 미

움이나 원망은 잘못된 것이 아니라고 생각합니다. 한국 사회의 대부분의 아버지들이 부모로서는 턱없이 미숙했다는 사실을 인정해야 할 것입니다. 게다가 아버지는 아직까지도 하루 님의 감정을 풀어주지 못하셨군요. 어쩔 수 없는 사연이 있었다고 하더라도, 아버지의 역할을 제대로 하지 못한 것은 인정하셔야 할 것입니다.

사실 아버지의 암 선고는 아버지와의 갈등을 해결할 수 있는 좋은 기회이기도 합니다. 그것은 처벌이나 불행이 아니라 기회입니다. 아버지와 하루 님이 새로운 관계를 맺게 되는 기회 말입니다. 시인 괴테는 이런 문구를 남겼다고 합니다. "잘 익은 것들은 모두 죽고 싶어한다"구요. 저는 그 말을 이렇게 바꿔보고자 합니다. "죽어가는 것들은 잘 익을 수 있는 기회를 얻는다"고 말이지요. 풀어야 할 문제들을 잔뜩 남겨둔 채 떠나야 하는 자와 남겨진 자만큼 불행한 이가 또 있을까요? 그래서 사람들은 죽음을 앞에 두고 극적으로 변화하기도 합니다. 그 변화의 기회를 한번 잡아보시라고 하루 님께 권해봅니다. 그 기회를 놓치고 후회하지는 않으셨으면 좋겠습니다.

죽도록 미워했던 아버지가 돌아가신다는 것은 자식에게는 이런 의미가 있습니다. 어린 시절 깊은 상처를 남긴 아버지 때문에 자식은 늘 불행했습니다. 그런데 아버지는 그 상처와 아픔을 위로하기는커녕 어떤 책임도 지지 않고 돌이킬 수도 없는 곳으로 떠나버립니다. 돌아가셨다는 사실 때문에 자식은 죄의식까지 느끼게 됐습니다. 이혼으로 인한 이별과 달라서 사별은 떠난 자에 대한 연민과 남은 자의 죄스러움을 동반하지요. 자식의 내면에서 성장을 멈춘 아이가 울면서 아버지를 기다리고 있는데 아버지는 돌아오지 않습니다. 원망스럽기 그지없는 상황인 것입니다. 혼자 남겨진 사람이 갈등을 푸는 일은 참 오랜 시간의 전전반측을 필요로 하게 된답니다. 외롭고 막막한 과정이지요.

자, 이제 더 이상 피할 수 없는 화해의 과정으로 들어가세요. 마침 하루 님도 스스로 변화해서 아버지와의 거리를 좁힐 수 있기를 원하고 계시군요. 단 감정이 격해져서 일방적으로 잘못을 비는 효자가 되지는 말라고 충고해드립니다. 화해라는 목표에 집착해서 과정을 건너뛰지는 마시라는 말씀입니다. 섣부른 용서는 누구에게도 도움이 되지 않으니까요.

가슴에 담아두었던 말씀을 충분히 하십시오. 물론 충격을 최소화하도록 감정적으로는 차분하게, 그러나 의사 전달은 비교적 분명히 하시고 되도록 쉬운 말로 생각을 전하세요. 그런데 대화를 시작하기 전에 아버지에게 미리 말씀드려야 할 것이 있습니다. 아버지를 원망한 것은 아버지의 사랑을 받고 싶어서였으며, 아픈 과거를 새삼 떠올리는 것도 궁극적으로는 아버지와의 애정을 회복하고 싶어서임을, 그 모든 과정이 사실은 사랑에 기반해 있음을 말씀드리세요. 그래야 아버지도 긴장을 푸시고 하루 님의 시도를 받아들이게 될 것입니다.

아마 아버지도 하시고 싶은 말씀이 많을 것입니다. 그 말씀을 충분히 듣다 보면 아버지에 대한 이해를 새롭게 하시게 될 겁니다. 오랫동안 여러 번에 걸쳐 시도해야 할 것입니다. 물론 우리 사회 아버지들이 언어 표현에 서투신지라 충분한 대화를 나눌 수 없을지도 모릅니다. 때로는 시간적 한계 때문에 의사소통이 단절될 수도 있지만 그렇더라도 마지막까지 최선을 다하세요. 뜻이 간절할수록 작은 손짓과 눈빛으로도 진심이 통할

수 있습니다. 아니, 그 모든 의사소통에 실패하더라도 하루 님이 최선을 다했다는 사실만으로도 여한은 남지 않을 것입니다.

너무 이상적인 주문인가요? 하지만 마음먹기에 달렸습니다. 죽음을 사이에 둔 아버지와 자식 간에 못할 것이 무엇일까요? 절박함을 핑계 삼아 모든 시도를 해보세요. 그 과정에서 하루 님과 아버지가 평생 껴안고 살아야 했던 내면의 아이가 성장할 것이고, 무엇보다 아버님에게 더없이 행복한 마무리 과정을 선사하게 될 것입니다. 그것이 바로 질병과 죽음의 미학이랍니다.

자진해서 짊어진 짐을 내려놓으세요

행복은 당당한 자신이 만듭니다

고부간의 갈등은 약자들의 권력투쟁입니다

평화를 버리더라도 나쁜 여자가 되세요

진짜 문제는 저 아래 숨어 있습니다

중년남성들의 '아내 공부'가 필요합니다

아내를 주눅 들게 만드는 전략에 말려들지 마세요

시댁과의 갈등을 해결하는 데도 전략이 필요합니다

분노의 화살을 자신에게 겨누지 마세요

독립적인 삶을 위한 준비가 필요한 때입니다

이혼 후라도 남은 감정과 문제를 덮어두지 마세요

평화를 버리더라도 나쁜 여자가 되세요

간섭 안 받고 우리끼리만 살고 싶어요

결혼을 앞두고 있습니다. 그런데 기쁘기보다 무섭습니다. 왜 그럴까요? 결혼으로 새로운 인간관계를 맺는 일이 힘들게 느껴져요. 단순하게 사는 게 좋지 얽혀 살기 싫거든요. 양가에서 완전히 독립해서 간섭받지 않고 저희끼리만요. 명절 때나 생신 때 부모님을 의무적으로 찾아뵈야 한다거나 일주일에 한 번씩 의무적으로 안부전화를 해야 한다거나 하는 일이 거추장스럽게 느껴져요. 멀리 떨어져서 우리끼리만 살고 싶어요. 또 제가 아빠가 되고 남편이 된다는 것, 사위가 된다는 것, 그런 역할 잘 해야 한다는 것이 부담스러워요. 어떻게 하죠? 들국화

자진해서 짊어진 짐을 내려놓으세요

결혼 전 여성들이 주로 겪었던 스트레스를 요즘은 남성들도 경험하고 있군요. 과거엔 돈을 벌어 처자식을 먹여 살리면 끝났을 남자의 역할이 변화하고 있나 봅니다. 이제 남성들도 가족관계를 친밀하게 유지하기 위해 예전에 여성들이 수행했던 '감정적이고 정서적인 역할'을 떠맡게 된 것입니다.

부담스럽고 불편하실 수 있습니다. 가족원으로서의 역할이 기쁘기보다 부담스럽다면 아마도 그 이면에는 가족주의에 대한 거부감과 일종의 피해의식이 자리 잡고 있을 것입니다.

그럴 만도 합니다. 가장 편안하고 가식 없는 모습을 보여줘야 할 가족 내에, 알고 보면 '가짜' 관계가 속속들이 잠복해 있으니까요. 살갑고 싹싹한 며느리, 붙임성 있게 너스레를 떠는 사위, 그리고 결혼해 독립한 자식들이 부모에게 매일 안부전화를 드리고, 주말마다 다 같이 모여 떠들썩하게 행복한 모습은 우리 사회가 가장 이상적으로 제시하는 가족의 이미지입니다.

그러나 현실은 어떤가요? 여성들은 결혼해서 처음 시집에 적응할 때 며느리 역할을 '연기'해야 하는 것이 얼마나 고역인지 털어놓습니다. 위

선적인 고부관계에 대해 노골적으로 거부감을 표현하는 경우도 적지 않습니다. 남성들은 아들과 가장으로서의 역할에 지치고 회의를 느끼면서 해외 이민과 같은 탈출을 시도하기도 합니다. 뿐인가요? 십대 아이들이 부모에게 보내는 경멸과 야유는 이미 사춘기 반항 수준을 넘어섰습니다.

현실이 척박할수록 가족에 대한 환상 또한 도를 더해가는 것이겠지요. 그 현실과 환상의 틈새에서 우리의 고민과 부담도 나날이 심해집니다. 인터넷 상담카페에는 어떻게 하면 싹싹하고 애교 많은 며느리가 될 수 있는지를 묻는 결혼을 앞둔 젊은 여성들의 고민 글이 심심치 않게 올라오고, 주로 모범생인 십대들은 독선적인 아버지와 집착이 강한 어머니의 요구에 부응하느라 우울증에 걸립니다. 가족들에게 강요되는 가짜 관계, 위장된 친밀함이 싫어서 결혼을 거부하는 젊은 여성과 남성들이 많아진 것은 잘 알려진 사실입니다.

그런 가짜 관계, 가짜 표현들을 답습하면서 그렇고 그런 사회적인 규범에 적응해나가야 하는가를 묻는 들국화 님은 그러므로 신세대답게 지극히 건강한 고민을 하고 계신 겁니다. 결혼을 선택했다고 해서 반드시 가족원으로서의 상투적인 역할을 받아들여야 하는 것은 아니라고 생각합니다. 들국화 님과 님의 예비배우자가 함께 자신들에게 어울리는 결혼관계와 가족관계를 구상하고 만들어보세요. 전통적인 며느리, 사위의 모습 중에서 거부감을 느끼는 부분은 어떤 것인지, 상대의 부모와는 어떤 관계를 유지할 것인지, 부모님과의 만남의 횟수는 어떻게 할 것인지 등을 말입니다.

부부간의 약속도 중요하겠지요. 부부는 무엇을 함께 하고 또 어느 부분에서 독립성을 유지할 것인지, 상대에게 어떤 역할을 기대하며, 아이는 낳을 것인지, 만약 낳는다면 아이에게는 어떤 부모가 될 것인지도 좋은 토론거리입니다. 막연하게 고민하기보다 할 수 있는 것과 하지 못할 것을 구체적으로 정리하면 오히려 마음이 가벼워질 것이고, 결혼생활을 준비하는 데도 아주 필요한 일입니다.

혹시 들국화 님은 착한남자 콤플렉스를 가지고 계신 건 아닐까요? '착한남자', '착한여자' 일수록, 그리고 타인에게 '좋은 사람' 이라는 칭찬을 듣는 사람일수록 가족 간의 의무 때문에 심각한 피로감을 느낍니다. 그 피로감 때문에 기꺼이 할 수 있는 것들조차 회피하게 됩니다. 이제 자진해서 짊어진 그 무거운 의무감을 내려놓으세요. 왜 세상은 내게 의무를 강요하는가 고민하기에 앞서 내 안에 고정관념은 없는지 자문해보자는 말씀입니다.

실제로 아직도 많은 젊은이가 배우자의 부모를 내 부모처럼 생각해야 한다는 고정관념에 사로잡혀 있습니다. "결혼을 하면 더욱더 효부효자가 되겠다"는 지키기 어려운 다짐을 하기도 합니다. 그러나 어떤 부모도 며느리나 사위를 내 자식만큼 사랑할 수는 없으며, 마찬가지로 배우자의 부모를 내 부모처럼 사랑하기란 거의 불가능한 일입니다. 마음은 굴뚝같아도 현실적으로 어렵습니다. 태어나서 성인이 될 때까지 함께 살아온 내 부모님과, 성인이 되어 만난 배우자의 부모님은 가치관과 생활방식, 문화적 배경 등 모든 면에서 다르고, 그래서 적응하기까지는 어색하고 불편할 것입니다. 그 어색함과 불편함을 당연한 것으로 받아들이고 관계를 시작하는 것이 오히려 자연스러운 일입니다. 나의 친부모라도 결혼해서 독립

을 하고 나면 물리적으로나 정서적으로 소원해지는 것이 자연스러운 일입니다. 우리는 너무 한결같은 것, 일관된 것, 변치 않는 마음과 같이 지키기 힘든 가치에 매달리는 경향이 있습니다. 그러나 가장 자연스러운 것은 부자연스러운 상황과 조건을 인정하고, 모든 것은 변화한다는 사실을 받아들이는 것이 아닐까요? 그때 비로소 내면에서 편안하고 자연스러운 감정이 우러나오는 것이 아닐까요?

물론 변화를 시도하는 사람들은 의외로 세상이 많이 달라졌고 열려 있다는 것을 알게 됩니다. 부모세대도 며느리와 사위가 자신들 앞에서 가짜 웃음을 지어 보이기를 원하지는 않습니다. 앞에서는 웃어 보이면서 뒤돌아서서 피곤해한다는 사실을 부모님들이 아신다면 오히려 그분들이모욕감을 느끼실지도 모르겠습니다. 100퍼센트 밀착된 부부관계가 성공적이라고 생각하는 사람들은 의외로 없으며, 자식들 역시 적당히 거리를 둔 부모를 오히려 좋아합니다. 이미 결혼해 자녀를 둔 고참 선배들은 결혼을 앞둔 후배들에게 넌지시 이런 충고를 하곤 합니다. "처음부터 너무 잘하려고 하지 마라. 기대 수준이 높아지면 실망할 일도 많아진다"고 말입니다.

내가 그들의 기대 수준에 부응하지 않고 거리감을 유지한다면 그들이 너무 외롭거나 슬프지 않을까 미리 걱정하지는 마세요. 요즘 부모님들은 당신들의 노후에 대해 의외로 많은 준비를 합니다. 섭섭하시겠지만 결혼한 자식이 부모 품을 떠나 심리적으로 독립하는 모습을 지켜보시는 일도 부모로서 나쁘지 않을 것입니다. 그래야 부모세대도 일찌감치 당신들의 행복을 강구하실 수 있게 될 테니까요.

어찌 보면 지금은 결혼문화나 가족관계를 새로 만들어나가기가 유리한 때입니다. 세계 2위의 이혼율과 세계 최고의 저출산율, 그리고 '패륜', '반인륜' 이라고 일컬어지는 사건사고가 줄을 잇고 있으니 가족원에 대한 기대 수준이 그 어느 때보다 낮아진 것입니다. 그러니 들국화 님, 기존의 세태에 소극적으로 방어하신다는 생각을 버리시고, 오히려 님의 철학과 가치관에 맞는 새로운 관계를 적극적으로 만들어나가시길 빕니다. 모쪼록 들국화 님 세대가 우리 시대에 맞는 신선하고 건강한 공동체 관계를 만들어나가시기를 부탁드리고 싶네요.

물론 그 과정에서 비난이나 마찰이 있을 수도 있습니다. 그럴 때 님이 자신의 확고한 의사를 분명히 하지 않고 미온적인 태도를 보이면 주변의 잡음이 더 요란스러울 뿐 아니라 당신의 배우자가 대신 그 비난을 감당해야 한다는 사실도 명심하시기 바랍니다. 우리 사회는 공동체의 모든 문제를 '여자 탓' 으로 돌리려는 경향이 강하기 때문입니다.

가족관계의 부담에서 벗어나려는 이 모든 노력은 사실 진정한 애정을 회복하려는 의도가 그 뿌리입니다. 서로에 대한 강요된 의무와 부담을 벗으면 언젠간 가족이 느낄 수 있는 자연스러운 애정이 건강하게 회복될 것이라는 기대 말입니다.

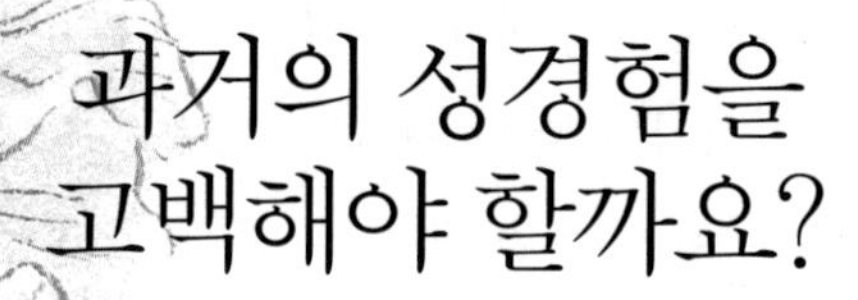

과거의 성경험을 고백해야 할까요?

요즘 제가 고민하고 있는 부분이 있습니다. 저는 원래 성적인 문제에 대해 개방적이라 맘 통하고 몸 통하면 원나잇도 했습니다. 그런데 얼마 전 친구 소개로 한 남자를 만나면서 내가 달라지는 걸 느끼게 돼요. 이제 제 나이 서른이니 만나면서부터 결혼을 염두에 두게 돼서일까요. 의외로 내가 얼마나 조신한 척을 하는지 모르겠습니다.

예를 들어 이런 일이 있었습니다. 그 남자가 차츰 시간이 가면서 스킨십을 시도하더군요. 그런데 좀 진한 스킨십을 시도하려고 하자 제가 소스라치게 놀라는 거였습니다. 난생 이런 일은 처음인 양 말이죠. 내 반응에 내가 놀랄 정도였습니다.

여하튼 남자친구가 너무 미안해하더니 그 뒤로 어찌나 젠틀하게 구는지……. 과거엔 남자친구와 섹스하는 것이 싫지 않았던 내가 왜 이럴까 고민해보고 지금 내 상태가 어떤지도 생각해봤습니다.

일단 그와 나는 결혼을 염두에 두고 있는데, 내가 그를 꽤나 좋아하고 있습니다. 근데 그는 성적인 부분에 대해서 보수적인 사람이고, 그래서 난 그에 맞춰 무척 내숭을 떨고 있는 것 같습니다. 그런데 그런 나의 이중적인 면 때문에 마음속으로 갈등하게 되네요. 나의 과거의 성적 스타일을 그한테 미리 고백할까 하는 생각도 듭니다. 숨기고 눈치 보는 관계는 싫으니까요. 그리고 도대체 나의 이 조신함은 어떻게 판단해야 할까요? **뭉게구름**

행복은
당당한 자신이 만듭니다

과거 우리의 어머니세대를 거쳐 우리세대 여성들이 결혼을 앞두고 했다는 그 고민을, 요즘 젊은 여성들도 계속하고 있다는 사실이 놀랍습니다. 여성을 둘러싼 결혼 환경은 달라진 게 없군요. 아니면 결혼 자체가 인간을 구속하는 태생적 한계를 안고 있어서일까요?

뭉게구름 님의 얘기를 읽고 있다가 갑자기 이런 생각이 들었습니다. 지금 님이 그런 고민을 하고 있는 동안 과연 젠틀하다고 하는 당신의 남자친구도 자신의 과거 때문에 고민하고 있을까. 성적으로 비교적 자유로

웠던 남성이 결혼하고 싶은 여자를 만났다면 어땠을까요? 물론 그 여자에게 과거 경험을 고백해야 한다는 의무감 같은 건 안중에도 없을 것입니다. 바람직한 경우, 앞으로는 아내만을 바라보며 살아야겠다고 다짐할 것이고, 그렇게 변화한 자기 자신이 그저 자랑스럽고 뿌듯할 것입니다.

뭉게구름 님, 님의 조신함이 어디서 오는 것인지 궁금해하셨지요. 비교적 자유로운 성관계를 가지면서 살았다고는 하나 아마도 님의 어느 부분에 보수적인 면이 있을 것입니다. 실제로 인간은 100퍼센트 일관된 가치관을 가지고 살 수는 없습니다. 자기 안에 보수와 진보, 개방, 자유, 소속감 등이 상존하고 있을 것입니다. 뭉게구름 님이 지금까지 비교적 자유로운 성생활을 하셨다면 무의식에는 그만큼의 죄의식이 자라고 있었을지도 모르겠습니다.

어쨌든 지금 님은 '조신한 연애놀이'를 하고 있는 것처럼 보입니다. '젠틀한 신사놀이'로 조응하는 그와 일종의 역할극을 하고 있는 것이죠. 그 역할이 그리 낯설지 않을 것입니다. 우리의 가족관계에서, 그리고 TV와 영화에서 늘 봐왔던 아주 익숙한 모습이지요. 그 안에서 조신한 남녀는 대체로 '선(善)'이고, 결과적으로 행복해집니다. 우리 사회가 결혼을 앞둔 여성들에게 일관되게 요구하고 있는 것이기도 하니 대세에 따르는 쪽이 편안하게 느껴지기도 하지요.

우리 사회 여성들이라면 누구나 자유로울 수 없는 순결 콤플렉스도 '조신한 척'의 원인일 수 있습니다. 자신의 '과거'에 대해 솔직했던 여자가 결국 남자와 헤어지거나 괴롭힘을 당하면서 불행해진다는 대한민국식 비극의 전설이 사라지지 않는 한 말입니다.

사실은 그렇지 않은 현실도 얼마든지 존재하는데 말입니다. 둘이 만나기 전의 생활에 대해 묻거나 문제 삼지 않으며, 과거의 모든 부분을 서로 이해하고 포용하면서 갈등 없이 사랑하는 커플들 말입니다. 아니, 오랫동안 친구로 지켜보면서 과거의 관계를 서로 잘 알고 있는 경우도 있지요. 그러고 보면 혼전 순결이라는 것도 어디까지나 생각하기 나름인 듯합니다.

솔직히 말씀드리자면 젊은 남녀에게 혼전 순결은 부자연스러운 인고의 기간을 강요하는 관습입니다. 요즘은 신체적 성장 속도가 빨라진 탓에 초경을 시작하는 12세 전후에 성인이 되는데다 결혼연령은 점점 늦어져서 28~30세에나 결혼을 하게 됩니다. 그러니 정말 오랜 기간 동안 성관계를 참거나 숨기며, 독신의 삶을 살아야 하는 것입니다. 그렇다고 성적인 욕구 때문에 무조건 결혼을 서두를 수도 없는 노릇입니다. 원나잇스탠드도 그 같은 현실과 관련이 있습니다. 고정된 애인이 없는 경우 섹스 파트너를 구하는 자연스러운 방법일 수 있다는 것입니다. 그러니 성적인 자유는 비난당해야 할 성 문란이 아니고 이 시대 상황이 낳은 삶의 방식이라고 할 수 있습니다.

뭉게구름 님, 님은 상대에게 솔직하고 싶으신가 봅니다. 뭔가 잘못을 저지른 사람처럼 숨기는 일 없이 당신의 남자친구 앞에서 당당해지고 싶어하는 요즘 젊은 세대의 모습, 충분히 이해가 됩니다. 하지만 여성과 남성이 만나 사랑을 하는 데 과거의 삶을 반드시 공유해야 할 의무는 없다는 생각입니다. 지금의 남자친구가 왜 뭉게구름 님의 과거 삶을 모두 알고 있어야 하나요. 털어놓고자 하는 것이, 상대의 마음속에서 검열당할

수 있는 여성의 성적인 문제 같은 것이라면 더욱더 그렇습니다. 서로의 성적인 문제에 대한 합의와 삶을 공유하겠다는 약속은 둘이 만난 이후로 국한하셔도 충분할 것입니다.

만약 남자친구가 님의 과거 성생활에 대해 굳이 묻는다면 실망스럽긴 하시겠네요. 그럼에도 님이 그에게 어떤 식으로든 대답을 해주겠다면 '아무 일 없었다' 고 시침을 떼든지 또는 솔직히 자신의 마음을 말하든지 님이 알아서 결정할 일입니다. 상대가 '아무 일 없었다' 고 말해주는 것이 자신에 대한 예의라고 생각하는 사람들도 있으니까요.

그러나 저는 이렇게 권하고 싶군요. 내숭이나 이중적인 면을 불편해 하시니 솔직하게 자신의 생각을 말씀하시되 마치 고해성사하는 듯한 태도로 시시콜콜하게 자세히 털어놓을 필요는 없습니다.

그 모든 과정에서 가장 중요한 것은 뭉게구름 님이 당당해야 한다는 사실입니다. 그러기 위해선 누구보다 당신 스스로가 당신의 과거 모든 삶을 인정하고 사랑할 수 있어야 합니다. 님이 자유로운 성관계를 가졌다면 아마 나름대로의 가치관이 있었을 것이고, 욕구에 솔직했기 때문일 것입니다. 만약 님이 과거 어느 지점에서 불행했다 하더라도 그로 인해 당신의 삶이 성숙해졌을 것이므로 당신의 일생에서 감추거나 지워야 할 부분은 아무것도 없다는 사실을 명심하세요.

그를 사랑한다면 그 앞에서 당당해지세요. 그도 분명 당당하고 자유로운 당신의 모습을 좋아했을 것입니다. 만약 그가 당신의 과거 삶을 문제 삼아 떠난다면 냉정한 말이지만 차라리 다행인지도 모르겠습니다.

뭉게구름 님도 잘 알고 계실 '행복론' 을 새롭게 상기시켜드리고 싶습니다. 인간의 근본적인 행복은 남자친구나 남편이나 자식이 만들어주지 못합니다. 그것은 죄의식이나 자기검열 없이 자유롭고 당당한 자기 자신이 만드는 것이랍니다.

간섭하는 시어머니 때문에 짜증이 납니다

결혼한 지 얼마 안 돼서 혼자 되신 분인데요, 아들에 대한 생각이 끔찍한 것은 이해합니다. 따로 사셔서 크게 부딪힐 일은 없는데 가끔씩 집에 들르러 오시면 속을 긁어놓으십니다. 속상한 것은 제게 솔직하게 원하는 바를 말씀하시지 않아서 그렇습니다.

이상하게 저희 집에만 오시면 음식을 먹은 뒤에 속이 아프다고 하시고, 밥상머리에 앉아 옛날얘기를 하시면서 어느 집에서는 시부모를 봉양 잘 못해 자식들이 모두 잘못됐다더라, 뭐 이런 식으로 말하십니다.

저 나름대로 잘 하려고 노력하고, 시누이들과도 잘 지냅니다. 시어머니 생각만 하면 스트레스가 쌓입니다. 어떻게 하면 좋을까요? **독자**

고부간의 갈등은
약자들의 권력투쟁입니다

우리 사회의 며느리들이 시집에 대해 느끼는 분노나 불편함은 이미 개인 차원을 넘어서 집단무의식을 형성한 듯합니다. 여성문제에 전혀 관심 없던 신세대 여성들도 결혼하면 시댁과의 문제, 그중에서도 고부간의 갈등에 가장 민감하게 반응합니다.

대한민국의 평범한 시어머니들은 놀라고 당황스럽습니다. 같이 사는 것도 아니고, 옛날처럼 대단한 시집살이를 시킨 것도 아니며, 뭘 억지로 강요한 것도 아닌데 왜 그렇게들 거부감을 가지고 유난을 떠느냐며 오히려 억울해하시지요. 그러나 거의 태생적이라고 할 만큼 뿌리 깊은 우리 사회의 고부갈등은 쉽게 해결될 기미를 보이지 않습니다.

한 가족 내에서 시어머니와 며느리는 다른 가족원에 비해 성도 다르고 지위도 다릅니다. 시아버지를 비롯해 그 자식들은 태어나면서부터 자연스럽게 가족원이 되지만 시어머니와 며느리는 어찌 보면 이식된 존재이며, 며느리 혹은 아내와 어머니로서의 역할을 다해야 비로소 가족원으로 인정받게 됩니다. 이때 시아버지를 비롯해 부계가족이 갖는 지위를 귀속지위라고 하고, 시어머니와 며느리의 지위를 성취지위라고 부릅니다.

말 그대로 '귀속지위'란 태어날 때부터 당연히 갖게 되는 지위이며, '성취지위'는 노력해야 얻을 수 있는 지위인 것입니다. 존재 자체로 사랑

받을 수 있는 존재로서의 남성들과는 달리 노력해야만 인정받는 존재라니……. 인간이 실존적 불안감의 극치를 경험하게 되는 것이 바로 이런 존재감을 느낄 때입니다. 그러니 결혼한 여성들이 시집에만 가면 왜 그렇게 긴장하게 되는지 이해가 되시지요?

이런 위치에 서 있는 한 여성들의 기반이 불안정하고 삶이 고단한 것은 당연할 것입니다. 사실 시어머니의 위치도 그리 안정된 것은 아닙니다. 나이 든 여성의 입장에서 보자면 결혼해서 지금까지 끊임없이 노력하며 살았는데 며느리를 맞음으로써 자신의 위치가 또다시 흔들리는 것을 느끼게 됩니다. 그 중심에는 물론 '아들' 이 있습니다. 아들, 그러니까 시집식구 안에서 자신의 위치를 확고하게 만들어줬던 아들이 성장해서 독립하려고 하니 시어머니로서는 거의 본능적인 불안감을 느낄 수밖에 없습니다.

그렇게 보자면 가족 내에서 여성들의 위치에 대한 이해가 전혀 없는 아들을 중심으로 벌어지는 시어머니와 며느리의 갈등은 그야말로 뿌리가 약한 자들끼리의 권력투쟁이라고 할 수 있습니다. 게다가 새 가족원이 된 며느리를 성공적으로 길들이기 위해 시어머니에게 '며느리 조련사' 의 역할을 맡긴 것도 갈등의 원인입니다. 그 과정에서 여성들은 '나쁜 시어머니' , '한 많은 며느리' 가 됐습니다. 시아버지와 아들이 여성 가족원들에 비해 대범하고 너그러울 수 있는 것도 바로 가족 내에서 여성들보다 안정된 지위를 갖고 있기 때문입니다.

정리하자면, 고부갈등은 며느리와 시어머니의 인간성이나 인격의 문제가 근본 원인은 아니라는 것입니다. 그럼에도 그동안 너무 많은 여성들이 여성들끼리의 싸움으로 자신을 소모시켜왔지요.

님도 시어머니가 보이시는 태도 때문에 불편하시겠네요. 옛날처럼 대놓고 꾸짖거나 트집을 잡는 전통적인 '시어머니 노릇' 을 하기가 어렵게 된 요즘 시어머니들은 은근히 불편한 기색을 드러내거나 엉뚱한 요구를 함으로써 며느리를 통제하려고 할 수 있습니다. 심지어 '며느리사랑' 이라는 이름으로도 통제가 이루어집니다.

그런데 예외의 경우도 종종 있습니다. 며느리를 통제할 의도가 없는 말 걸기가 잘못 전달되는 경우지요. 서로 다른 문화권에서 살아온 시어머니와 며느리는 의사소통 방식이 전혀 다를 수밖에 없는데 그것이 시어머니 노릇으로 오해되기도 합니다. 시어머니는 자기 생각을 직접적으로 말하는 것이 점잖지 못하다고 생각해서, 며느리를 누군가와 비교하거나 혹은 다른 집안의 얘기를 예로 드는 것입니다.

원인이야 어찌 됐건 며느리로서는 불편할 수밖에 없습니다. 권력을 가진 존재가 자신에게 불만을 말하는데 아무렇지도 않게 받아들일 수 있는 사람은 많지 않으니까요. 특히 권위주의라면 경기를 일으킬 만큼 한국적 위계질서에 염증을 느끼는 젊은 세대는 더욱 그렇습니다. 시어머니의 완곡한 표현 속에 숨어 있는 진짜 의중을 파악하는 일은 또 얼마나 골치 아픈지요.

독자 님, 그럴 때일수록 '터놓고 말하기' 를 권하고 싶습니다. 왜 시어머니가 며느리의 집에서 그런 태도를 보이는지 한번 물어보시면 어떨까요? 무엇이 불편하신지, 어떤 말씀을 하시고 싶은 건지 진지하게 말입니다. 그리고 시어머니의 표현방식이 그동안 독자 님을 어떻게 불편하게 했

는지도 털어놓으세요.

상황이 모호하게 오래 갈 때, 상대가 솔직하지 않은 태도로 나를 괴롭힐 때 그에 대한 가장 최선의 방어이자 공격은 바로 허심탄회한 말 걸기입니다. 시어머니의 말씀을 진심으로 이해하고 또 내 생각을 말하고 싶다는 태도로 임하세요.

솔직하고 용기 있는 시어머니라면 며느리의 물음에 정직하게 대답하겠지만 짐짓 대답을 회피함으로써 어떤 속 시원한 대답도 하지 않으실 수 있습니다. 그래도 달라지는 게 있다면 앞으로는 시어머니가 그런 식의 표현을 자제할 것이라는 점입니다.

혹시 효도에 대한 죄의식 때문에 님 역시 시어머니의 얘기를 들을 용기가 없었던 것은 아닌가요? 강요된 효도와 그로 인한 막연한 스트레스에서 벗어나 먼저 어른스럽게 시어머니와 대화를 시작하세요. 불편한 감정은 참을수록 분노가 되고, 분노는 또한 죄의식이라는 그림자를 동반합니다. 그런 복잡한 감정이 쌓이고 쌓이면 의사소통은 더더욱 불가능해지고, 님과 시어머니의 관계는 만성적이고 고질적인 세상의 고부관계를 되풀이하게 될 것입니다. 얼굴을 맞대고 얘기하지만 결코 뜻이 통하지 않는 대화를 나누면서 각자의 짜증을 안고 살아가게 될 것입니다.

물론 그 어떤 노력으로도 고부갈등의 문제를 완전히 해결하는 데는 시간이 걸릴 것입니다. 여성을 소외시키는 가족구조와 문화가 먼저 변화해야 하니까요. 그러므로 나 하나가 잘해서 시어머니와의 관계를 이상적으로 만들겠다는 조바심으로부터도 자유로워지세요.

부모와 밀착된 남편, 어떻게 독립시킬 수 있을까요?

결혼한 지 2년 된 친구를 보며 안타까워 상담합니다. 친구는 결혼과 동시에 시댁의 빚 갚는 걸 도와야 했습니다. 금전적으로 어려우면 당연히 서로 도울 수 있고, 친구도 천사처럼 착하기 때문에 거절하지 못했을 것입니다. 하지만 문제는 정도가 좀 심하다는 것입니다. 결혼 전 남편의 월급이 모두 시댁으로 들어갔기 때문에 결혼 당시 재정 상태는 거의 바닥이었습니다. 그 남편은 매사에 착하고 순한 성격이지만 유독 '가족'과 '엄마'라는 단어만 나오면 막무가내로 자기 생각을 고집하면서 아내의 의견을 듣지 않습니다. 결혼 후 적지 않은 돈이 들어갔는데도 시댁 식구들은 그걸 너무 당연시하고 이를 마땅치 않아 하는(내색은 안했지만) 친구를 나쁜 여자 취급한다는 것입니다.

자신의 가족을 위해 모든 걸 희생하는 남편에게 맞춰 부인도 같이 희

생하자니 억울하고, 들어주지 않자니 갈등의 파장이 심해집니다. 적절한 방법은 무엇일까요? **하이디**

저는 중매로 결혼했습니다. 땅이 좀 있다고 했고 시댁에서 남편의 사업체도 차려줄 수 있다 했지요. 그렇지만 결국 속아서 한 결혼이었어요. 시어머니는 오피스텔 임대업을 하고 있지만 자식들을 이간질하고 유산을 빌미 삼아 이것저것 요구하는 게 많습니다. 주중에도 거의 매일 남편을 시댁으로 부르고 주말에는 아예 우리 가족끼리 지낼 시간이 없습니다. 술 취하면 전화를 걸어와 자기 아들이 번 돈을 친정식구들이 다 쓴다고 욕을 해댑니다.

한술 더 떠서 남편의 태도도 이해할 수가 없습니다. 시어머니가 부르면 달려가고 생활력이 없으면서도 노력하지 않습니다. 제가 믿고 의지할 사람이 주위에 없습니다. 시어머니가 말이 통하지 않고 폭언을 퍼붓기 때문에 저는 속으로 욕하면서도 참기만 합니다.

남편더러 친정 쪽으로 내려가자고 해도 혼자 내려가라고 합니다. 애정 없는 결혼생활에 시어머니 문제까지 겹쳐서, 힘들면 이혼 생각부터 합니다. 이혼도 아이들이 걸려 하지 못합니다. 친정에도 미안하고요. 정말 시어머니와 남편이 죽기만 바라고 있습니다. 이래도 되나요. **분한여자**

평화를 버리더라도 나쁜 여자가 되세요

법은 인간의 마음속에서 일어나는 미움까지 벌하지는 못합니다. 게다가 자신이 받은 고통 때문에 누군가를 미워하거나 저주하는 것은 지극히 인간적이어서 죄악시할 필요도 없다고 봅니다. 물론 되도록 자신의 마음을 평화롭고 아름답게 유지한다면 더할 나위 없이 좋겠지요. 하지만 의식세계를 평화롭고 아름답게 꾸미려고 노력할수록 무의식에는 더 많은 부정적인 감정들이 갇혀서 들끓게 됩니다. 무의식의 세계는 닫아만 놓으면 죽을 때까지 안전하게 밀봉되는 블랙박스가 아닙니다. 억누르면 억누를수록 밀봉의 효과가 떨어져 인생의 어딘가에서 자신도 모르는 사이에 반드시 부작용을 일으키게 되지요.

분한여자 님, 정말 분하시겠네요. 놀라운 것은, 이성적으로는 전혀 납득이 되지 않는 상황이지만 분한여자 님과 비슷한 상황에 처한 여성들이 우리 사회에는 의외로 많다는 사실입니다. 성인이 된 아들을 어린아이처럼 품고 있을 뿐 아니라 결혼을 결코 부모로부터의 독립이라고 여기지 않습니다. 가난을 이유로 삼든, 반대로 아들 부부에게 경제적인 지원이나 유산을 약속하든 금전을 매개로 아들을 묶어두는 것입니다. 심지어 며느리가 자신의 월급조차 스스로 관리할 수 없는 경우도 많이 있습니다.

하이디 님 친구 분의 경우, 시집식구들이 아들의 부모 콤플렉스를 이

용하고 있습니다. 친구 분의 남편이 가족에게 보이는 절대적인 충성은 부모에게 인정받고 싶은 욕망을 효도라고 착각하는 일종의 부모 콤플렉스입니다.

분한여자 님의 경우는 전형적으로 아들을 사이에 두고 시어머니와 며느리가 주도권 싸움을 하는 것입니다. 물론 시어머니는 아들을 독립시킬 마음이 전혀 없습니다. 그녀는 자신이 가지고 있는 모든 전략과 전술을 동원해서 아들을 묶어둡니다. 연민과 지극한 모성애, 협박과 명령 등 다양합니다.

물론 아들의 독립에 대해 느끼는 서운함이나 며느리에 대한 질투심이야 대부분의 어머니들이 경험하게 됩니다. 그러나 사랑받지 못하고 살아온 과거에 대한 분노나 사랑에 대한 유별난 경쟁심 등을 가지고 있다면 아들에 대한 집착욕구는 더욱 강해집니다.

어머니는 그렇다 치고, 그렇다면 아들들은 왜 어머니에게서 벗어나지 못하는 것일까요? 어머니에게 끌리는 아들의 감정에는 몇 가지 측면이 존재합니다. 엄마에 대한 연민의 감정과 모성애에 대한 집착입니다. 엄마를 불쌍하게 여기면서 또 한편으로는 엄마의 강력한 모성애에 중독돼 있어서 다른 종류의 사랑에는 만족할 수가 없게 된 것이지요. 또 어머니에게 인정받고 싶은 욕구도 강렬할 수 있습니다.

하이디 님의 친구 분과 분한여자 님, 적절한 해결 방법을 찾으시지만, 솔직히 아주 불리하고 비관적인 싸움을 하고 계시다는 말씀을 드릴 수 있을 뿐입니다. 며느리와 시집식구 혹은 며느리와 시어머니가 남편이면서 아들인 남자를 가운데 두고 벌이는 격렬한 싸움은, 남편이 중립적이라고 해도 며느리에게 불리합니다. 부부는 헤어져도 부모자식의 관계는 그리 쉽게 파기할 수 없기 때문입니다. 하물며 남편이 부모의 말에 꼼짝하지 못한다면 싸움의 결과는 뻔할 것입니다. 부모를 버리고 아내를 택하는 텔레비전 드라마는 그래서 여성의 희망사항을 반영한 한낱 드라마일 뿐입니다. 가슴 아픈 일이지만 현실의 많은 여성들이 그 경우 외롭게 싸우다 지쳐서 싸움을 포기하고 이혼을 선택하게 됩니다. 이런 상황에 처하는 며느리들은 대부분 친정식구가 힘이 되어주지 못하는 경우라서 달리 손을 쓸 수도 없습니다. 사실 자신의 아들을 너무나 잘 아는 부모 나이의 어른들과 벌이는 싸움에서 이길 수 있는 며느리가 얼마나 될까요? 솔직히 두 분의 결혼은 시작부터 어긋나 있었다고 말씀드릴 수밖에 없습니다.

저의 말씀에 가슴이 아프시겠지요. 그러나 지금은 그런 감정도 밀쳐두시고, 두 분 다 정신을 똑바로 차리시라고 말씀드리고 싶습니다. 두 분이 처한 상황이 쉽지 않다는 사실을 적극적으로 받아들이시고 비장하게 신발 끈을 고쳐 매셨으면 해서 냉정하게 말씀드립니다. 그 상황에서 어떤 구체적인 대책 없이, 거의 수수방관하면서 끌려가다 보면 속절없이 시간은 흐르고 상처는 더욱 깊어질 뿐입니다. 물론 경제적인 어려움과 손해도 적지 않을 것입니다.

남편과 그 가족도 문제지만 그런 문제 앞에서 어린아이처럼 무방비 상태로 자신을 비이성과 폭력 앞에 노출하고 사는 여성들이 많습니다. 어떻게든 저절로 상황이 좋아지겠지 하는 심정으로 하루하루를 버텨냅니다. 그럴 때 착한여자는 사실 성숙한 어른이 아니고, 유아기의 무력한 여자아이일 뿐입니다.

세상을 한번 둘러보세요. 지금 두 분은 물러날 곳이 없는 곳에 서 계십니다. 두 분 앞에는 딱 두 개의 길만이 놓여 있지요. 하나는 자기 자신을 포기하고, 남편과 똑같은 입장에서 시부모에게 복종하는 길입니다. 물론 그렇다고 해서 그 집 식구들이 며느리를 같은 가족으로 받아들이기는 쉽지 않을 것입니다. 요구를 받아들일수록 그들의 욕심은 한없이 커질 테니까요. 게다가 그들에게는 따돌리거나 자신들의 폭력을 받아줄 사람이 언제나 필요합니다. 가장 좋은 대상이 바로 며느리입니다.

다른 길은 나쁜 여자가 되어 원만함이나 평화를 버리는 것입니다. 시부모를 배제한 가족의 경계선을 분명히 하고 자의 반 타의 반 포기했던 경제적인 주도권과 부부간의 권리를 강력하게 요구하는 것입니다. 이혼이라는 배수진을 쳐야 할 수도 있습니다.

이때 남편에게는 아내의 동의를 얻지 않은 채 당신이 혼자 결정할 수 있는 것은 없다는 점을 분명히 말씀하십시오. 만약 자신의 말을 무시했다가는 시집식구와 남편이 손해배상이나 위자료를 감수할 수도 있다는 사실도 알려주세요. 지킬 것에 대해서는 단호하게 하시되 남편은 가능하면 잘 달래시는 게 좋습니다. 남편을 비난하면 결코 아내 곁에 있으려고 하지 않을 테니까요. 앞서도 말씀드렸지만 남편이 어머니에게 가버리고 나면 싸움은 자동으로 끝이 납니다. 물론 이 또한 성공하기 쉽지 않습니다. 남편이 막무가내로 어머니의 입장을 고수하기 때문입니다.

확실한 성공을 장담할 수 없는 이 두 가지 길 중에 두 분은 어느 쪽을 선택하시겠습니까? 아마 이혼이라는 마지막 카드를 내밀더라도 자신의 권리를 위해 싸우는 두 번째를 선택하실 것입니다. 저도 두 분에게 그렇게 하시라고 권하고 싶습니다. 시집식구와의 사이에 분명하게 한계선을 그은 뒤 흔들림 없는 자기 주관을 가지고 버텨내셔야 할 것 같습니다. 저는 이혼을 쉽게 권하는 편은 아니지만 이 경우는 하루빨리 이혼하시는 것도 나쁘지 않은 것 같습니다.

자신이 처한 절박한 상황을 받아들이고 나면 우선 느껴지는 감정은 슬픔입니다. '왜 내가 이런 곳까지 왔을까? 왜 이렇게밖에는 살 수 없는 걸까?' 하는 생각에 소리 내어 울고 싶어질지도 모르겠습니다. 이 글을 쓰는 저도 마음이 비장해지면서 두 분이 겪고 있는 심리적인 고통이 얼마나 클까 안타까울 뿐입니다. 가능하면 지칠 때까지 누군가에게 의지해 우시기 바랍니다. 그리고 더 이상 마음에 눈물이 남아 있지 않을 때 털고 일어나 지금의 인생과 싸울 채비를 하시기 바랍니다.

공격적인 아내의 말투 때문에 힘듭니다

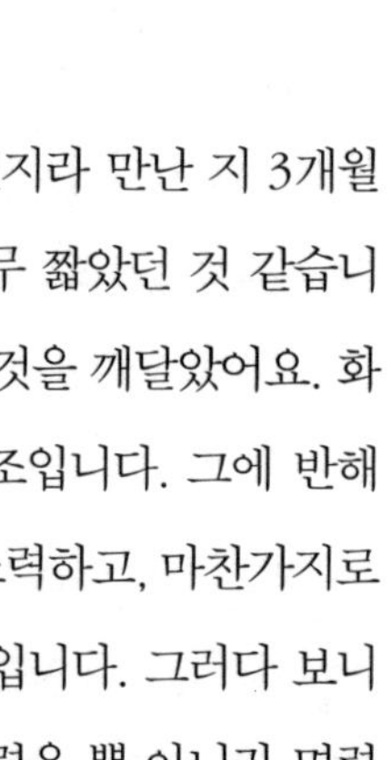

아내와는 맞선으로 만났습니다. 노총각, 노처녀였던지라 만난 지 3개월 만에 결혼을 했지요. 서로 잘 알 수 있는 기간이 너무 짧았던 것 같습니다. 결혼을 하고 나서 아내의 말투에 문제가 많다는 것을 깨달았어요. 화나 있든 아니든 간에 말투가 많이 공격적이고 명령조입니다. 그에 반해 저는 다른 사람을 대할 때 예의를 최대한 갖추도록 노력하고, 마찬가지로 상대방도 그만큼의 예의를 갖춰주기를 바라는 사람입니다. 그러다 보니 신혼 초 아내의 툭툭 던지는 말투가 매우 귀에 거슬렸을 뿐 아니라 명령조의 아내 말에 거부감을 갖기 시작했지요. 더욱이 아내는 화가 나면 순간적으로 감정조절을 하지 못하는 데 반해 저는 화가 나도 참았다가 곰곰이 생각하고, 내가 또는 상대방이 무엇을 잘못했는지 따져보는 스타일입니다. 당연히 나중에 화가 치밀어 오르고, 그렇게 되면 입을 닫아버립니다. 그런 저의 모습을 보고 성질 급한 아내는 왜 그러냐고 추궁하기 시작하지요.

나중에 저는 아내에게 사정조로 얘기를 했어요. "남자도 감정이 있고 상처를 받는다, 제발 나에게 무례하게 대하지 말아달라"고 얘기도 하고 편지도 썼지요. 그렇지만 아내는 제게 많은 문제가 있다고 생각하는 것 같습니다.

아내는 기본적으로 심성이 착하고 매우 감성적인 사람입니다. 하지만 아내에 못지않게 저도 감수성이 예민한 편에 속합니다. 그러다 보니 서로 상처를 많이 주게 되는 것 같아요. 그나마 최근에는 아내가 많이 변해서 말을 조심하고 소리 지르는 것도 자제하더군요. 하지만 아직도 가끔 화가 날 때는 자기 감정을 주체하지 못하고 무례한 말을 하곤 합니다. 많이 좋아졌으니 제가 좀더 참으면 되지 않겠느냐 할지 모르겠으나, 저 역시 그간 감정이 응어리져 있어서 이젠 어쩌다 한 번 내뱉는 말에도 크게 상심하고 견디기가 점점 어려워집니다.

이런 일이 있었습니다. 오랜만에 영화를 봤어요. 서로 기분이 좋았지요. 부부가 아이들 떼어놓고 영화 보고 밥 같이 먹는 거 참 보기 좋지요. 영화 보고 나서 어디로 밥 먹으러 갈까 얘기하다가 제가 "칼국수 먹을까?"라고 했더니 돌아오는 대답이 "이렇게 나와서 기껏 칼국수 먹냐? 그 정도밖에 생각 못하느냐"는 비아냥거림이었어요. 아내의 말투가 이런 식이지요. 하루는 회사에서 안 좋은 일이 있어서 집에 돌아와 거실에 말 없이 앉아 있었어요. 아내가 무슨 일이 있냐고 묻더군요. "아니다, 별일 없다, 그냥 피곤해서 그런다" 했더니 바로 "세상 고민 혼자 다 짊어지고 있

네" 하면서 문을 닫고 나가더군요. 이와 비슷한 사건이 이루 헤아릴 수 없을 만큼 많이 있습니다. 어쨌든 그때마다 과연 내가 이 사람하고 앞으로 얼마만큼 결혼생활을 유지할 수 있을까 하는 생각이 들었습니다.

한편 이런 생각도 듭니다. 힘든 세상에서 그래도 많은 것을 누리고 살게 해주는데, 폭력남편도 있다는데, 여자가 돈 벌어 먹여 살리는 집도 있다던데 도대체 남편에게 최소한의 예의를 지켜서 말하는 것이 그리도 힘든가? 언젠가 넌지시 농담조로 그와 비슷한 말을 해본 적도 있었는데 돌아오는 대답이, 물론 아내도 농담조였지만, "당신 아니었으면 나는 누구랑 결혼하여 더 좋은 위치에 있었을 것"이라더군요. 아내 생각의 일단을 보는 것 같았습니다.

오늘까지 말하지 않은 채 3일이 지나갑니다. 예전엔 성질 급한 아내가 먼저 왜 그러냐며 대화를 시작했는데, 이젠 아내도 같이 말하지 않습니다. 자신은 잘못이 전혀 없다고 생각하는 거지요. 사소한 말에 민감하게 반응하는 제게 문제가 있다고 생각하는 겁니다. 자기도 많이 지겹겠지요. 남편이 아내 하는 말을 항상 너그럽게 받아주고 이해해주기를 바라겠지요. 그러나 전 그렇게 할 만큼 도량이 넓은 사람이 아닙니다. 아내도 힘들겠지만 저 역시 무척 힘이 드네요. **생각많은이**

진짜 문제는
저 아래 숨어 있습니다

말이 인간의 몸에 난 터럭 하나 건드릴 수는 없지만, 그러나 말이 영혼의 심장에 꽂혀 피가 흐르게 할 수도 있다는 사실을 생각많은이 님은 몸소 체험하고 계시는 군요.

생각많은이 님의 말씀을 들어보니 아내의 비아냥거리는 말투에 정말 신경이 거슬리실 만하네요. 게다가 그런 태도를 보이지 말라고 아내에게 수 차례 말씀하셨지만 근본적인 변화가 없는 것 같습니다. 무엇보다 걱정되는 건 생각많은이 님의 마음이 깊게 상처 입어서 회복하기가 쉽지 않다는 점입니다. 피해의식 때문에 아내의 말투를 조금도 견딜 수 없어지셨다고요.

먼저, 아내의 말투 때문에 상처 입은 생각많은이 님의 마음을 스스로 많이 위로하시고 또 치유하셔야겠네요. 나를 방어하거나 보호할 틈도 없이 순식간에 날아온 말의 화살에 맞고 또 맞아서 상처에 염증까지 생기셨나 봅니다. 그럴 때 정말 오래 아픕니다. 자다가 벌떡 일어날 만큼 분하고 또 한스럽지요. 누구보다 나를 이해해주고 감싸주어야 할 아내가 복병처럼 숨어 있다가 치명타를 날리곤 하니 더욱 그러실 것입니다. 그 속상하고 억울한 마음에 반복해서 연민의 감정을 보내는 것은 치유에 참 효과적입니다.

생각많은이 님의 아내가 자신의 말하는 방식과 의사소통하는 방식에 대해서 누군가의 조언을 들으셨으면 좋겠다는 생각도 듭니다. 더 이상 생각많은이 님이 어쩌려고 하시지 말고 전문가와 상담하기를 권해보시면 어떨까요? 이해당사자인 남편이 하는 말에는 거부감을 갖기가 쉬우니 말입니다.

그런데 생각많은이 님, 저는 어쩐지 두 분이 본질을 벗어난 말싸움으로 에너지를 너무 많이 소진하셨다는 생각이 듭니다. 사실 말투라는 것은 한 인간이 나고 자란 환경이나 거기서 얻은 습관에 의해 결정되는 것이기 때문에 그 사람의 진심과 다른 경우가 많습니다. 또 듣는 사람의 경우도 타고난 성격과 당시의 기분에 따라서 전혀 다르게 받아들일 수 있지요. 심성이 착하고 아주 감성적인 분임에도 불구하고 말투가 그러하시다니 생각많은이 님의 아내가 바로 좋은 예가 되겠네요.

진짜 문제는 저 아래 숨어 있는데 가짜 문제에 매달려 피차 목숨 걸고 싸우는 경우가 우리는 많이 있습니다. 그것도 인간사의 한 풍경이고, 그걸 통해서 나를 바라볼 수 있으니 어리석다고 비판을 하고 싶지는 않습니다. 그러나 생각많은이 님의 경우는 좀 다릅니다. 인간관계에서 가장 중요한 부부간의 문제인 데다 너무 오랫동안 반복된 문제라 돌이킬 수 없는 지경까지 치달을 수 있겠다는 우려를 하게 됩니다.

저는 생각많은이 님에게 묻고 싶습니다. 어쩌시겠습니까? 최후의 순간까지 갈등의 원인제공자가 누구였는지, 혹은 아내가 어떻게 잘못하고 있는지 따지고 싶으신 건가요? 아니면 두 분이 진정한 이해와 화해에 이르는 길을 찾고 싶으신 건가요?

아마도 대부분의 부부가 후자를 원한다고 말씀하실 것입니다. 참으로 안타까운 것은, 많은 분들이 후자를 원하면서도 사소한 것에 목숨을 거는 형국으로 파국의 길을 걸어간다는 사실입니다. 함부로 말씀드려서 죄송합니다만 어리석다고 할 수밖에 없는, 뻔히 보이는 불행의 길을 따라 거침없이 걸어가십니다. 분노는 그런 것 같습니다. 마치 짚에 붙은 불처럼 제 몸을 다 태울 때까지 훨훨 타올랐다가 한 줌도 안 되는 재가 되고서야 비로소 사라집니다.

생각많은이 님, 감정적인 판단을 잠시 내려놓으시고 상황을 해결국면으로 전환시키시기를 간곡하게 말씀드립니다.

일단 아내에게 진지하게 상황을 설명하고 그녀의 말을 제대로 들어보셨으면 합니다. 상대를 변화시키거나 버릇을 고치려고 물어보는 것이 아니라, 그녀 입장에서 충분히 이해하기 위해서 그녀에게 묻고 또 그 답을 들어보십시오. 단지 상대를 이해하기 위해서만 이야기를 들어주시라는 말씀입니다.

생각많은이 님은 그동안 아내의 말투가 얼마나 거슬리는지 많이 말씀하셨다고 하니 이번엔 그녀가 왜 그런 태도를 가지게 됐는지, 생각많은이 님이 어떤 모습을 보일 때 그런 냉소적인 말투를 사용하게 되는지 들어보셨으면 좋겠습니다.

비아냥조의 말투 뒤에 숨어 있는 다른 이유가 분명 있을 것입니다. 아내도 생각많은이 님의 태도 중에서 유독 불편한 부분이 있을 수 있습니다. 그 불편함이 느껴질 때마다 민감하게 반응하는 거지요. 그건 아내의 과거 어떤 경험과 연관이 있을 수도 있습니다. 어린 시절을 포함한 과거

에 아내가 경험한 불편한 어떤 관계가 생각많은이 님과의 관계와 유사하다고 느낄 수도 있다는 것이지요. 사람들은 그렇습니다. 과거에 불쾌한 경험을 했던 대상과 유사한 유형을 다시 만나게 되거나 비슷한 상황에 빠지면 과거에 느꼈던 감정이 되살아나면서 저도 모르게 불편한 심기를 드러내게 되거든요.

또 생각많은이 님이 무의식중에 보인 태도 때문에 상처 받은 것이 있을 수도 있고, 결혼생활 과정에서 풀지 못한 오해가 생겼을 수도 있답니다. 생각많은이 님이 전혀 예상치 못한 사연이 두 분 사이에 잠복해 있을 수 있으니 마음을 열어두시고 아내와 대화를 시도하시기 바랍니다.

예의 바른 사람들은 자신이 사람들에게 최선을 다하고 있다고 자신하기 쉽습니다. 그런 사람들은 속으로 큰소리칩니다.

"세상은 너무 상처를 많이 주지. 그러나 나는 그렇지 않아. 나는 아주 조심하거든."

그래서 오히려 더 자기반성이 힘들 수도 있습니다. 생각많은이 님에 대해 함부로 추측해서 죄송합니다만 저 또한 그런 오류를 저질렀기에 그 경험을 말씀드리는 것입니다. 그래서 상대방의 얘기를 들어보는 것은 아주 중요합니다.

위의 글에서도 밝히셨듯이 아내에게 "돈 벌어 먹여 살리는 여자도 있는데 당신은 (그렇지도 않으니) 최소한의 예의를 지켜야 하는 것 아니냐?"고 물으셨고 그러자 아내는 "당신이 아니었다면 나는 더 좋은 사람과 결혼했을 수도 있다"고 대답하셨다지요. 그리고 님은 아내의 대답에 다시 마음이 상하셨네요. 하지만 생각많은이 님의 질문도 아내에게는 충분히 상처가 됐을 수 있습니다. 남편들의 그런 사고방식이 아내에게 상당한 모욕감을 줄 수도 있다는 것입니다. 그것은 "당신은 하는 일도 없으니 나에게 친절하기라도 해야 하는 거 아니냐"는 말과 똑같으니까요.

상대의 얘기를 경청하다 보면 의외의 소득이 생기기도 합니다. 상대가 자신이 그렇게 한 이유를 설명하다가 스스로 자기 문제를 발견하고 반성하게 될 수도 있거든요. 그것이 바로 경청의 힘입니다. 스스로 자기 문제를 알아차리는 것만큼 효과적인 문제 해결법은 없겠지요.

앞서도 잠시 말씀드렸듯이 아내의 말투에 어떤 심리적인 이유보다는 단순한 습관이 작용했을 수도 있습니다. 어린 시절부터 친정에서 사용하던 말투나 대화방식이 그랬을 수 있다는 것이지요. 물론 말투가 그렇더라도 가족관계는 친밀할 수 있습니다. 예의 바르다고 해서 반드시 가족 간에 사랑이 깊은 것은 아니듯 말입니다.

혹시 생각많은이 님도 거친 표현에 대한 불쾌한 과거 경험이 있지는 않으셨는지요? 그것 때문에 아내의 말투에 더욱더 민감해지시는 건 아닌지요? 누적된 피해의 경험이 피해의식을 만듭니다. 만약 과거에도 그와 같은 경험이 있었다는 것을 생각많은이 님이 기억해내신다면 아내에 대한 피해의식이 조금 완화될 것이고 그렇다면 아내와 화해할 가능성도 조금 많아지겠지요.

생각많은이 님, 이번 기회에 아내의 사고방식을 더 잘 이해하실 수 있었으면 합니다. 님은 글에서 아내가 화가 나서 침묵하는 것에 대해서 "자신은 전혀 잘못이 없다고 생각하는 것이다"라고 말씀하셨지요. 그렇지 않습니다. 생각많은이 님처럼 아내도 불만이 쌓였겠지요. 같은 여성으로

서 제가 본다면 "내가 실수하는 건 알겠는데 남편이 너무 심한 거 아니냐?"는 생각을 하고 계시지 않을까 싶습니다.

생각많은이 님, 상대에 대한 불만과 의심과 회의는 사실 거의 대부분 "저 사람이 나를 사랑하지 않을지도 몰라. 나를 그만큼 미워하나봐" 하는 불안감에서 옵니다. 그 불안감은 본능적이고 유아적인 것이지요. 사랑을 확인하고 나면 상대가 변하지 않아도 불만이 깨끗이 사라지는 경우가 있습니다. 아내의 거친 말투에 나름의 방식으로 적응하시고, 그 대신 사랑과 믿음을 확인할 수 있는 다른 소통방식을 모색해보시는 것도 권하고 싶습니다. 만약 아내의 말투가 어린 시절부터 형성된 것이라 고치기 힘들다면 최후의 방법으로 필요하다는 생각이 들었습니다.

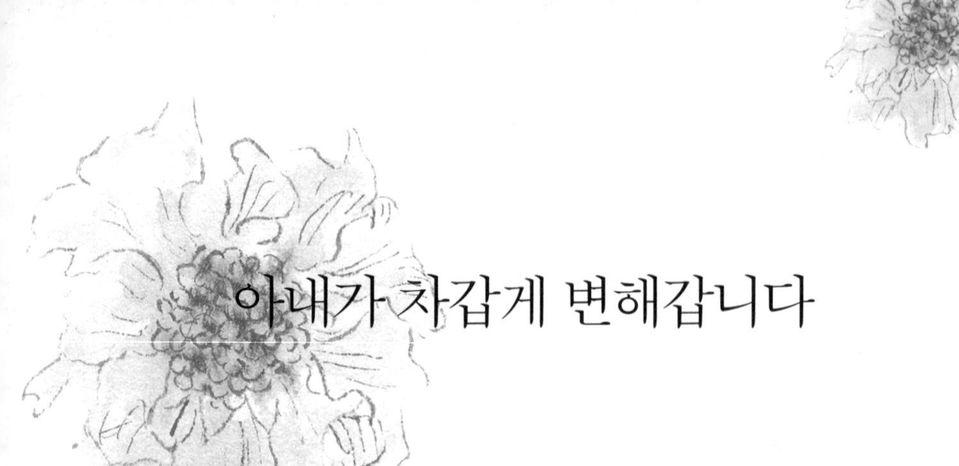

아내가 차갑게 변해갑니다

아내는 지금까지 잘 울고, 잘 웃고 감정 기복이 심했습니다. 그러나 사십대 중반에 들어 애들에게 막 신경질 나는 대로 퍼붓고 남편인 내게도 말다툼하면 끝까지 자기주장을 굽히지 않습니다.

하루는 보일러실에 잡동사니들이 쌓여 있길래 화재를 염려하면서 물건을 다른 곳으로 치우라고 얘기했지요. 그런데 어디로 치우냐고 계속 시비조로 따지면서, 이제까지 불이 안 났는데 왜 치우냐고, 이제부터는 내 말 안 듣고 자기 뜻대로 할 거라고 하더군요. 결국 좋은 말이 오갈 리 없었지요.

"당신이 내게 해준 게 뭔데, 나보고 이래라 저래라 명령하느냐"고 따지는 것입니다. 앞으로는 자기 의지대로 하겠다고요. 네 맘대로 살라고 하고 안방으로 들어왔는데 잠이 올 리 없지요. 왜 갑자기 저러나 싶기도

하고……. 애들은 가끔 엄마 눈치를 슬슬 살피는 것 같은데, 애들한테 물으면 아빠에게 문제가 있다고 하며 엄마 편을 듭니다. 완전히 왕따당하는 기분입니다. 이 문제를 어떻게 풀 수 있을까요?

내가 퇴근을 해도 아내는 소파에서 일어나지고 않고 눈만 말똥거리며 쳐다보는데 남편에 대한 존경심이 완전히 해체된 듯합니다. 그러다가 신경질이 나면 애들에게 있는 대로 퍼붓고 그럽니다. 남편한테는 상대가 상대인 만큼 조심은 하지만 옛날처럼 대하는 것이 아니라 기본적으로 무시가 깔려 있는 듯한 말투를 사용하니 열이 나서 확 때려 부수고 싶은 것을 애들 때문에 참고 있습니다. 조언을 부탁합니다. 화병이 날 지경인 남편이 자존심 구겨가며 씁니다. **홧병**

중년남성들의 '아내 공부'가 필요합니다

남성들은 여성의 히스테릭한 분노에 대한 공포를 가지고 있습니다. 여성이 남성을 향해 신경질적으로 소리치면 남성은 그녀가 왜 그러는지 알려고 하지도, 알고 싶어하지도 않습니다. 그녀를 무시하기 때문이 아니라 두려움으로 인해 마음의 여유가 없어지는 탓입니다.

어린 시절 자신의 어머니가 분노로 격앙돼 떨리는 목소리로 소리치면 아들들은 마음의 문을 꼭꼭 닫아걸고 자신만의 동굴 속으로 들어가버립니다. 그것이 어린 아들의 유일한 자기방어 수단이니까요. 성인이 되어서도 신경질적인 아내 앞에서는 여전히 두려움에 질린 어린 아들이 됩니다. 어머니와는 달리 아내에게는 "그만 닥쳐!"라고 소리 지를 수 있지만 근원적인 감정은 두려움입니다.

같은 여성들도 신경질적인 여성들 앞에서는 진땀이 나니 홧병 님의 고민이 이해가 됩니다. 그러나 이것 하나는 명심해두셨으면 합니다.

여성의 히스테릭한 분노는 약자들의 외침이라는 것입니다. 감성적인 그녀는 남편의 논리적이고 권위적인 주장에 밀려 늘 말문이 막혔을 것이며, 울고 웃는 것 이외에는 자신을 표현할 방법이 없었을 것입니다. 그런데 남편인 홧병 님은 그런 그녀를 단순히 '감정적인 여자' 정도로 치부했고, 그때마다 그녀는 무시당한다고 느꼈을 것입니다. 아내가 당신을 무시하는 태도를 보인다면 그것은 단지 제스처입니다. 거기엔 '지난 세월 당신이 바로 이렇게 나를 무시했다' 는 의미가 숨어 있지요.

처음엔 힘드시겠지만 아내가 왜 그렇게 화가 났는지, 무엇을 말하고 싶은지 들어주셔야 합니다. 억울함과 두려움이 교차하겠지만 마음을 가라앉히시고 아내에게 진지하게 물어보세요. "요즘 화를 자주 내는 이유가 궁금하다"고요. 그녀가 쉽게 입을 열지 않을 수도 있고, 또 앞뒤가 전혀 맞지 않게 횡설수설하는 듯 보일 수도 있습니다. 홧병 님의 설명을 통해 본 아내 분은 다소 감성적이신데다 말씀하실 때 흥분하는 경향이 있으니 자신의 생각을 논리적으로 표현하는 일에 어려움을 겪으시리라고 추측됩니다.

그럴 때, 그녀의 서툰 말하기에 대해 지적하지 마세요. "횡설수설하지 말고, 흥분하지 말고, 앞뒤가 맞게 논리정연하게 설명하라"고 요구하신다면 그녀는 완전히 말문을 닫아버릴 것입니다. 그녀가 여유를 가지고 생각을 정리하고, 그 생각을 논리정연하게 말할 수 있을 때까지 계속해서 묻고 또 이야기를 들어주셔야 합니다. 아니, 더 욕심을 부리자면 아내가 비논리적으로 내뱉는 단어들 사이에서 그녀의 진심을 알아차리셨으면 좋겠네요. "나도 당신 말 안 듣고, 내 마음대로 할 거다", "당신이 이제까지 해준 게 뭔데 이래라저래라 명령하느냐"는 아내의 말 속에서 뭔가 느껴지는 게 없으셨나요? 홧병 님, 두 분이 함께 사신 시간이 20년 안팎일 거라는 생각이 드는데 맞는지요. 그 정도면 아내의 언어 아닌 언어 속에서도 무슨 말을 하는지 알아차리실 수 있을 것 같습니다. 그렇게 해서 아내의 상황을 이해했다면 그 다음에 이렇게 물어보시는 겁니다. "그렇다면 내가 당신에게 어떻게 해줬으면 좋겠는가" 하구요.

짐작컨대 잘 웃고, 잘 우는 감정적인 당신의 아내는 여리고 착한 여성이었을 것입니다. 그녀는 이제까지 혼자서 아이를 키우고 살림을 하면서 외로웠고, 고민거리도 많았을 것이며, 이제쯤은 집안일에서 자유로워졌으면 하고 바랐을지도 모르겠습니다. 당신이 퇴근 후 동료들과 일에 대한 스트레스를 풀고 있는 동안 당신의 아내는 그런 속 깊은 얘기를 털어놓고 상의하고 싶어 당신을 손꼽아 기다렸을 것입니다. 아니면 홧병 님이 다소 명령적이고 권위적이어서 아내가 그것 때문에 답답하고 속상했을 수도 있습니다. 몇 번의 말싸움 끝에 아내가 남편의 뜻에 따르기로 마음먹었지만 이제는 더 이상 그렇게 살고 싶지 않은 게 아닐까요? 물론 이제까지 아내는 나름대로 당신에게 대화를 요청하는 신호를 수없이 보냈겠지만 당신은 의식적으로 또는 무의식적으로 그걸 외면해왔을 것입니다.

중년남성들의 '아내 공부'는 사실 시급한 상황입니다. 여성들은 자신들의 존재적 특성 때문에도 워낙 급진적인 사고방식을 갖게 되지만 특히 40~50대 아내들은 대중매체나 책을 통해서 급격하게 의식을 변화시켜 온 세대입니다. 어쩌면 지금의 혜택받은 20~30대보다 여성으로서의 자각이 더 철저할 수도 있습니다. 그런 아내들의 생각을 따라가시려면 아내뿐만 아니라 타인에게도 자주 자문을 구하시고 책도 사 보셔야 할 것입니다. 그러다 보면 홧병 님이 아내에 대해 얼마나 몰랐는지 새삼 깨닫게 되실 것이고, 무엇보다 님이 가지고 계신 여성에 대한 고정관념도 많이 해소될 것입니다.

직장에서는 인간관계도 업무능력의 중요한 요소가 되지요? 직원들과 업무 불만에 대해 정기적으로 의사소통을 하지 않는다면 금세 업무 처리 과정에서 문제가 드러날 것입니다. 집도 마찬가지입니다. 집에서는 홧병 님이 아내의 동료가 되는 것이지요. 이제까지 님은 얼마나 충실하게 아내의 동료로서의 역할을 수행하셨나요? 그녀가 '갑자기' 변했다고 생각하시는 것으로 보아 그동안 아내에 대해 참 무심하셨던 것 같습니다. 아내가 갑자기 변한 것이 아니라 홧병 님이 이제야 갑자기 아내의 달라진 태도를 보기 시작하신 것이겠지요.

그러니 결국 그 보복을 받게 되는 것입니다. 이제 나이 든 아내들은 감정적으로 더 이상 참지 않게 되었거든요. 게다가 아내들은 원하기만 한다면 가족 내에서 남편을 쉽게 왕따로 만들 수도 있답니다. 늘 집에 없는 아

빠, 권위적이거나 침묵하는 남편에 비해 아내는 자식들에게 훨씬 더 가깝고 이해받기 쉬운 존재입니다. 엄마는 아빠가 없는 사이 아이들에게 자신의 생각과 감정을 토로하고 또 표현하기 때문입니다. 어떤 여성들은 자신이 낳은 자식들과 함께 정서적으로 친밀한 자궁가족을 이루어 가부장적인 가족 내에서 자신의 세력을 확고히 하고자 한다고 여성학자들이 주장한 바 있습니다. 물론 남편과의 관계가 불평등하거나 남편에게 무시당한다고 생각하는 여성들이 그런 식의 자구책을 만들어낼 것은 당연합니다.

그래도 아내가 분노하신다니 아직 해결의 가능성이 남아 있다는 느낌입니다. 아내가 냉정해져서 어떤 싸움도 걸지 않는다면 오히려 너무 늦은 것이지요.

기왕에 문제를 풀기로 작정하셨다면 홧병 님, 부디 자존심 게임에 말려들지 마시고, 인내심을 가지고 성공적으로 문제를 풀어나가시기 바랍니다. 문제의 모든 원인이 확연히 드러날 때, 그때 자존심을 세우셔도 충분하니까요.

남편이 집안일만 한다며 무시합니다

아이들 터울이 14개월이라 눈코 뜰 새 없이 바쁘게 7년을 살아왔습니다. 물론 저를 돌볼 겨를도 없이. 이제 아이들이 여섯 살, 일곱 살이 되어 어느 정도 시간적으로 여유가 생기긴 하였습니다.

남편과는 대학 동기인데 요즘 걸핏하면 이런 말을 질리도록 되풀이합니다. "집에서 하는 게 뭐가 있어? 집에만 있으니까 생각도 좁아지니? 나가서 돈 버는 여자들 좀 봐라……." 물론 저도 제 일을 하고 싶지요. 육아 때문에 다니던 직장도 그만뒀고, 다시 일을 하려고 알아보니 나이 제한에 걸립니다.

나름대로 열심히 산다고 사는데 남편은 자기 동료 부인들이 맞벌이하고 돈 벌어오는 게 많이 부러운가 봅니다. 하루 이틀도 아니고 남편의 이런 행동 때문에 심한 스트레스에 시달립니다. **우울이**

아내를 주눅 들게 만드는 전략에 말려들지 마세요

이른바 연년생이라고 하는 한 살 터울의 아이들을 키우는 엄마들의 고충을 주위에서 종종 듣습니다. 사실 아이 한 명을 키우는 일도 그렇습니다. 돌도 안 지난 아이를 키우는 일은 얼마나 심신을 고단하게 하는지요. 저의 경우도 임신 후기로 들어서면서 깊은 잠을 자지 못했던 것이, 아이가 너댓 살이 될 때까지 수면 부족에 시달렸습니다. 그 당시엔 잠 한 번 깊게 자보는 것이 인생의 가장 큰 소원이었던 것도 기억이 납니다.

그런데 우울이 넘은 첫째가 갓난아이일 때 또 한 아이를 임신하셨으니 얼마나 힘드셨을까요? 의사소통이 전혀 되지 않는 갓난아이 두 명을 한꺼번에 키운다는 것은 사실 혹독한 일입니다. 이제 막 분주하게 움직이며 말썽을 일으키기 시작하는 첫째아이와 끊임없는 주의를 요하는 둘째 아이 사이에서 엄마는 하루 종일 종종걸음을 쳐야 합니다. 첫째아이의 시샘에서 둘째를 보호하는 일도, 첫째아이의 서운함을 보살피는 일도 만만치 않지요. 어린아이가 둘이면 누군가에게 아이를 맡기고 여유 시간을 갖기도 어렵습니다. 연년생 엄마들은 한숨을 쉬면서 이렇게 하소연합니다. "한 명이기만 해도 어디에다 맡겨보겠는데, 두 명은 누구에게 부탁하기도 정말 불가능해요." 그러니 그저 그 아이들이 크기만을 기다리면서 인고의 시간을 견뎌내야 하는 것이지요.

그 과정에서 많은 연년생 엄마들이 우울증에 걸립니다. 의사소통이 안 되는 두 아이와 씨름하다 보면 정신적인 스트레스도 생기지만 육체적으로도 무척 견디기 힘들어하시더군요. 24시간 아이들 뒤치다꺼리와 집안일에 매달려 긴장하고 있다 보면 체력이 현저하게 부족하다는 사실을 절감하게 됩니다.

우울이 님, 6~7년이라는 그 긴 기간을 소리 없이 잘 견뎌내셨다니 정말 장하시네요. 만약 제 앞에 계셨다면 큰소리로 칭찬해드리고 싶고 또 힘차게 박수도 쳐드리고 싶습니다. 그런 우울이 님에게 남편은 고생했다고, 그리고 감사하다고 말씀하지 않던가요? 이젠 아이들도 어느 정도 컸으니 당분간 휴가를 갖는 셈 치고 당신이 하고 싶은 일하며 쉬라고 말씀하지 않던가요? 그런 말씀은 없이 "집에서 놀면서 뭐하냐?"고 비난했단 말이지요? 제가 다 속상하고 억울해집니다.

직장을 가진 여성들의 경우, 아이가 6~7세가 될 때까지는 자신이 받는 월급을 고스란히 탁아비용에 쏟아붓거나, 혹은 월급보다 많은 돈을 소비하기도 합니다. 그러니 정확히 말하자면 그 기간은 돈을 모은다기보다는 여성이 자신의 경력을 쌓기 위해 버텨내는 시간입니다.

그뿐인가요? 아내가 직장에 다니기 때문에 탁아 이후의 시간에는 아빠도 육아에 동참해야 하는 경우가 많습니다. 아이를 키우다 보면 탁아모나 탁아기관을 바꾸느라 시간을 소모하기도 하고, 아이가 감기나 배탈과 같은 병에 걸렸을 때는 매일 병원에 다녀야 하는 일도 있고, 아내가 야근을 할 때는 남편이 아이를 돌보기도 합니다. 맞벌이로 육아에 동참했던 남편들은 그 일이 얼마나 힘든지 아주 잘 알기 때문에 남편 쪽에서 아이

를 그만 낳자고 주장하는 경우도 꽤 있습니다.

그런데 우울이 님의 남편은 여자가 일해봤자 '남는 것 별로 없는' 유아기 탁아의 현실에 대해서 전혀 모르시는 것 같습니다. 우울이 님에게 "집에서 하는 일이 뭐 있냐?"고 큰소리를 치는 것으로 봐서 아이 키우는 일에 별로 참여를 안 하신 듯합니다. 그동안 탁아비며, 육아 걱정 안 할 수 있었던 것이 아내인 우울이 님의 노고 덕이었다는 점을 전혀 모르시나 봅니다.

우울이 님, 너무 무던하게 군소리 없이 아이를 키우신 건 아닌지 묻고 싶습니다. 힘들고 어려운 일들, 남편에게 하소연하시고 엄살도 부리시지 그랬어요? 가끔은 남편이 퇴근한 저녁에 아이들을 맡겨놓고 혼자 훌쩍 나가보고요. 그런 과정을 통해서 집안일에 문외한인 남편과 육아에 대해 공유하게 되는 거랍니다.

과거야 어쨌든 지금이라도 우울이 님께서 당당해지셔야 하겠습니다. 힘들여 아이를 키워놓고도 돈 못 벌어온다는 남편의 잔소리를 너무 당연하게 받아들이셨던 건 아닌지요. 이제 더 이상 그 비난을 당연한 것으로 받아들이지 마세요. 나도 직장을 갖고 싶지만 나이 제한에 걸린단 말이야, 하는 식의 변명을 하시면서 소모적인 논쟁에 말려들지도 마세요.

지금 우울이 님이 남편에게 하실 말씀은 "당신이 내게 하는 말은 언어 폭력이고 인격적인 모욕"이라고 못 박으시고 남편의 사과를 받아내는 것입니다. 가장 가까운 곳에서 지켜본 남편이 고생하는 아내에게 집에서 하는 일이 뭐냐고 비난하는 것도, 일하는 여성과 자기 아내를 대놓고 비교하는 것도 사실은 무례하기 이를 데 없는 행동입니다.

정확히 말하자면 남편은 지금 우울이 님에게 고단한 자신의 인생에 대한 화풀이를 하시는 겁니다. 자신은 하루하루 살아가기가 쉽지 않은데 다른 사람들은 왠지 다 행복해 보이고, 알토란같이 살림도 키워가는 것 같아서 초조한가 봅니다. 나만 이렇게 혼자서 고생하는 것 같다는 피해의식을 갖고 있는 듯도 합니다. 직장 일이 만만치 않아서 당장이라도 때려치고 싶다고 생각할 수도 있습니다. 그런 심정이 잘못된 것은 아니며, 그런 마음을 아내에게 표현해서 함께 걱정하고 또 위로받을 수는 있습니다. 하지만 아내를 공격함으로써 자신의 불안감이나 분노를 해소하려고 하는 것은 남편 자신에게도 도움이 되지 않습니다. 내 인생의 파트너가 불행해진다면 다시 나에게 스트레스로 돌아올 테니까요.

남편들의 화풀이는 대부분 아내를 무능력하고 노력하지 않는 존재로 몰아붙이는 식으로 이루어집니다. 직장이 없는 우울이 님 같은 경우에는 "직장도 없이 집에서 놀고 있다"고 비난하고, 직장에 다니면서 동분서주하는 경우에는 "돈벌이도 시원치 않으면서 왜 그렇게 유난을 떠느냐"고 말하고, 수입이 괜찮은 경우는 "아이를 내팽개치고 돈만 벌어오면 다냐?"고 화를 냅니다. 어찌해도 문제가 된다는 것입니다. 비난의 핵심은 "너는 지금 생산적인 일을 못하고 있으니 가정에 도움이 되지 못하는 존재다" 라는 것입니다. 아내를 도움이 되지 못하는 존재로 격하시켜서 늘 죄의식을 느끼게 만드는 것, 그래서 결국은 아내로 하여금 남편의 눈치를 보도록 만드는 전략을 남편은 자기도 모르게 구사하고 있었던 것입니다.

우울이 님, 그런 남편의 논리에 말려들어서 괴로워하지 마십시오. 그것은 아주 오랫동안 가부장제 사회가 여성들에게 주입해온 논리이기도 했습니다. 집에서나 직장에서나 여성들을 주눅 들게 하고 죄의식을 느끼게 합니다. 그래서 여성들은 자신의 요구나 욕구를 분명히 밝히지 못하게 되고 끝없이 노력하게 되는 것입니다.

그러나 생각해보세요. 지금 우울이 님이 달리 취업할 길이 없는 것은 우울이 님 개인의 탓이 아니랍니다. 아이를 부담 없이 맡길 수만 있었다면, 아니, 남편이 탁아와 양육에 대해 좀더 적극적인 태도를 보이기만 했어도 우울이 님이 직장을 포기하지는 않으셨을지 모르는 일입니다.

아이를 키운 기간이 경력이 되기는커녕 경력에서 마이너스가 된다는 것도 사회적인 통념의 문제입니다. 아이를 키워본 엄마는 자신이 이전보다 놀랍게 강해지고 성숙해졌다는 사실을 알게 됩니다. 그런 태도였다면 진작에 두려움 없이 세상을 헤쳐나갈 수도 있었겠지요. 저는 군대에 갔다 온 남자들에게 군기간 동안의 경력을 인정해주듯이 아이를 키운 엄마에게 어느 정도의 경력을 가산해주어야 한다고 생각하는 사람입니다.

하지만 사회는 엄마들에게 '아줌마'라는 딱지를 붙이고 조롱하면서 그들의 일에 대한 요구는 외면합니다. 그렇게 주눅 들고 좌절한 여성들을 저임금의 인력으로 이용하게 되는 것입니다.

우울이 님, 되도록 우울이 님이 원하는 직장을 갖게 되셨으면 좋겠네요. 그리고 이런 충고도 드리고 싶습니다. 다시 직장을 구하신다면 아이들도 기를 수 있고, 돈도 벌 수 있다며 제공되는 파트타임의 일이 아니라 자신의 경력을 충실하게 쌓을 수 있는 일에 도전해보시기 바랍니다. 물론 그러려면 준비기간이 필요할 수도 있습니다. 어쨌든 그렇게 해서 생기게 되는 육아의 빈자리를 남편이 메울 수 있다면 더할 나위 없이 좋겠지요.

그것은 단순히 여성 인권의 문제만이 아닙니다. 엄마와 아빠가 고르게 아이들의 양육자가 되는 것만큼 훌륭한 인성교육은 없기 때문입니다.

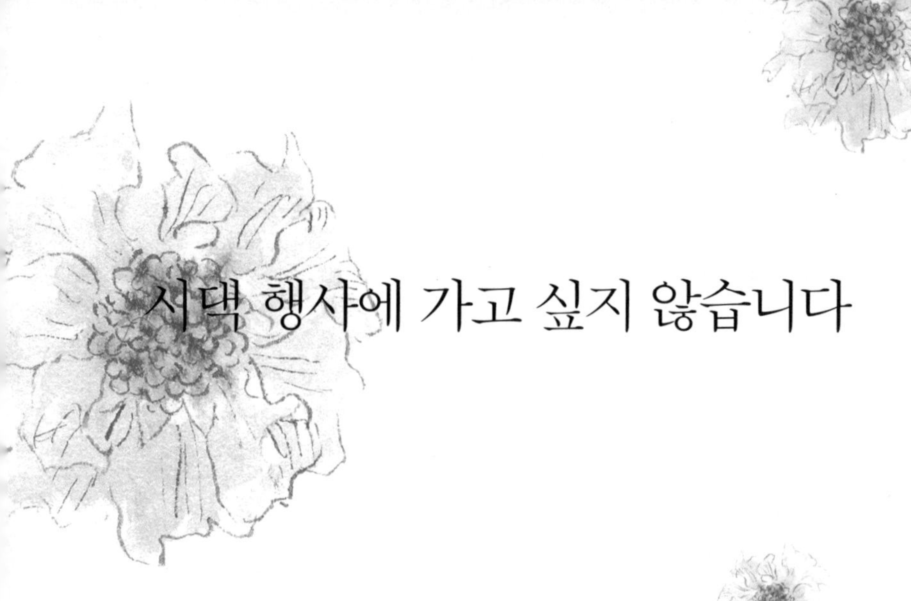

시댁 행사에 가고 싶지 않습니다

결혼 10년차 주부입니다. 시댁 일로 많이 고민됩니다. 세 살 어린 형님과도 사이가 좋지 않고 큰며느리와 큰형만 편애하는 시어머님과도 사이가 좋지 않습니다. 이젠 형님보다는 시어머니와 사이가 더 좋지 않아요. 시댁 행사가 잦아 시댁만 갔다 오면 신랑과 싸우게 됩니다. 되도록이면 큰 행사 이외에는 시댁과 안 보고 살았으면 하는데 그것도 맘대로 안 되고…….

이런 일이 반복되다 보니 이젠 명절 때도 가고 싶지 않습니다. 남편은 명절 때 가지 않아도 된다고 하지만 신랑과 가슴 아파하실 시아버지를 생각하면 그러지 못하겠어요. 제가 너무 극단적으로 행동하는 게 아닐까 하는 생각도 들고요 이렇게 시댁과 사이가 안 좋다 보니 사이좋던 남편과도 점점 멀어지는 것 같습니다.

이혼하는 것보다 차라리 시댁행사에 참석하지 않는 것이 더 낫지 않을까 하는 생각이 드는데 어떻게 해야 하나요? **며느리**

시댁과의 갈등을 해결하는 데도 전략이 필요합니다

사람들은 자신이 맺었던 초기 인간관계를 자꾸 반복하려는 경향을 갖고 있다고 말씀드린 적이 있습니다. 대표적인 초기 인간관계는 뭐니 뭐니 해도 어머니, 아버지와 맺은 관계지요. 어린 시절에 어머니, 아버지에게서 충분한 사랑을 받지 못했다고 생각하는 사람들은 성장하면서 만나게 되는 사람들과 유사 어머니, 유사 아버지 관계를 맺음으로써 과거에 충족되지 못했던 사랑을 만회하려고 노력하게 됩니다. 그 대상은 친구, 애인, 직장상사 등 다양합니다.

특히 여성의 경우는 결혼 후 만나게 되는 시부모에게 강력한 기대를 하는 경향이 있습니다. 시부모에게서 어머니, 아버지에게 받지 못한 사랑을 받고자 하는 것, 시부모와의 관계를 통해 친부모와 풀지 못한 문제를 풀고 싶어하는 것은 때로 희망사항을 넘어서 집착이 되기도 합니다. 물론 이 모든 과정은 거의 무의식적으로 이루어지며, 여성들의 이런 태도는 완전한 사랑을 통해 완벽하고 성숙한 인간이 되려는 자연스러운 행동이라

고 할 수 있습니다.

문제는 시부모를 비롯한 시집식구들의 인간적 미성숙함에 있습니다. 충분하고 넉넉한 사랑은 아닐지라도 상관없습니다. 형제간에 편애 없는 사랑과 언제나 일관된 애정을 보여주는 시부모님이라면 좋았겠지요. 그랬다면 사랑이 다소 부족한 듯해도 세월이 지나면서 우리는 차츰 그에 익숙해질 것이고, 또 '부모의 사랑은 절대적'이라는 환상에서 깨어나 독립적인 인간으로 성숙해갈 것입니다. 하지만 우리의 친부모가 그랬듯이 시부모도 내면의 어린아이를 어쩌지 못하는 미숙한 존재일 경우가 많습니다. 조금 더 솔직히 말씀드리자면 심리적으로 심각한 이상증세를 보이지만 옛날 어른들의 괴팍한 성격쯤으로 알고 온 가족이 묵인하는 경우도 있지요.

내면의 어린아이를 가진 친부모에게 어른의 성숙한 사랑을 기대하며 전전긍긍했듯이 우리는 시부모에게도 애착을 보이며 그들의 사랑 때문에 울고 웃습니다. 이 과정이 오래 가는 경우는 결혼생활이 20~30년이 되어도 변하지 않습니다.

며느리 님, 시부모님과 시집의 형제부부 등 시집식구들과 거리감을 두시고 그들을 낯설게 바라보시라고 권하고 싶습니다. 특히 시부모는 나를 낳고 기른 친정부모가 아닐 뿐 아니라 변화를 기대하기도 너무 늦은 나이여서, 그분들로부터 충만한 사랑을 받기는 쉽지 않습니다.

시부모에게 인정받고 사랑받고 싶다는 욕구가 좌절된 여성들이 느끼는 감정은 우선 분노입니다. 그리고 자신의 분노 때문에 불안한 여성들은 남편의 동의에 집착하지요. 그러나 대부분의 남편들은 냉정합니다. 남편은 아내보다는 시집식구들과 가치관이 더 비슷한데다 남편이라는 위치 자체가 이미 보수적이기 때문입니다. 게다가 겁이 많은 남편들은 대안 없는 아내의 분노에 심한 책임감과 압박감을 느끼기 때문에 변명일변도의 대답을 하기가 십상입니다. 간혹은 아주 단호하게 아내의 편에 서서 문제를 평정해버리는 남편도 있지만 지금 나의 남편은 그렇지 못하다는 사실을 빨리 인정하셔야 합니다.

시부모든, 남편이든, 심지어 친부모든 우리는 성인이 되면서 그들로부터 분리됩니다. 서로 간에 일정한 거리가 생기기 시작하고 더 이상 우리 인생에서 어린 시절 부모가 주던 희생적이고 헌신적인 사랑은 찾아볼 수 없게 됩니다.

성숙한 부모의 충분한 사랑을 받지 못한 분들에게는 참으로 한이 될 만하지만 어쩔 수 없는 일입니다. 사실 우리 중에 얼마나 많은 사람이 그런 사랑을 받을 수 있었겠습니까. 대부분은 부족하고 불완전한 사랑 속에서 성장의 길을 걷게 되지요. 이제 그만 그분들에 대한 간절한 기대를 툭툭 털어버리고 일어나세요.

'결혼해서 지금까지 내가 그분들에게 얼마나 잘했는데……' 하는 마음이 들면서 억울하실 수도 있습니다. 뼈아픈 얘기지만 그건 우리 자신의 선택이었습니다. 어린 시절에는 생존을 위해서였다지만 성인이 된 우리는 자발적으로 그 행동을 한 것입니다. 그분들의 사랑이나 인정을 받고 싶어서였습니다. 물론 절실했고, 내몰리는 심정으로 했을 수도 있지만 그건 어린 시절의 감정이 되살아났기 때문이지 어린 시절만큼 절박하지는 않았을 것입니다. 그분들에게 한 것이 고통이 되어 돌아온다면 이제는 당

신이 감당할 수 있는 선에서만, 돌아오지 않아도 억울하지 않을 정도로만 하세요.

오랜 애증의 관계를 통해 이제 더 이상 그분들이 과거의 부모가 아니며, 나 또한 어린아이가 아니라는 자각을 해나가는 것, 더불어 독립적인 태도를 가지고 서로를 어른으로 존중하는 것, 그것이 바로 과거 어린 시절의 상처를 극복하고 어른으로서 자신을 훈련하는 길일 것입니다. 며느리 님도 그 과정에 서 계십니다. 이제까지 느꼈던 시부모에 대한 애증의 감정을 되돌아보시고 새로운 관계를 향한 첫걸음을 내디디시면 됩니다.

또 한 가지, 며느리 님에게 부탁드리고 싶은 것이 있습니다. 시댁과 감정적인 실랑이를 할 때 가능하면 실질적인 문제 해결을 목표로 하시라는 것입니다. 많은 결혼한 여성들이 단지 넋두리를 위한 넋두리에 몰입하고 있습니다. 하소연을 한 뒤 스트레스를 약간 해소하고 시집살이에 복귀합니다. 시간이 흐르고 스트레스가 다시 쌓이면 또 누군가에게 대안 없는 하소연을 한 뒤 똑같은 생활을 반복하게 되지요.

이혼을 생각할 만큼, 또는 스트레스 때문에 울화병이 생길 만큼 고통을 겪으면서도 '해결책'을 얘기하면 꼬리를 빼는 여성들이 있습니다. 그도 그럴 수 있습니다. 우리 사회에서 며느리로서 문제를 해결하려면 넘어야 할 산이 많은 것이 사실입니다. 며느리의 위치가 열악하다 보니 자칫하면 실패해서 좌절감만 맛볼 수도 있으니까요.

그런 점에서 일시적인 하소연이라도 할 수 있다면 적극적으로 권하고 싶습니다. 아무리 시부모와 거리두기를 하고 성숙해지려고 노력해도 당장 눈앞에서 서운한 경험을 한다면 누구라도 초연할 수는 없을 것입니다.

그러나 만약 문제가 해결될 수 있다거나 약화될 수 있다면 그쪽을 선택하세요. 평생을 하소연으로 보낼 수는 없지 않습니까? 하소연도 시간이 흐르면 자신의 정체성이 되고, 무기력감으로 변질된답니다.

현실적인 문제를 해결하시려면 우선 자신의 마음부터 잘 알아야 합니다. 시부모와의 관계에서 해결하고 싶은 사소한 문제는 무엇이며, 궁극적으로 바라는 것은 또 무엇인지, 현재 자신의 불만이나 불편함을 다른 사람들에게 설득력 있게 설명할 수 있는지 등에 대해서 말입니다.

시집식구들의 요구나 행동에 대해서도 정면으로 응시해야 합니다. '그래, 당신들의 불만과 요구가 무엇인지 한번 제대로 들어보겠다' 는 여유 있는 자세 말입니다. 더러는 도저히 받아들일 수 없는 요구일 것이고, 더러는 이해 못할 것도 없는 사연일 것입니다. 하지만 사랑받지 못할 수도 있다는 두려움을 안고 사는 우리는, 관계가 조금 삐걱거리거나 시부모가 뭔가 불편한 소리를 하면 당장 뒤돌아서서 "왜 나만 미워해?" 하면서 투덜거릴 뿐 더 이상 알고 싶어하지도 않습니다.

이제 상황이 명확해졌다면 현실적으로 어떤 해결책이 필요합니다. 부당하게 느껴지는 점을 시부모에게 직접 말씀드리셔도 좋고, 또 싸움의 방식으로 대화를 시도하시는 것도 좋습니다. 며느리 님도 말씀하셨듯이 시집 행사에 가지 않으실 수도 있고, 여성단체 등을 찾아서 고부갈등의 경험을 나누시는 것도 권하고 싶습니다. 그 어떤 행동이든 이제는 화풀이나 감정적인 보복보다는 문제 해결에 목표를 두십시오. 우리가 사적인 공간이라고 생각하는 시집이나 가족의 영역에서도 전략적인 사고가 필요하답니다.

문제를 정면으로 맞닥뜨리는 데에는 엄청난 에너지와 내공이 필요합니다. 그럴 때일수록 어떻게 하면 문제를 해결할 수 있는 힘을 가질 수 있는지, 그 부분에 관심을 집중하세요. 과거의 고통에 매몰되지 않고, 현실과 미래 지향의 관점을 갖는 것만으로 이미 힘이 생깁니다. 투덜거림조차도 문제 해결을 목표로 하면 감정해소용 투덜거림과는 달라집니다. 문제를 풀어가는 과정은 혹독하고 힘들지라도 그 문제를 안고 평생 살아가는 것보다는 훨씬 행복할 것이라는 믿음과 희망을 가지시라고 다시 한 번 간곡히 말씀드리고 싶습니다.

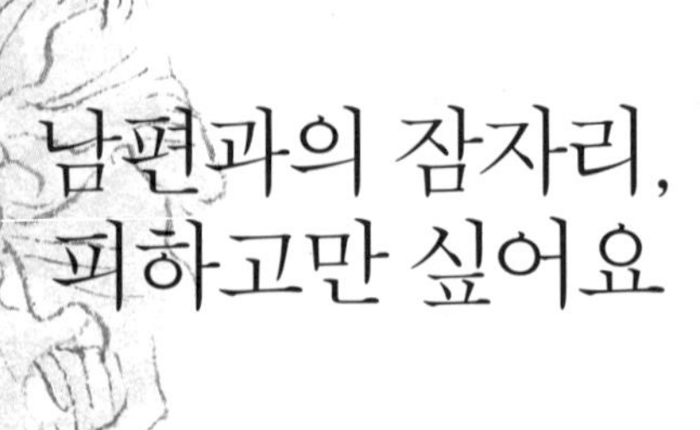

남편과의 잠자리, 피하고만 싶어요

7세, 6세 된 두 아들의 엄마입니다. 결혼한 지는 9년째구요. 둘째를 낳고부터 남편과의 잠자리가 싫어졌는데 지금 1년 넘게 잠자리를 피하고 있습니다. 둘째를 낳고 몇 년간은 권태기였는지 남편하고 무지 많이 싸우고 많이 미워했습니다. 요즘은 예전처럼 자주 싸우지는 않지만 지나치게 서로에게 무덤덤합니다.

남자나 남편으로서는 전혀 매력을 못 느끼겠고 오직 애들의 아빠로 대하며 가정이라는 울타리 속에서 살고 있습니다.

문제는 제가 잠자리를 자꾸 피하니까 남편이 자존심 상해 하고 화를 낸다는 것입니다. 처음에는 제가 거절하면 혼자 삭이는 듯했지만 요즘은 화를 내며 저를 다그칩니다. 병원에 가보자고 하며 종합병원에 예약하려는 것을 제가 잠시 시간을 달라고 하고 미뤄놓았습니다.

저도 고민이 많습니다. 남편한테 미안한 마음도 있구요. 제 문제가 정신적인 문제인지 신체적인 문제인지 궁금하기도 하고, 잠자리가 해결되면 남편에 대해 무덤덤하고 어떨 땐 밉기까지 한 마음이 좀 나아지려나 하는 생각도 종종 합니다.

잠자리 없이도 평생을 살 수 있겠다는 생각을 하니까 병원에 가는 것도 나를 위해서가 아니라 남편을 위해서인 것 같고, 괜히 문제를 더 크게 만드는 것이 아닌가 싶어 선뜻 병원에 가게 되지 않습니다. 어떡하면 좋을까요? **냉장고**

분노의 화살을 자신에게 겨누지 마세요

아이를 낳아본 사람이라면, 출산 직후 여성들이 경험하는 성적 거부감과 불감증에 대해 누구보다 잘 이해할 것입니다.

임신과 출산 과정 내내 경험하게 되는 육체적 변화와 고통을 여성 혼자서 감내해야 하는 일은 죽음을 연상시킬 만큼 큰 두려움입니다. 특히 출산의 경험은 어떤가요? 이렇게 아프다가 죽을지도 모른다는 두려움, 엄마의 질을 찢고 나오는 아이의 몸, 무엇과도 비교할 수 없는 젖몸살의 고통, 흘러 내리는 젖, 아줌마처럼 바뀌어버린 자신의 육체……. 더욱이 연년생 아이를 낳았으니 가사노동을 감당하기도 어려웠을 테고, 한 개인으로나 여성으로나 자신에게 미래란 것이 있을까 불안하고 우울했을 것입니다.

그러나 돌이켜 보면 그런 느낌을 말해본 적도, 섬세하게 위로받은 적도 없었을 것입니다. 태어난 아기가 최대 관심사가 되면서 여성은 자신을 추스리고 위로할 여유조차 없습니다. 그런 상황을 가장 잘 이해하고 위로해줘야 할 사람이 바로 남편이겠지만 남편들은 경험한 적도 없고, 알고 싶어하지도 않습니다.

출산의 고통이 아직도 생생하게 남아 있는 상황에서 치르는 남편과의 성관계는 서럽고 외롭습니다. 아내가 힘들 때는 아랑곳 않던 남자가 자신의 성욕 때문에 아내를 조르면 남편의 이기성에 몸이 떨리기도 할 것입니다. "내가 당신한테 몸을 대주는 기계야?" 하는 설움에 명치끝이 아려올지도 모르겠습니다.

쌓이고 쌓였던 분노는 결국 몸을 얼어버리게 만들죠. 냉장고 님처럼 말입니다. 성적인 느낌이 없는 성관계는 고역이고 고통일 뿐입니다. 그러니 밤이 무서울 수밖에요. 남편을 따라 병원에 가고 싶지 않은 심정도 충분히 이해가 됩니다. 병원에서 무감각하게 내려진 처방이 혹시 당신의 불감증에 '이상' 이라는 딱지를 붙일까 두려울 것이고, 또 '치료' 를 통해 남편과 화해하는 것도 아직은 받아들이고 싶지 않으시겠지요.

사실 병원에 가지 않아도 해결책이 무엇인지 냉장고 님 자신은 이미 잘 알고 있습니다. 남편이 낮 동안 아이들과 갇혀 있었을 당신의 얘기를 들어준다면, 아이 돌보기와 가사노동을 조금이라도 나누어준다면 그동

안 힘들게 금욕생활을 했던 남편에게 진심으로 감사하는 마음을 느꼈을 것입니다. 마음이 내키지 않는 잠자리를 강요하기보다 출산을 통해 달라진 아내의 몸을 어루만져주고 위로해주었더라면 오히려 당신 쪽에서 먼저 성욕을 느꼈을지도 모릅니다.

냉장고 님의 마음을 대신 말하면서 저는 저 자신을 비롯해 수많은 기혼여성들의 스트레스를 한꺼번에 해소한 기분입니다. 당신은 어떠셨나요? 제 얘기가 냉장고 님에게 다소 위안이 되었나요?

앞으로는 당신도 제가 한 것처럼 자신의 경험을 말하세요. 여자들의 출산과 육아 경험은 아무리 들어도, 아무리 말해도 지루하지 않습니다. 남자들은 평생에 걸쳐 군대 얘기를 하는데 인간을 탄생시킨 여성의 출산이 왜 중요하지 않겠어요? 주변의 가족과 친구들에게 말하시고, 아니면 당신의 홈피에 글로 쓰세요. 남편의 이기성에 대해서도 너무 억누르려고 하지 마시고 성토하세요.

실제로 여성의 불감증은 심리적인 원인이 주요합니다. 과거에는 성욕이나 성적인 쾌감을 느끼는 데 문제가 없었다면, 그리고 권태기에 남편과 지치도록 싸운 경험이 있다면 더욱더 그렇습니다. 남편의 말을 듣고 병원에 가는 것이 냉장고 님을 위한 일이 아니라 남편을 위한 일인 것 같아서 싫다는 말씀도 저는 이해가 됩니다. 모두 남편을 향한 분노가 불러온 증상이지요.

상대 여성을 성적으로 흥분시키지 못한다는 것은 남성들에게 최대의 모욕이 됩니다. 자신의 남성성이 제 기능을 하지 못한다는 말이 되니까요. 그 사실을 감지한 여성은 불감증을 느낌으로써 마음속으로나마 상대에게 복수합니다. '나에게 당신은 더 이상 의미가 없어. 알아?' 하는 심정이 되는 것이지요.

또 한편으로 불감증은 자신의 분노를 억제하는 역할도 합니다. 냉장고 님처럼 남편에게 미안한 마음을 느끼면서 자신을 자책하느라 그동안 쌓여 있던 남편에 대한 불만과 분노는 더 깊은 무의식으로 숨어버리게 되는 것입니다. 그럴 수밖에 없습니다. 약자에게 분노는 고통일 뿐이니까요. 자신의 분노를 상대가 이해하지 못할 때, 분노를 해소하기 위해 의사소통을 시도해보지만 늘 외면당할 때 고통은 부메랑처럼 나에게 돌아옵니다. 결국은 육아에 대한 고통, 남편의 몰이해 모두 냉장고 님 혼자서 삭여야 하는 일이 되는 것입니다.

그래서 분노를 느끼느니 차라리 죄의식을 선택하게 되는 것입니다. 죄의식은 나만 탓하면 되니까 다른 어떤 시도보다 쉬운 방법이라고 할 수 있지요. 그러나 그것은 임시방편일 뿐 괴로운 성관계를 피해갈 수는 없을 것입니다. 나중에는 남편에게 미안한 마음에 억지로 성관계에 응한 뒤 '좋은 척' 연기하게 될지도 모르겠습니다. 미국의 여성단체가 주관한 섹스워크숍에서 실제로 많은 여성이 "남편과의 잠자리에서 더 이상 흥분을 느낄 수 없어서 가짜 오르가슴(fake orgasm)을 연기한다"고 털어놓았습니다.

잠자리를 거부함으로써 남편을 곤혹스럽게 만들고 싶다면, 그리고 자신의 터져나오는 분노를 감추고 싶다면 불감증은 참 효과적인 증상입니다. 그러나 냉장고 님 자신의 부작용이 너무 심하네요. 결국은 분노의 화살을 자신에게 겨누는 것이기 때문입니다. 남편에 대한 분노 때문에 부부

간에 나누어야 할 애정도, 님 자신이 누려야 할 섹스의 기쁨도 외면한 것이니까요. 냉장고 님, 남편과의 해묵은 감정을 해소하시고, 당신의 욕망에 귀 기울여주세요.

우선 남편에게 그 모든 경험을 말씀하세요. 남편은 출산과 육아의 모든 과정에서 아내가 느끼는 감정을 공유할 의무가 있답니다. 그러니 남편이 당신과의 대화를 회피하더라도 구차하게 생각하지 마세요. 아내의 원망이 두려워 처음엔 긴장하겠지만 언젠가는 당신의 얘기에 빠져들 것입니다. 그러다 보면 그동안 남편이 무관심했던 것이 아니라, 당신의 감정에 어떻게 반응해야 할지 몰라 당황하고 있었다는 사실을 새삼 깨닫게 되실 수도 있습니다.

물론 냉장고 님도 이제까지의 대화 방식에서 벗어나 새로운 말 걸기를 모색하고 시도하셔야 합니다. 시간도 적지 않게 필요할 것입니다. 갈등의 기간만큼 화해에도 시간이 소요되니까요. 만약 속깊은 얘기가 제대로 나오지 않는다면 전문가를 찾아가서 부부상담을 해보시는 것도 권하고 싶습니다.

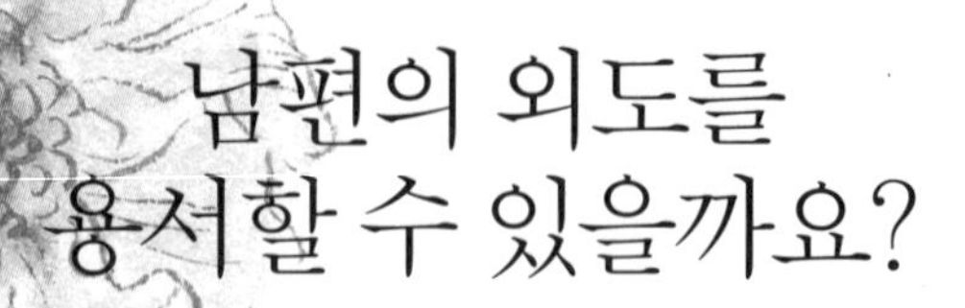

남편의 외도를 용서할 수 있을까요?

어느 날 날아온 한 통의 편지로 남편의 외도 사실 모두를 알았습니다. 객지에서 홀로 아이 키우느라 그리도 힘든 시간을 보냈건만 남편은 남편대로 불평불만이 많았더군요. 다른 여자와 바람 피우며, 아내 흉보느라 새벽에야 들어오곤 했나 봅니다. 그동안 그 사람의 쌀쌀함, 냉정함이 그제야 이해가 가더군요.

그래도 아이만은 끔찍이도 사랑하고 위하기 때문에 아이를 위해서라도 그만 용서하고 잊고 싶습니다. 그리고 솔직히 가정주부로 지낸 지 4년, 홀로서는 것도 더 이상 자신이 없고요. 남편의 경제력으로 우리 가족 넉넉히 살아갈 수 있습니다. 동시에 이런 생각하는 제 자신이 너무 초라하기도 하고요.

무엇보다 과연 남편의 몇 년간의 외도와 그 모든 거짓말을 용서하고

잊을 수 있을지, 다시 남편을 신뢰하게 될지(사랑까지는 바라지도 않습니다) 자신이 없습니다. 서로 할퀴며 여생을 살아가느니 차라리 하루라도 빨리 헤어지는 게 나을 듯싶기도 하고요. **바람**

올 초에 전화가 왔습니다. 어떤 여자더군요. 남편을 만난 지 1년이 다 되었다면서요. 넘 사랑한다나요. 기가 막혔습니다. 저희는 주말부부구요. 전 아이 키우며 살림합니다. 뭔가로 한 대 맞은 기분이었어요. 객지생활하면서 마음이 외로워 의지하고 싶었나 봅니다.

저는 상처가 너무 커서 방황하고 술 마시고 밤에 돌아다니고 했지만 아무 소용없더라구요. 아이를 봐서 용서하자 했습니다. 제가 의지를 많이 했거든요.

이혼하고 혼자 살 자신이 없어서요. 이혼녀라는 꼬리표도 싫고요. 그 후로도 남편과는 계속 주말부부예요. 하는 일이 그렇거든요. 가끔 오면 차 안에 여자의 머리핀이 보이고, 어떨 땐 음식 먹고 나서 쓰는 냅킨도 있고, 어떨 땐 빨대도 있고……. 모든 게 의심스러워요. 한동안 힘들어 정신과에 다녔습니다. 혹 아이들에게 저의 나쁜 영향이 해가 될까 봐서요.

홀로서기를 하고 싶은데 정말 힘드네요. 점점 멀어진 저희. 그냥 너는 너, 나는 나 이렇게 살아야 하나요?

신랑은 상처가 많습니다. 남편이 어렸을 때 어머님이 바람을 피웠거든요. 아이들에겐 과자 사 먹으라고 돈 주고 본인은 딴 남자랑 아주 오랫동안 그랬습니다. 그래서 여자를 믿지 않아요. 전 어떻게 살까요? 신앙의 힘으로 이겨낼 수 있나요? **모니터**

독립적인 삶을 위한 준비가 필요한 때입니다

많은 아내들이 남편의 외도 사실을 알고 나면 이렇게 자존심 상하느니 차라리 빨리 '이혼해버릴까' 하는 생각을 하게 됩니다. 그 마음은 충분히 이해하지만 이혼 전에 해결해야 할 것들이 참 많이 남아 있습니다. 그러니 이럴 때일수록 너무 서두르거나 자존심을 앞세우지 마시고 조금 여유를 가지셨으면 합니다. 물론 문제를 외면하고 시간만 끄는 것도 도움이 되지 않으니 구체적이고 현실적인 대책을 마련하시는 것도 중요합니다.

사실 우리는 누구나 부부의 이별을 앞두고 살아갑니다. 인간이 자신의 인생에서 언제 죽음의 사신을 맞게 될지 모르는 것처럼 어느 누구에게 이별이 불쑥 찾아올지 아무도 알 수 없습니다. 특히나 요즘처럼 외도나 이혼, 병사 등이 빈번할 때는 더더욱 구체적인 준비가 필요합니다. 그렇지 않으면 무방비 상태에 있을 때 불행이 우리 뒤를 칠지도 모릅니다.

많은 여성들이 남편의 외도를 상담하면서 "우리 남편만은, 그리고 우리 부부만은 다를 줄 알았다"고 하소연합니다. 그러나 살면 살수록 뼈저리게 느끼는 것은 '세상에 장담할 수 있는 일은 아무것도 없다'는 사실입니다.

그래서 저는 결혼한 여성들에게 '경제적인 독립'과 '심리적인 독립'

을 이야기합니다. 배우자가 없이도 살아갈 수 있는 물질적, 정신적 독립성은 이제 사랑이나 믿음만큼 결혼생활의 불가결한 요소입니다. 우리는 아이들에게 쉴 새 없이 "독립적인 아이가 되라"고 잔소리하지만 정작 부모인 나 자신은 얼마나 독립적인지도 늘 되돌아볼 필요가 있습니다.

독립심은 이혼을 준비하기 위한 것만은 아니라고 생각합니다. 당신 없이도 행복하게 살 수 있다, 는 태도와 그런 태도를 뒷받침해주는 물질적인 여건이 부부간에 일정한 긴장감을 유지하도록 만들어서 오히려 권태로움을 방지할 수도 있기 때문입니다. 어느 누구도 법적인 제약에 묶여 배우자가 어쩔 수 없는 심정으로 나와 살기를 원하지는 않을 것입니다. 결혼생활이 오래 지속되어 피차 무디어졌다고 하더라도 기본적으로는 배우자에게 매력적인 존재이고 싶을 것입니다.

그러니 바람 님과 모니터 님, 꼭 이혼을 위해서가 아니더라도 이 기회에 부부생활의 모든 것을 통틀어 점검해보시면 좋겠네요. 지금 냉정하게 일을 처리하는 것이 쉽지 않으실 겁니다. 분노로 몸과 마음이 엎치락뒤치락하는 바람에 아무 일도 손에 잡히지 않고, 어떤 충고도 귀에 들어오지 않을 수 있습니다. 남편에게 화풀이하고 원망하고 싶은 생각 외에는 말입니다.

그러나 이제부터 넘어야 할 산이 너무 많고, 가야 할 길이 아주 멀답니다. 울분을 터뜨리고 눈물 흘리던 내면의 아이를 잘 달래신 뒤 일어서서 길을 가시기 바랍니다. 지금은 남편을 용서하기 위해 애써야 하는 단계가 아니고, 바람 님과 모니터 님의 생존을 위해 현실의 여건들을 마련해나가야 하는 때입니다.

우선, 전문가와의 상담을 적극 권합니다. 외도에 대처하거나 이혼을 준비하기 위한 법률적인 부분에 대해 상담이 꼭 필요합니다. 이참에 집안의 모든 자산을 공동명의로 바꾸는 것도 고려해보실 만합니다.

법적인 상담과 함께 심리상담이 필요한데, 되도록 부부상담을 권합니다. 대부분 이혼은 싸움과 갈등 끝에 이루어지기 때문에 피차 깊이 있는 대화를 나눌 기회를 갖기가 거의 불가능합니다. 말을 꺼낼수록 더 큰 상처만 남게 되지요. 그러니 돌이킬 수 없는 상황이 되기 전에 전문가의 안내에 따라 상담을 받고 대화도 나누시기 바랍니다. 그 과정에서 남편과 자신에 대해 새로운 이해가 가능해질 것이고, 어쩌면 자연스럽게 이혼을 받아들이게 되실 수도 있습니다. 그리고 혼자 아파하지 마시고, 주위의 가까운 분들에게 도움을 청하세요. 외도 남편에 대한 대처방법 등에 대해 조언을 구하는 것도 필요하겠지만 정서적인 위안이나 위로도 아주 중요합니다.

마지막으로 부부관계나 외도 등에 대한 공부를 하시면서 결혼에 대한 나름의 철학을 가지시는 것도 정말 필요하리라 봅니다. 우리는 결혼에 대해서 대부분 근거 없이 비관적이거나 또는 낙천적인데, 그것은 우리가 결혼 안에 있으면서도 깊이 있게 결혼에 대해 생각하지 않기 때문입니다.

사실 부부란 묘한 관계입니다. 부부는 돌아서면 남보다도 못하다고 할 만큼 비정해지지만, 살아가는 동안은 그 누구보다도 깊게 얽혀서 사랑하고 또 할퀴어 상처를 내기도 합니다. 그래서 우리 조상들은 부부를 무촌으로 규정했나 봅니다. 0이란 아무것도 아니면서 그 모든 것이기 때문입니다.

아무것도 아니면서 그 모든 것이란, 부부관계의 이중성을 여실히 보여줍니다. 부부는, 통상 1촌부터 시작되는 혈연 이상의 관계이지만 법적인 관계가 해제되면 완전한 남남이 되어버립니다. 부부는 독점욕과 열정, 둘만의 은밀함 등을 가지고 있으면서, 마치 사회 조직처럼 역할분담에 따른 각자의 역할을 가지고 있고, 그 책임과 의무 관계가 깨졌을 때는 법이 해체를 보장해주기도 합니다. 부모자식 관계와는 전혀 다른 모습이지요.

심리학적인 측면에서 보자면 배우자는 나의 어머니나 아버지의 대역입니다. 내가 어린 시절에 풀지 못한 부모자식 관계를 배우자에게 투사하거나 부모보다도 더 이상적이고 완벽한 역할을 기대하고, 혹자는 강요하기도 합니다. 결국 자기의 심리적인 문제를 해결하기 위해 배우자에게 부담스러운 기대나 요구를 하는 경우가 많다는 것입니다.

다소 장황하게 부부론을 펼쳤지만 제가 드리고 싶은 말씀은, 부부관계란 상당히 이중적이며, 복잡한 문제들을 내재하고 있어서 깨지기 쉬운 속성을 가지고 있다는 것입니다. 그래서 결혼한 부부에게 그토록 백년해로를 강조하는지도 모릅니다.

그러니 바람 님과 모니터 님, 왜 나에게만 이런 고통이…… 하면서 힘들어하지 마시고, 모쪼록 기왕에 드러난 부부간의 문제에 용감하게 직면해서 끝까지 가보시기를 권합니다. 그 통로 끝에 분명히 두 분의 삶을 전환시킬 그 무엇이 존재하리라 믿습니다.

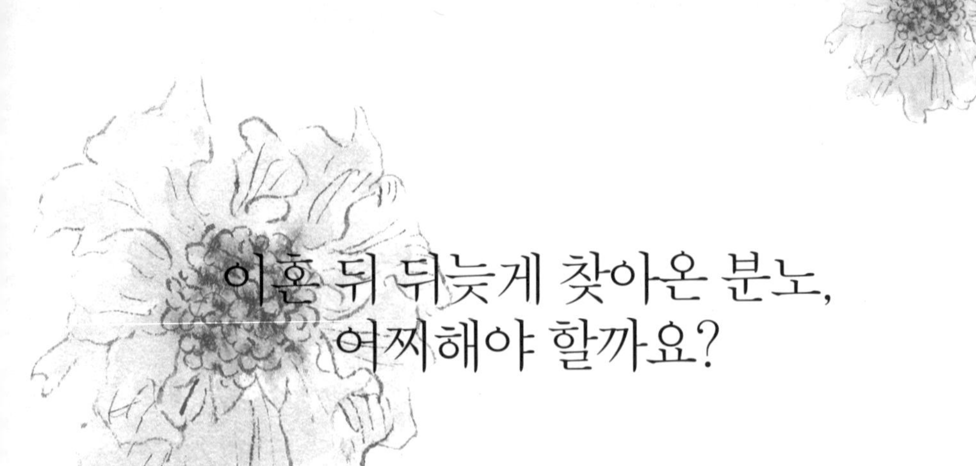

이혼 뒤 뒤늦게 찾아온 분노, 어찌해야 할까요?

아는 이가 이혼을 했습니다. 남편이 직업도 없고, 양육이나 가사를 도와주는 것도 아니어서 모든 일을 친구 혼자 책임져야 했습니다. 시댁 역시 아들에 대한 자부심에 가득 차서 자기 아들만 두둔했습니다. 이혼할 때도 양육비나 생활비에 대한 보조는 전혀 약속하지 않았고 오히려 친구가 벌어서 샀던 컴퓨터 등등의 물건들을 자기가 쓰던 것이라며 챙겨 떠났다고 합니다.

이혼한 지 2년이 되어가지만 지금도 그 친구는 남편에 대한 분노가 가라앉지 않고 있습니다.

가끔 초등학교 1학년인 아이가 자기 몰래 아빠한테 전화하는 것을 봐도 화가 나고, 어쩔 수 없이 아이 때문에 통화를 하는 경우에는 목소리만 들어도 화가 난다고 합니다. 지금까지는 아이한테 아빠에 대한 미움을 드

러내지 않았고 이혼한 얘기도 하지 않았지만, 이제는 참을 수가 없어서 아이한테 이러이러한 점이 싫어서 아빠랑 헤어진 거라고 말해주려고 한답니다. 아직도 마음속에 미움이 가득한 채로 돌진하는 모습을 보면 좀 불안합니다. 어떻게 마음을 다스려야 할지, 그리고 아이한테 상처주지 않고 엄마의 상태를 알려줄 수 있을지 조언 부탁합니다.

참, 친구는 지금 사귀는 사람이 있습니다. 그쪽도 이혼했고 내년쯤 합치려는 계획을 가지고 있습니다. 친구

1년 전에 이혼을 했습니다. 지금에 와서야 그때 남편이 바람 피웠다는 것을 알았습니다. 여자가 있었기에 자식도 처도 필요가 없었을 것입니다.

지옥까지 가봐야 이혼을 한다고 하더니 그것을 절실히 경험했습니다. 사람이 돈 앞에서 처참하게 무너지는 것을 보니 제가 알던 그가 아니었어요. 거짓말을 그렇게 잘하는 줄도 몰랐구요. 그래도 남편이라고, 아이들 아빠라고 거짓말을 파헤치는 건 못하겠어요. 그냥 그런 사람과 살았던 내가 죄인이고 내 잘못이라는 생각에 얼른 도장 찍어주고, "그래, 한번 잘 살아봐라" 했어요.

그 뒤에 들려오는 소문은 정말 끔찍했어요. 여자와 다니는 것은 동네 사람이 다 알 정도였고 제 앞에서만 쉬쉬했더군요. 3년 전에 시작한 관계라구요. 아이들은 어떻게 눈치를 챘는지 다른 여자랑 사는 아빠와는 살고 싶지 않다고 해요. 그래도 아빠라는 생각에 연락도 하고 지내라 했어요. 아빠라는 사람은 아이들이 연락하는 것조차 싫어하더군요. 받지도 않고요. 지금은 연락이 끊어져버렸답니다.

지금 제 마음은 그 사람을 못살게 해주고 싶어요. 응징하고 싶은 마음이 생겼어요. 어떻게 마음을 다스려야 할까요? 이런 마음이 들게 된 까닭은 아이가 아픈데도 전혀 연락도 없고 병의 진행에도 관심을 갖지 않기 때문이에요(아이의 병은 골수이형성증후군이랍니다).

제가 이런 마음이 들면 아이에게 더 나쁘지 않을까 하는 생각에 다잡아보지만 그것조차 본심은 아닐 것 같아요. **희리**

이혼 후라도
남은 감정과 문제를 덮어두지 마세요

"지옥까지 가봐야 이혼을 한다"고 희리 님이 말씀하셨나요? 저는 오히려 이렇게 말씀드리고 싶습니다. "여자는 이혼을 한 뒤 지옥까지 가게 된다"고 말입니다.

부부관계에 회의를 느꼈으니 이혼을 결심하셨겠지만 이혼 과정에서 여성들은 한층 더 고통받게 됩니다. 아무리 그래도 사랑한 날이 적지 않았는데, 게다가 둘 사이에 자식까지 있는데 이렇게까지 잔인하게 굴까 싶은 것이지요.

이혼 과정에서 남성과 여성은 아주 다른 셈법을 가지고 있음을 발견하게 됩니다. 여성들은 대부분 '관계'에 치중합니다. 상대에 대한 배신감과 서운함, 혼자 살아갈 것에 대한 두려움, 내면의 고통 등이 그것입니다. 그러나 남성들은 그때부터 '계산'을 하기 시작합니다. 이혼이 합의됨과 동시에 부부는 남이 되는 것이기 때문에 남남끼리의 '거래'에서 손해 보지 않기 위해 머릿속에서 손익계산서와 대차대조표를 작성하게 되는 것입니다. 결혼 과정에서는 아내에게 '계산 없는 희생과 사랑'을 요구하던 남편이 이혼을 할 때는 아내가 어떻게 살든 상관없이 한 푼이라도 빼앗기지 않기 위해서 법적 처리절차를 밟는 경우를 많이 봐왔습니다. 그때 아내들의 태도는? 그렇게 돈이 좋으냐? 그래, 너나 먹어라, 하는 심정으로 수수방관하지요. 그러다가 결국 남편 쪽이 준비한 불합리한 합의안에 순순히 합의를 해주게 되는 것입니다.

아이 문제도 그렇습니다. 여성이 하는 고민은, '내가 아이를 남편에게 맡기고도 살 수 있는가? 아이가 나 없이 살 수 있는가?' 하는 것입니다. 그러나 남편은 '아이의 양육권을 내가 가질 때와 아내가 가질 때 무엇이 문제가 되는가'를 생각합니다. 남자와 그의 가족들이 가장 걱정하는 것은 여자가 아이를 데리고 살면서 지속적으로 자신들에게 돈을 요구하게 될 가능성입니다.

갈등의 문제에 대해서도 그렇습니다. 여성은 남편과의 갈등이 어디서 왔는지, 남편이 왜 그런 행동을 했는지 직면하고 알아내려 하지 않습니다. 남편 성격이 원래 제멋대로라든지, 가정에 무관심하다든지, 자신을 사랑하지 않았다는 식의 결론을 내리고 상대를 무조건 원망하다가 결국은 그 사실을 받아들입니다.

여성들이 이혼의 원인에 직면하지 못하는 이유는 무엇일까요? 자신이 사랑받지 못할 존재이며, 불행의 씨앗을 갖고 있는 존재라는 사실을 확인하게 될까봐 두려운 것입니다. 그래서 결국 원망과 저주의 고함을 지르고는 이혼을 하게 됩니다.

이혼을 한 뒤 1~2년의 시간이 흐르고 나면 여성들은 깨닫습니다. 그때 자신이 감정적인 것에만 매달려서 보장받아야 하는 권리들을 얼마나 많이 놓쳤는지 말입니다. 그리고 그 당시 잘잘못을 더 명확하게 가려내지 못했던 사실도 억울하기 그지 없게 됩니다. 그때부터 새로운 분노가 끓어오릅니다. 여성들이 대부분 법과 돈에 약하다는 사실을 이용해서, 아내가 슬픔에 젖어 있는 동안 남편이 재산이며, 아이 양육권이며, 위자료 등을 얼마나 제멋대로 처리했는지 나중에야 알게 되는 것입니다. 아직도 하지 못한 말, 듣지 못한 얘기가 얼마나 많은지도 알게 됩니다.

누구와도 그 분노를 나눌 수 없는 것은 더욱더 큰 고통입니다. 친정부모에게 털어놓아 그분들을 괴롭힐 수도 없는 노릇이고, 아이들에게 아빠를 비난할 수도 없습니다. 친구들에게도 한두 번이지, 분노가 가라앉을 때까지 반복해서 같은 얘기를 들어줄 친구는 없습니다. 자다가도 벌떡 일어난다는 말이 과장이 아님을 뼈에 새기게 됩니다. 그제서야 여성들은 가슴을 치며 후회합니다. 그때 더 싸울 걸, 그때 더 따지고 들어볼 걸, 더 약아지고 더 냉정해야 했는데, 그렇게 서둘러 이혼을 할 일도 아니었고 합의를 해줄 일도 아니었는데, 하면서 말이지요.

그래요. 저는 말씀드립니다. 이혼하는 과정에서 상대에게 아이 부모로서의 관용을 기대하지 말 것이며, 쿨한 여자가 되려고도 하지 마세요.

결혼이 남편과 함께하면서 부모로부터 독립하는 것이라면, 이혼은 남

편과도 헤어져 그야말로 누구에게도 의지하지 않고 혼자가 되는 독립입니다. 혹시 아이가 있다면 가장이 되는 것이기도 합니다. 그러니 그 과정은 충분히 검토하고 준비하셔야 합니다. 그 과정에서 진정으로 홀로서는 것을 배우게 되기도 하기 때문입니다.

이제까지 남편과의 갈등이 무엇에서 비롯되었는지, 구체적으로 어떤 것들이 문제였는지, 개선할 수 있는 것들인지 충분히 들여다보셔야 합니다. 문제의 원인을 분명히 알고 나면 이혼을 극복할 수 있고, 또 반대로 이혼하지 않으면 안 되겠다는 확신이 생길 수도 있습니다. 그 어떤 것이라도 모호한 상태보다는 나을 것입니다.

혹시 배우자의 외도는 없었는지도 가능성을 열어두고 보셔야 합니다. 그것 또한 이혼 결정에 아주 분명한 기준이 될 수 있으니까요.

그 외에는 법적인 절차들입니다. 부부간에 이혼 문제가 고려되면서부터는 바로 양육권이나 재산분할 혹은 위자료 등에 관한 법적인 문제들에 대해서 준비할 필요가 있습니다. 특히 여성들이 무관심한 경제적인 문제는 이혼 후 시간이 흐를수록 문제가 됩니다. 직업이 없거나 혹은 저임금의 경제생활을 하는 여성일수록 그렇습니다. 사실 경제적인 여유가 있어야 이혼의 아픔에서도 좀더 쉽게 벗어날 수가 있는 것 아니겠습니까? 그리고 감정적인 지리한 소모전보다는 법적인 절차를 이용해서 문제를 해결하는 편이 상처를 덜 남기는 것일 수도 있습니다.

이런 과정을 충실히 밟기 위해서는 이혼 절차를 너무 서두르실 필요는 없다고 봅니다. 힘들고 두려운 일이지만 두 눈을 똑바로 뜨고 매 과정에 놓친 것은 없는지 검토하시면서 자기 몫의 권리를 찾으시기 바랍니다.

그런데 친구 님의 친구 분과 희리 님은 그 모든 과정을 놓치신 듯합니다. 특히 희리 님은 이혼 절차가 모두 끝난 뒤 남편이 외도를 했다는 사실을 알게 되셨나 보네요. 아이는 아픈데 남편은 나 몰라라 하고 있고요. 정말 분하고 힘드시겠습니다. 아니, 그런 위로의 말씀이 면구할 만큼 어려운 상황이시네요.

안타까운 일이지만, 그 과정에서 겪게 될 두 분의 고통을 말끔하게 씻어줄 신통한 만병통치약은 없는 것 같습니다. 그러나 저는 두 분이 이혼 과정에서 해보지 못한 일들을 가능하다면 지금이라도 하시라고 말씀드리고 싶습니다. 시간이 약이니 그저 마음을 다스리며 좀더 기다려보라고 하거나, 생각을 바꿔 그들을 잊어버리라고 충고하고 싶지는 않습니다. 시간이 지났으니 이제는 멋지고 쿨해지라고 말씀드리고 싶지도 않네요.

차라리 연락을 취해서 그동안 쌓여 있던 감정을 풀어보십시오. 단순히 감정적으로 울분을 토하는 것이 아니라 자신의 억울한 심정을 효과적으로 전할 수 있다면 더욱 좋겠지요. 그리고 경제적인 문제도 포기하지 마시고, 변호사와 상담하셔서 새롭게 법적인 절차를 밟으셨으면 좋겠네요. 아이가 아파서 치료비가 필요한 희리 님의 경우는 더욱 그렇습니다. 그러기 위해서는 철저한 사전준비도 필요합니다. 주위에 이혼한 분들의 조언과 변호사 상담 등을 통해서 무엇이 유리한지 알아보시기 바랍니다.

가슴속의 한이 다 사그라질 때까지 기다리지 마시고, 공연히 아이들에게 고통을 전가하지 마시고, 두 발로 뚜벅뚜벅 걸어가 마주 서서 남은 감정과 문제를 다 해소하시기 바랍니다. 그렇게 해도 여전히 벽에 부딪치실지 모르겠습니다. 현실은 만만치 않으니까요. 그렇지만 그 만만치 않은

현실을 다시 확인하고 나면 절망스럽더라도 과거에 대한 더 이상의 미련은 남지 않게 될 것입니다.

운명은 이유 없이 해코지하지 않습니다

차라리 우울의 늪을 즐기세요 | 운명은 이유 없이 해코지하지 않습니다 | 간절한 자기표현에 귀 기울이세요 | 침묵 안에서도 편안해지는 연습을 하세요 | 조직을 보는 안목과 처세가 필요합니다 | 남성들의 자기사랑을 배울 필요가 있습니다 | 숨겨진 나르시시즘은 나르시시스트를 자극합니다 | 친구관계도 '거래'가 기본입니다 | 용기를 주고 지지해주고 편안하게 기다려주세요 | 세상의 고정관념과 게임하듯 살아갑니다 | 죽음에서 배우되 죽음의 그림자에 갇히지 않습니다

아무것도 하고 싶지 않고, 어떤 것도 되고 싶지 않습니다

꽤 오랜 시간 고민해온 문제입니다. "몸 건강하고 앞으로의 가능성도 있는데 뭘 힘들어하냐." 가끔 마음속으로 외치고 다짐해보지만 문제는 저의 어둠이 너무 깊고 뿌리를 알 수가 없다는 것입니다. 제목 그대로 어떤 일에도 특별한 의욕이나 기쁨이 없습니다. 무언가 해보려고 결심했다가도 마음 한구석에선 '이런 건 해서 뭐 하냐. 이딴 게 네게 기쁨을 가져다줄 것 같으냐' 하는 생각이 지배하고 어느 순간 탁 손을 놓아버립니다.

이런 식으로 삶을 살아온 제가, 삼십대 중반을 바라보는 나이에 아직 변변한 직업도, 서로 아껴주는 남자친구도 옆에 없다는 건 어찌 보면 자업자득이겠죠.

무기력함도 분노의 한 가지 표현이라는 글을 읽은 적이 있습니다. 어린 시절 사랑을 못 받고 자란 사람이 한둘이겠습니까. 셋째 딸로 태어나 있는 듯 없는 듯 방치된 채 어린 시절을 보낸 사람이 저 혼자이겠습니까. 결국은 제가 껴안아야 할 문제란 걸 알고 있습니다. 휴…… 이렇게 주절거리고 나니까 마음이 좀 나아지네요. 빛

차라리 우울의 늪을 즐기세요

요즘은 우울증이 대세입니다. 텔레비전에선 유명인들의 우울증과 그로 인한 자살이 화제가 되고 있고, 십대부터 산모, 노인들까지 우울증과 씨름을 합니다. 한 통계에 따르면 우리나라 10대 질병 중에서 우울증이 8위를 차지하고 있고, 전세계적으로 보자면 우울증이 2000년 질병부담비용 4위이며, 2020년에는 2위로 올라설 것이라고 합니다.

제 주위만 보더라도 요즘 젊은층의 가장 큰 화두는 우울과 우울증세입니다. 경미한 우울증세를 보이는 이에서부터 자살을 시도한 이들까지 다양합니다. 이미 우울증은 우리 곁에 바짝 붙어서 우리의 친구 노릇을 하고 있는지도 모르겠습니다.

빛 님, 저는 님의 증세를 우울증이라고 이름 붙이려고 합니다. 혹시 마음이 상하시진 않았나요? 말씀을 들어보니 꽤 오래전부터 우울증을 앓고 계셨던 듯합니다. 그런 빛 님에게 저는 칭찬을 몇 가지 해드리려고 합

니다.

잘 하셨습니다, 빛 님. 이렇게 상담 글을 올려서 자신의 상태를 알리신 점 말입니다. 지금 님의 무력한 상태로 미루어보건대 쉽지 않았겠지만 참 훌륭한 행동이었습니다. 자신을 공개함으로써 그늘로 드리워진 님의 마음에 빛을 쪼이신 겁니다. 님의 닉네임처럼요. 일단 그 점에 박수쳐드리고 싶습니다. 앞으로도 사람들에게 님의 괴로움을 자주 말씀하세요. 비슷한 사람들이 있다면 공감도 하시고, 다른 사람들은 우울증을 어떻게 견디고 극복했는지 들어보시는 것도 도움이 됩니다.

또 하나 칭찬해드리고 싶은 게 있습니다. 어둠이 너무 깊어서 그로 인해 무얼 시도하기도 전에 비관적인 생각으로 손을 놔버리고 만다는 님의 증상을 알고 계시다는 점 말입니다. 빛 님이 어떤 행동 패턴을 가지고 있는지 일단 '자신을 바라보기' 하신 것입니다. 자신을 이모저모 지켜보게 되면 조금씩 우울과 거리두기를 하게 되고, 그러다 보면 우울과 이별을 해볼까 하는 생각도 천천히 고개를 들게 됩니다. 더 많이, 더 자주, 그리고 더 깊게 자신을 바라보세요. 자신의 일거수일투족을 말입니다. 무엇에 화가 나는지, 어떤 생각들이 자주 떠오르는지, 님의 일상생활은 어떤지 살펴보시고, 아침에 잠에서 깨어나 저녁에 잠들 때까지 자신을 계속 지켜봐주세요. 자신에 대해 더 많이 아는 것이 분명 우울을 극복하는 데 큰 힘이 될 것입니다.

세 번째로 님을 칭찬하고 싶은 것은 바로 우울증의 뿌리로서 분노와 어린 시절을 떠올렸다는 것입니다. 사실 어린 시절의 경험이 님의 우울증의 근본적인 원인인지는 아직 누구도 알 수 없습니다. 님의 증상이 어디서 왔는지 파악하기 위해서는 더 많은 전문적 진단과 성찰이 있어야겠지요. 그렇지만 빛 님이 자신의 우울 증세를 호소하면서 어린 시절을 떠올렸다는 사실은 중요합니다. 아마도 어떤 연관이 있을 것입니다. 어쨌든 무의식중에라도 당신 가슴에 남은 아픔을 떠올려봤다는 점은 님의 상태를 참 희망적으로 느끼게 합니다. 아픔을 발견하고 스스로 치유하다 보면 자신이 뭔가 할 수 있다는 생각이 들 것이고, 그것이 우울을 극복하는 계기로 작용할 수도 있으니까요.

희망과 욕구를 너무 많이 거세당하면 우울이 깊어진다는 것은 사실입니다. 자주 좌절당한 사람이 분노를 느끼고, 그 분노를 해소할 길조차 없을 때 우울증에 빠진다는 것은 너무나 당연한 일이기도 합니다. 꿈이 클수록, 사회에서 무력한 존재일수록 우울감에 시달리게 되겠지요. 그래서 우울증은 개인적인 문제이면서 동시에 사회적인 문제이기도 합니다. 지금 당신은 어쩌면 삶에 대한 강렬한 욕구와 그것을 만족시켜줄 수 없는 거친 현실 사이에서 조정작업을 하고 있는 것인지도 모릅니다. 쉽지 않은 일인 것만은 분명합니다. 사회적인 문제를 개인적으로 끌어안고 아파하시는 우리 사회의 많은 분들에게 안타까운 마음을 전하고 싶네요.

이런 말씀을 드리면 위험할까요? 기왕에 우울의 늪으로 들어갔으니 자신이 지금 거기 빠져 있다는 것을 자각한 상태로 좀더 즐기세요. 우울의 늪 속에 있다고 걱정하거나 자학하지 마세요. 어서 거기서 벗어나야 한다고 다그치지 마세요. 더 완벽하게 살았어야 하는데 그러지 못했다고 회한에 젖지 마세요. 자학하는 감정이 일거든 그건 나중에 생각해볼 문제라고 일단 저만치 미뤄놓으세요. 지금은 느리게 걷고 있지만 그건 미래의

빠른 걸음을 위한 준비운동일 거라고 편안하게 받아들여주세요. 아니, 누구나 저마다의 걸음걸이가 있으며, 그 어떤 걸음걸이와도 비교할 수 없다고 생각하신다면 더 좋겠지요.

그저 우울 속에 있는 내가 어떤 모습인지, 무엇을 힘들어하고 있고 무엇을 망설이는지 보세요. 그리하여 결국은 우울 속에서 더 이상 즐길 것이 없을 때, 그 우울이 지루해서 하품이 나올 때, 빛이 가득한 바깥세상에 대해 못 견디게 호기심이 일 때까지 말입니다. 주의해야 할 것은 당신이 지금 우울 속에서 탐색 중이라는 사실을 늘 자각하고 있어야 한다는 것입니다.

외부로 손을 뻗으시는 것도 중요합니다. 결국은 내가 이 모든 외로움을 만들었으며, 혼자 껴안고 갈 일이라고 생각하면서 또 한 번 자신을 소외시키고 구박하지 마세요. 우울증에서 벗어나고 싶어도 그 모든 노력을 무력하게 만드는 것이 우울증의 딜레마이고 보면, 누군가 우울의 순환 고리를 끊어줄 사람이 필요하답니다.

친구들과 의논하시고, 상담가나 정신과 전문의도 찾아보시기 바랍니다. 많은 사람들이 상담을 받거나 약물치료를 받는다는 것에 대해 막연한 공포를 느낍니다. 그러나 약물치료도 놀랍게 발전한 것이 사실이며, 전문가를 찾아 나서는 행위 자체가 이미 주체적인 과정의 시작입니다. 특히 우울증은 증상의 심각성에 비하면 치료효과가 높다고 하네요. 무엇보다 당신은 외부의 따뜻한 도움을 받을 자격이 있는 존재입니다. 그 따뜻한 도움을 경험하시기 바랍니다.

취직을 못해서 죽고 싶습니다

취업…… 또 떨어졌습니다. 지난해 마지막 날, 황당한 계약만료 통보 이후 제가 몸담을 직장을 구하기 위해 꾸준히 노력했습니다. 그리고 무려 8개월간을 기대에 차 있다가 마지막 관문에서 좌절하곤 했는데, 드디어 어제는 서류전형에서마저 탈락했습니다. 이젠 제 나이가 기업들에게 너무 부담스러워진 듯합니다.

제가 필요 없어진 세상, 집에서도 저는 있는 듯 없는 듯한 존재로 변해버렸습니다. 제가 있어야 할 자리는 더 이상 이 세상 어디에도 없나 봅니다. 이제 제자리를 찾아가야 할 때가 된 것 같습니다. **거친바람**

올해 전 스물여섯 살입니다. 원래라면 학교를 졸업하고 사회에 뛰어들 나이죠. 그런데 전 아직 대학교 졸업도 못했습니다. 집에서 등록금을 대줄

형편이 못 돼서 자꾸 휴학을 하다 보니 졸업이 늦어지게 됐습니다. 지금도 1학기를 남겨놓고 일자리를 구하는 중입니다.

요즘, 한 살 한 살 나이는 자꾸 먹어가는데 난 뭘 하고 있나 하는 생각이 듭니다. 졸업도, 변변한 직장도 없이 앞으로 어떻게 해나가야 할지 막막해집니다. 뭘 해야 할지, 뭘 하고 싶은지도 모르겠고 뭘 잘할 수나 있을지도 모르겠습니다.

얼마 전엔 3년을 사귀어온 남자친구와도 헤어졌습니다. 내가 여태 무얼 했을까 하는 생각이 자꾸 드네요. 자신감도, 의욕도 없어지고 자꾸 나쁜 생각만 하게 됩니다. **스물여섯살**

운명은 이유 없이 해코지하지 않습니다

두 분의 사연을 읽고 나니 제 마음에도 찬바람이 부는 듯 서늘해집니다. 많이 힘드시겠네요. 가난과 실업 같은 사회적인 문제 앞에서 저는 어떤 도움도 충고도 드릴 수 없음을 절감하곤 합니다. 두 분의 문제는 사실 우리 모두의 문제입니다. 하지만 우리가 외면하고 있는 사이 누군가가 개인적으로 그 고통을 짊어진 채 살고 있다는 이 비정한 현실에 몸 둘 바를 모르게 됩니다.

무슨 말씀을 드릴 수 있을까요? "청년이여, 오늘의 고통은 내일의 희망이 될 것입니다"라는 교과서적인 말씀을 드린들 그게 힘이 되지 않는다는 사실을 저는 알고 있습니다. 무기력하고 우울할 땐 그 어떤 말도 위로가 되지 못한다는 걸 저도 경험했으니까요. 오히려, 우울할수록 희망찬 말들이 더 거부감을 느끼게 한다는 것도 모르는 바가 아닙니다.

그리고 솔직히 말씀드린다면 두 분에게 연민 가득한 위로를 드리고 싶은 마음이 제겐 없기도 합니다. 제가 수많은 삶의 고비를 넘어오면서, 그리고 살아 있는 것이 기적이라고 할 만큼 고난에 찬 시기를 지나온 분들을 수없이 만나면서 느낀 것이 있기 때문입니다.

두 분이 겪고 계시는 현재의 고통이, 죽음을 연상시킬 만큼 절망적이고 결정적인 것도 아닐 뿐 아니라 두 분의 인생에 어떤 전환점과 새로운 기회일지도 모른다는 점을 충고해드리고 싶습니다.

세계적인 불교학자이자 명상지도자인 잭 콘필드는 우리에게 찾아오는 인생의 어려움을 '하늘의 전령' 혹은 '저 너머 부름'에 비유합니다. 하늘의 전령은 우리에게 말합니다. 우리 삶에 결여된 '완전함'을 찾으라는 하늘의 전갈을 전하러 왔다고 말입니다. 이제까지 살아오던 방식, 이제까지 매달렸던 것들에 대해 회의하고 떠나보내면서 좀더 완전한 삶을 찾아가도록 한다는 것이지요.

간혹 운명은 아주 냉정해서 정신없이 달려가는 사람을 쓰러뜨리고 무릎 꿇려서 꼼짝 못하게 하는 경우가 있습니다. 자기 자신이나 가까운 사람이 치명적인 병에 걸릴 수도 있고, 실직이나 이혼을 경험할 수도 있습니다. 또는 갑자기 가난이 몰아닥칠 수도 있고, 사랑하는 사람을 떠나보내야 할 때도 있습니다. 그럴 때 사람들은 자신의 인생을 한탄하면서 죽

음이나 완전한 좌절로 운명에 보복하려고 합니다. 그래, 네가 원하는 게 이거였지, 하는 심정으로 말입니다.

그러나 그런 좌절의 경험을 갖고 그 좌절을 넘어선 사람들은 알고 있습니다. 운명이 이유 없이 누군가의 삶을 해코지하지 않는다는 걸 말입니다. 그럴 땐 몸부림칠 일이 아니라 지금까지 살아온 방식을 한 번 되짚어 봐야 한다는 사실을 아주 뒤늦게 알게 되지요.

그렇게 해서라도 인생의 중간점검을 하지 않는다면 더 큰 난관이 찾아올 거라고 경고하는 것인지도 모릅니다. 물론 그전부터 삶의 방식을 다시 점검해보라는 크고 작은 인생의 메시지가 있었을 것입니다만 우리는 원칙과 명분, 의무감과 자존심 등에 매여서 그것을 알아차리지 못하는 것이 사실입니다.

거친바람 님과 스물여섯살 님, 현재의 고통이 얼마나 견디기 힘들지 이해 못하는 것은 아닙니다만, 기왕에 옴짝달싹할 수 없이 절망적인 상황에 처했다면 차라리 거기 주저앉아서 지금까지와는 다른 시선으로 세상을, 그리고 내면을 바라보시기를 권합니다.

내가 추구하는 것이 진정 내가 원하는 것이었는지 아니면 가족과 사회가 원하는 것이었는지 되돌아보세요. 안개 자욱한 미래로 뚜벅뚜벅 걸어나가 숨어 있던 장애를 너끈히 쓰러뜨리고, 자신에게 주어진 행복을 거침없이 받아들일 만큼 힘이 충전되어 있는 상태인지도 보시구요. 혹시 인간관계에서 반복되는 장애는 없었는지도 되짚어보시기 바랍니다.

그동안 취업이나 장래와는 별개라고 느껴왔던 인생의 소소한 문제들도 이 기회에 풀어보시면 그 두 가지가 서로 연관되어 있음을 발견하게 되실지도 모릅니다. 스물여섯살 님의 경우 남자친구와의 이별에 대해서 생각하시다 보면 삶의 방향까지 새롭게 변화할 수도 있답니다.

취업에 대해서도 다른 시선으로 바라보시기 바랍니다. 직장을 갖고 돈을 버는 것이 개인의 행복에 필수적인 요건이기는 하지만, 인간의 존재 이유는 아니랍니다. 성인이 되어서 취업을 하지 못하는 것이 주변 식구들에게 면구스러운 일일 수는 있겠지요. 그렇다고 그들에게 쓸모없는 존재가 되는 것은 아닙니다.

저는 오히려 거친바람 님에게 묻고 싶습니다. 자신의 존재 가치를 밥벌이 혹은 직장하고만 연결시키시는 이유를 말이지요. 왜 그런 생각을 하시게 됐는지, 그 가치관의 뿌리에 무엇이 있는지 생각하다 보면 인생의 문제 하나를 풀게 되실지도 모르겠습니다. 죄송한 말씀입니다만 혹시 집안에 직장을 갖지 못해서 곱지 않은 시선 속에 살았던 가족원이 있었는지, 열심히 노력하고 돈을 벌어야만 자식으로서 인정받는다고 생각하는 긴장감을 가지고 살아오셨던 건 아닌지도 묻고 싶습니다. 가끔은 인생에 대한 야심이 너무 만만할 때도, 마음이 조급해서 서두를 때도, 혹은 세상과 맞설 힘이 너무 부족할 때도 운명은 우리를 제지합니다. 신발 끈을 고쳐 매고 다시 뛰라는 듯이 말입니다.

다른 사람은 부족하고 한심해도 좋은 직장을 찾아 거기서 성장하고 자신감을 키우면서 행복하게 잘만 사는데 왜 나는 이래야 하냐고 항변한다면 드릴 말씀은 없습니다. 저 또한 그렇게 따지고 싶었던 적이 한두 번이 아니었으니까요. 하지만 다른 사람과 나를 단순하게 비교할 수는 없으며, 아무리 운 좋아 보이는 사람에게도 자기 몫의 시련과 절망이 있다는

것을 알게 됐습니다.

어쨌든 운명이 우리의 인생을 방해하는 것이 목적이 아니라는 점을 다시 한 번 말씀드립니다. 오히려 지금까지의 삶의 방식을 벗어버리고 더 행복하게 살도록 돕는 것이 목적이랍니다. 마지막으로 두 분께 루미의 시를 선물해드리고 싶습니다.

여인숙

인간이라는 존재는 여인숙과 같다.
매일 아침 새로운 손님이 도착한다.

기쁨, 절망, 슬픔
그리고 약간의 순간적인 깨달음 등이
예기치 않은 방문객처럼 찾아온다.

그 모두를 환영하고 맞아들이라.
설령 그들이 슬픔의 군중이어서
그대의 집을 난폭하게 쓸어가 버리고
가구들을 몽땅 내가더라도

그렇다 해도 각각의 손님을 존중하라.

그들은 어떤 새로운 기쁨을 주기 위해
그대를 청소하는 것인지도 모르니까.

어두운 생각, 부끄러움, 후회
그들을 문에서 웃으며 맞으라.
그리고 그들을 집안으로 초대하라.
누가 들어오든 감사하게 여기라.
모든 손님은 저 멀리에서 보낸
안내자들이니까.

-《사랑하라 한 번도 상처받지 않은 것처럼》 중

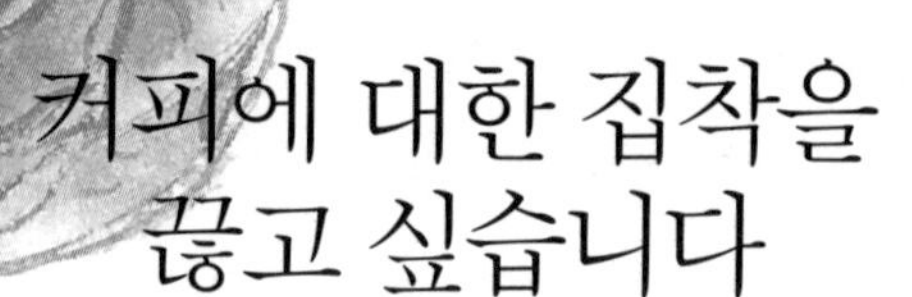

커피에 대한 집착을 끊고 싶습니다

전 항상 아침에 일어나면 결심합니다. 오늘은 절대로 커피 마시지 말아야지. 그러나 어김없이 커피자판기 앞에 서 있거나 머그컵을 들고 인스턴트 커피를 들이붓고 있습니다. 고민 같지 않은 고민한다고 나무라실 겁니다.

전 친구가 없습니다. 커피가 친구고 남자입니다. 슬플 때 저에게 위로가 되는 유일한 존재가 바로 커피입니다. 그럼 마시면 되지 않냐고 하시겠지요? 문제는 제 몸이 지탱하지 못할 정도로 마신다는 것입니다. 전에는 평범한 직장인이었는데 도저히 회사생활을 할 수 없어서 그만두고 지금은 학원강사로 일합니다. 학원강사란 직업, 저에게는 딱입니다. 그러나 요즘 좀 힘듭니다. 일이 힘든 게 아니라 몸을 더 이상 지탱하지 못하겠습니다. 가슴이 너무 아프고 소화가 안 되어서 죽으로 세 끼를 때웁니다. 이대로 가다가는 죽을지도 모른다는, 차라리 죽었으면 하는 생각도 듭니다. 그런데도 커피를 끊지 못하는 제가 어떨 땐 무섭습니다.

병원에 가고 싶지만 한 번 갔다가 신경성이라는 진단을 받고 다시는 안 갑니다. 사람이 신경을 안 쓰고 어떻게 살라는 건지 그들의 사무적인 (너무나도 당연한) 말들이 지겨워서 병원엔 안 갑니다. 그리고 이렇게 아픈데도 살아 있는 걸 보면 신경성이 맞는 거 같기도 합니다.

참 두서 없이 글을 쓴 거 같네요. 지금 많이 혼란스럽습니다. 다른 건 결심하면 그대로 실천에 옮기면서 왜 유독 커피에 집착하는지 저 자신을 잘 모르겠습니다. 제 나이가 서른다섯입니다. 지금 아픈 지 10년이 넘어가는데 그동안 참다가 문득 글을 올려봅니다. 어리석은 상담이라고 생각하지 마셨으면 합니다. **커피**

간절한 자기표현에 귀 기울이세요

사전적인 정의에 따르면 '중독'은 '어떤 일에 습관적으로 또는 강박적으로 몰입하거나 거기에 항복하는 것'이라고 합니다. 커피 님의 커피에 대한 애착을 저는 '커피중독'이라고 이름 붙여보았습니다.

사실 우리는 대상만 다를 뿐 각자 어딘가에 중독돼 있는 상태이므로 커피 님의 중독이 특별히 더 문제가 있다고 생각지는 않습니다. 단지 그것이 우리의 몸과 마음의 건강을 해칠까 우려하는 것이지요.

커피 님처럼 견딜 수 없는 증상이 생기고 그것 때문에 중독의 원인을 살펴볼 수 있게 된다면 차라리 다행이 아닐까 하는 생각도 해봅니다. 중독은 원인을 치료하라는 일종의 신호이니까요. 여러분도 잘 알고 계시겠지만 파울로 코엘료의 장편소설인《연금술사》의 주인공 산티아고는 양치기라는 자신의 주어진 역할에서 벗어나 자아를 찾아 긴 여행을 떠납니다. 그가 영혼의 연금술사가 되기까지 그 긴 여행을 안내하는 것은 수많은 사인(sign)들입니다.

자유롭고 행복한 삶을 살아가기 원하는 우리에게도 끊임없이 사인이 함께합니다. 그 사인이라는 것이 대부분은 현실에서 우리를 불편하게 만듭니다. 커피 님처럼 무언가에 중독되거나 인간관계가 불편해지거나 우울증이 찾아온다거나 반복되는 장애에 부딪히는 것이지요. 그 사인들은 외치고 있습니다. "제발 나를 외면하지 말고, 짜증 내지 말고, 주의 깊게 바라봐주세요. 당신은 지금 내가 보내는 사인이 무엇을 가리키는지 알아차려야 합니다. 문제를 해결하고 그 문제에서 벗어나야 할 때입니다."

우리가 용기를 내서 사인이 이끄는 대로 주의를 기울이고 가만히 그 근원을 들여다보면서 하나둘 문제를 해결해나가다 보면 어느새 한층 자유롭고 행복해져 있는 자신을 발견하게 됩니다.

커피 님, 커피를 많이 마셔서 신체적인 통증을 느낀다고 하셨지요? 그 통증이 10년이 넘었다고 하셨는데 아마도 10년 전부터 커피 님에게 어떤 신호가 오고 있었나 봅니다. 무엇일까요? 어떤 문제에 대한 해결을 미루고 계신 걸까요? 커피 님은 왜 커피에 집착하시는 걸까요? 한번 생각해봐야 할 것 같습니다.

왜 우리는 어떤 대상에 집착하고 또 중독에 빠지는 것일까요? 중독에 대한 여러 가지 심리학적인 연구가 있습니다만 여기서는 쉽게 몇 가지 원인을 들어보겠습니다.

중독은 외로움 때문일 것입니다. 인간은 조금씩 관계에 허기져 있습니다. 내가 필요로 하고, 좋아하는 사람은 나를 쳐다보지 않거나, 막상 둘이 사랑한다 할지라도 뭔가 조금씩 어긋나 있다는 것을 느낍니다. 가까이 가면 숨이 막힐 듯 고통스럽고 거리를 두면 불안하고 외롭습니다. 자신의 에너지를 통째로 불사르고 교류하지 못한 사람들은 불완전 연소된 찌꺼기 때문에 답답해하지만 그렇다고 용기 있게 관계를 시작할 자신도 없습니다. 상처 받는 것이 두렵기 때문이지요. 커피 님은 커피가 친구고 남자라고 하셨습니다. 평범한 직장인이었는데 지금은 학원강사를 하고 계시다고도 했습니다. 학원강사는 일종의 프리랜서로 정해진 누군가와 전적으로 교류하지 않아도 되는 직업이지요. 그러다 보니 슬플 때 위로가 되어주는 존재는 오로지 커피뿐이라고 하시네요.

인간관계에서 고통을 경험한 사람들은 인간이 아닌 대상에 집착함으로써 위안을 얻으려고 합니다. 부모로부터 독립하는 과정에서 분리불안을 느끼는 아이가 담요나 인형 혹은 자기 손가락에 집착하는 것과 크게 다르지 않습니다. 그러나 무생물에 대한 애착은 어디까지나 과정일 뿐 우리는 결국 인간과 관계를 맺으며 살아갈 수밖에 없지요. 괴롭지만 인간과 맞닥뜨려야 하는 것, 그것이 현대를 살아가는 우리의 과제일 것입니다.

중독은 또한 우울증의 한 증상이며, 우울증은 욕망의 좌절이 주요한 뿌리가 됩니다. 인간이 가진 욕구와 기대와 욕망이 이런저런 이유로 번번

이 좌절되고 억압되면 우울해질 수밖에 없을 것이고, 좌절된 욕망은 어느 한 대상에 집착하는 것으로 위안을 삼게 됩니다.

그리고 님의 커피중독은 간절한 자기표현의 욕망일지도 모르겠다는 생각이 들었습니다. 술이나 담배가 상징하는 것이 그렇듯이 커피라는 이미지 또한 어느 정도는 현대인의 외로운 심리를 드러내줍니다. '나는 상처 입고 외롭다' 는 자기표현, 누군가에게 혹은 나 자신에게 소리 없이 외치는 간절한 호소는 아니었을까요? 이유가 무엇이든 간에 커피중독을 극복해야 할 때가 온 것 같습니다. 그렇지 않으면 건강에 치명적인 문제가 생길수도 있고, 심리적으로도 치유가 시급한 때라는 생각이 드네요.

커피 님, 병원에서 신경성이라는 진단을 받고 다시는 병원에 가지 않는다고 하셨나요? 그러나 이제 '신경성' 이라는 진단을 받아들이고 그 원인에 직면하세요. 이제까지 커피 님이 해오신 방법으로는 인생의 문제가 해결되지 않는답니다.

짐작컨대 친구와의 관계에 갈등이 생기면 친구를 떠나고, 직장에서 힘들어지면 직장을 떠나는 식으로 문제가 해결됐다고 생각하셨던 것 같습니다. 병원에서 사무적인 말투로 말하면 다시는 그곳에 가지 않는 방식으로 말입니다. 그러나 님도 잘 아시다시피 마음 상하는 일이 생길 때마다 그것을 떠나버리면 결국 주변에 아무것도 남지 않게 되고, 문제를 극복할 수 있는 내성도 기르지 못한 채로 살게 됩니다. 보기 싫은 사람들을 다 떠나왔으므로 이제는 고적하고 평화롭다고 자신하시면 안 됩니다. 문제는 아직 해결되지 않았고 복병처럼 우리의 인생 길목에 잠복하고 있다가 불쑥 튀어 나와 우리를 놀래킵니다. 아래의 시구처럼 말이지요.

불이 꺼진 줄 알고

재를 뒤적이다가, 그만

손가락을 데었네.

–안토니오 마차도

문제와 직면하지 않고는 도저히 문제를 풀 수 없답니다. 왜 그렇게 모두를 떠나보내거나 모두에게서 떠나왔는지, 어떻게 해서 외톨이가 되셨는지 이제 되돌아보시라고 간곡하게 말씀드립니다. 그렇지 않으면 커피 님의 커피중독도 치료할 수 없습니다.

왜 불편한 사람들을 모두 떠나시는지, 인간관계가 커피 님에게 어떤 상처를 주는지, 누군가에게 책망받는 것이 두렵게 느껴지는지, 냉정하고 사무적인 말투를 견딜 수 없어하는지, 내 마음속엔 어떤 미움과 분노가 숨어 있는지 돌아보십시오. 많은 부분 부모자식 관계에서 문제가 비롯됩니다만 커피 님은 어떠신지요. 어린 시절 고통스러운 부모자식 관계를 경험했던 사람들은 모든 인간관계를 고통과 상처로 인식하게 되고, 극복하려는 의욕조차 가질 수가 없게 됩니다. 어린아이는 부모 앞에서 절대적으로 무력한 존재니까요.

무엇보다 병원에 가서 건강검진을 받으시고 상담을 통해 부모와의 관계를 되돌아볼 수 있는 기회를 가지시는 것이 중요합니다. 서른다섯 살, 자신을 되돌아보기에 좋은 나이입니다. 그 나이부터 시작하신다면 몇 년 후에는 그 누구보다 자유롭고 행복한 사람이 되어 계실 것입니다.

아무에게나 속내를 드러내는 내가 싫어요

상대방이 낯선 사람이 아닌 이상 저에게 계속 귀 기울이고 있으면 제 속마음을 너무 쉽게 터놓게 됩니다. 아주 깊은 얘기까진 안 하지만 저도 모르게 곤란한 질문을 넘기지 못하고 속내를 들켜버립니다.

예를 들어 직장생활의 어려움, 연애 문제 등 굳이 도움을 요청할 필요도 없고, 의례적으로 묻는 말인 줄 알면서 개인적인 고민을 말로 쉽게 옮기게 됩니다. 그리고 곧 후회합니다. 친한 친구에게나 털어놓을 이야기인데, 이렇게 가볍게 흘리고 말 얘기는 아닌데, 하면서요. 그러면서 제 얘기를 들은 상대방이 저를 쉽고 생각이 없는 애로 볼까봐 걱정도 합니다.

처음엔 '솔직한 게 뭐가 나빠' 이러면서 스스로 위로를 했고, 그 다음엔 유연하지 못한 언변 때문에 상황에 대처하지 못해 그런 거라고도 생각해봤습니다. 그러나 일대일의 대면 상황에서 저를 너무 무방비 상태로 노출한다는 점에서 후회가 계속되다 보니 이런 제 자신이 싫습니다.
kuffs123

그것이 바로 여성들의 말하기 방식입니다

사람들과 얘기할 때 속내를 쉽게 드러내지 않겠다고 다짐하지만 번번이 그 결심이 무너져서 많이 속상하신가 봅니다. 자신감 없고 생각 없는 사람처럼 보이는 게 싫으시다고요? 그런데 걱정하시는 것만큼 kuffs123 님이 속내를 잘 드러내시는 분인 건 맞나요? 님의 글을 읽으면서 저는 오히려 좀더 개인적인 정보를 많이 주셨더라면 좋았을 걸 하는 아쉬움이 있었으니까요. 어쩌면 님은 자신의 심정을 털어놓고 싶은 곳에서는 잘 말하지 못하고, 그러지 않아도 될 곳에서는 필요 이상으로 얘기하는 분인지도 모르겠습니다. 그것이 kuffs123 님의 딜레마는 아닐까요.

속마음을 열어 타인과 대화하는 방식은, 알고 보면 여성들에게는 아주 보편적인 대화방식이랍니다. 정치 문제나 일상의 사건, 사고와 같은 외부적인 일을 설명하고 갑론을박의 토론 과정을 통해 의사소통을 하는 것이 남성들이라면, 여성들은 곧장 자신의 얘기, 그러니까 자신의 살아온 얘기나 고민 등을 털어놓고 서로 나누면서 인간관계를 맺습니다. 어찌 보

면 여성들의 소통방식이 더 단도직입적이고 과감하다고 할 수 있습니다. 그러므로 님이 '너무 쉽거나 생각이 없는' 것이 아니라 다른 사람들보다 좀더 솔직한 것입니다.

그 옛날 우리나라 여성들이 부르던 민요를 보면 이런 특성이 좀더 분명해집니다. '시집간 지 사흘 만에 밭 매러 나갔는데 점심이 돼도 밥 먹으라는 이가 없어 배를 곯아야 했던 시집살이의 고통' 이나 '열다섯에 시집가서 혹독한 시집살이를 할 때 전혀 도움이 돼주지 못했던 돌부처 같은 남편 애기', 혹은 '시어머니, 시누이를 얼마나 죽도록 미워했는지' 적나라하게 노래로 털어놓습니다. 남자들이 부르던 민요에서는 거의 찾아보기 힘든 내용이지요. 여성들은 뙤약볕에서 함께 밭일을 하고, 밤새워 길쌈을 하면서 이런 노래들을 공유했습니다. 사족이긴 하지만 그래서 여성들 간에는 평생토록 지속되는 밀착된 우정이 가능한 것이 아닐까 하는 생각도 해봅니다.

시간이 흘러 여성들의 사회 참여가 확대되면서 대화방식도 남성들과 많이 비슷해졌습니다. 자신의 개인적인 정보를 함부로 드러내지 않으며, 논리적이고 이성적인 대화를 하기 시작한 것입니다. 직장과 같은 공적인 영역에서는 특히 그런 태도가 세련됐거나 유능한 모습으로 비쳐지는 것이 사실입니다.

여성들의 고민은 이런 대화방식의 차이에서 생겨납니다. 사적인 영역에서의 말하기와 공적인 영역에서의 말하기 방식이 달라지면서 여성들이 혼란스러워지기 시작한 것이지요. 그 어느 영역에서든 피차 개인의 속사정을 비슷한 수위까지 주고받았다면 참 기분 좋은 만남이 됐을 텐데 어쩌다 보니 그다지 친밀하지도 않은 사람 앞에서 일방적으로 자기 얘기만 털어놓게 되는 것입니다. 그 낭패감이라니…….

물론 여성들의 솔직한 말하기가 약점일 수는 없습니다. 무슨 말을 했든 거기에 얽매이지 않으면 되니까요. 사실 사람들은 의외로 kuffs123 님이 무슨 말을 했는지 기억하지 못합니다. 요즘 사람들은 상대의 말에 그다지 관심이 없을 뿐만 아니라 머릿속이 이미 복잡하기 때문에 상대가 한 말을 담아둘 공간도 없습니다. 단지 듣는 척할 뿐이랍니다. 게다가 kuffs123 님의 얘기를 듣는 사람들이 모두 다 님을 쉽게 보거나 생각이 없다고 여기는 건 아니라는 점까지 감안해본다면 자신의 말하기 태도에 대해 지나치게 자괴감을 느끼실 필요도 없어 보입니다.

저는 kuffs123 님의 자신감 부족에 대해서도 생각해보고 싶습니다. 그러니까 숨김없이 자신의 속 얘기를 터놓는 말하기 방식이 문제가 아니라 님의 자신감 부족이 더 문제일 수도 있다는 것이지요. 그럴 때 자꾸 자신의 대화방식을 탓한다면 더욱 주눅이 들 뿐입니다. 그러니 사소한 실수에 대해 너그러워지세요.

단 밑지는 대화 같은 건 절대 않겠다던 다짐이 자꾸 무력해진다면 그 이유를 짚어볼 필요는 있습니다. 도대체 왜 여성들은 누군가가 조금이라도 관심을 보이면 마음이 약해지는 걸까요?

이런 아이들의 모습을 떠올릴 수 있습니다. 마음이 여리거나 착한 아이들은 어른들 앞에서 자신을 최대한 노출시켜서 그들의 신뢰나 칭찬을 받으려고 노력합니다. 그런 아이들에게는 자기만의 비밀이나 고집스러운 성격이 존재하지 않습니다. 자기만의 비밀은 종종 거짓말로 오해받고,

고집을 부리다가 결과적으로 못된 아이라는 비난을 받기 때문입니다.

그런 아이들은 또 고자질쟁이가 되기도 합니다. 하나라도 더 많은 정보를 제공해야 어른들은 그들의 말에 귀 기울이니까요. 어른들은 아이를 보호, 관리한다는 명목으로 그들의 모든 것을 샅샅이 알아낸 뒤 관계에서 주도권을 행사합니다. 정보는 곧 권력이기 때문이지요. kuffs123 님이 남들 앞에서 느끼는 무방비 상태의 무력감은 사실 아이들이 부모를 비롯해 어른들 앞에서 느끼는 감정이기도 합니다. 그 아이들이 바로 우리 여성들의 어린 시절 자화상이구요.

우리는 이제 어른이 됐으므로 더 이상 누군가에게 개인적인 얘기를 보고하지 않아도 됩니다. 과거의 어린 당신이 어른들 앞에서 이렇게 말하는 장면을 상상해보시는 것도 말하기 습관을 바꾸는 데 효과가 있을 것입니다. 여러 번 반복해서 말이지요. "제가 엄마, 아빠에게 모든 걸 말할 필요는 없어요. 말하고 싶지 않으니까 하지 않을 거예요."

적당히 말할 주제가 없을 땐 단문의 문장으로 간단하게 대답하신 뒤 침묵하시는 것도 괜찮습니다. 침묵의 고역스러움은 당신의 책임이 아니며, 당신이 어찌해 볼 수 없는 것이라고 자신을 설득하시는 겁니다. 더 나아가서 침묵 안에서도 편안해지는 연습을 시도해보세요.

그리고 앞으로는 가깝지 않은 사람들과도 부담없이 나눌 수 있는 얘깃거리를 따로 준비해보세요. 요즘 좋아하는 드라마나 노래가 무엇인지, 혹은 건강을 위해서 어떤 운동을 하면 좋은지 등의 주제도 하나의 예가 될 수 있을 것입니다. 그런 얘기를 통해서도 얼마든지 상대와 진심으로 만날 수 있답니다.

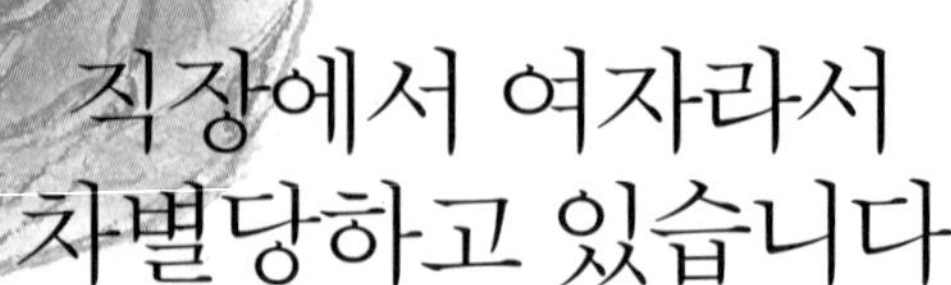

직장에서 여자라서 차별당하고 있습니다

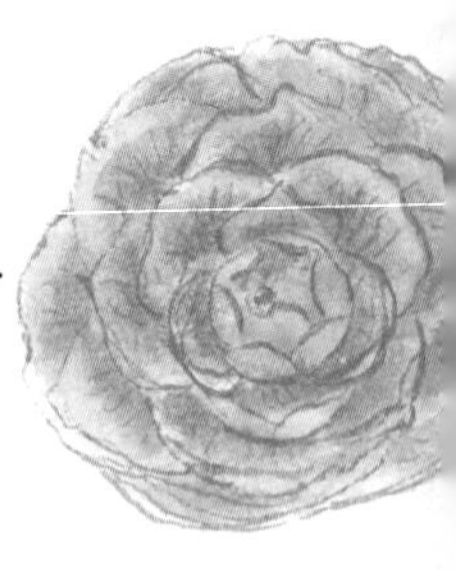

이제 스물일곱 여성인 저는 지금까지는 순탄하게, 인생에서 큰 재미도 힘듦도 없는 삶을 살아왔습니다. 전 제가 살던 남부지방에서 남부럽지 않은 4년제 대학을 나왔습니다. 워낙 취업난이 심해 경기도 쪽으로 직장을 구해 올라오게 되었는데요. 직장 내에서 성격 이상한 상사 때문에 고민도 많았지만 1년 2개월이란 시간을 그럭저럭 잘 견뎌내며 회사생활을 열심히 해왔습니다. 그러나 약 1개월 전쯤 새로운 '남자' 신입사원이 들어오고부터 잔잔한 내 생활에 물결이 일기 시작했습니다.

그는 경기도에 있는 대학을 졸업했고, 타 회사에서 5개월간 일하다 전혀 배우는 바가 없어 지금의 회사에 신입으로 입사했습니다.

배운 바가 없다 보니 제가 일을 가르쳐 주는 입장으로, 정확히 그보다 1년 1개월 15일 선배입니다. 그런데 제가 여자라는 이유를 제외하고는

모든 조건이 동일하게 시작되었고, 제가 1년 이상 이 회사에 더 다녔음에도 불구하고 급여 차이가 확연히 납니다(남자 직원이 더 많죠). 아무리 생각해도 기분이 나쁘더라구요. 게다가 이 직원에게 이것저것 가르쳐야 하는 입장인 게 더 화가 납니다. 그러다 보니 제 주제가 참 한심스럽고, 이런저런 생각이 들었습니다.

회사에서 저는 하는 일이 아주 많습니다. 여러 잡다한 일에 치여 크고 굵직한 일들을 돌보지 못하는 저를 제쳐놓고, 이 남자 직원은 들어오자마자 제가 미처 처리하지 못하는 스케일이 큰 일들을 맡고 있습니다. 간부회의에도 참석하구요.

제가 입사하기 전에 일하던 여사원에 비교하면, 저는 일하는 속도도 업무량도 엄청난 차이가 있는데, 나아진 것(급여조건, 대우 등)은 하나도 없고, 오히려 오만 가지 잡다한 일들(예를 들면 식당 설거지, 회장님댁 파출부 일까지)이 더 늘어나더라는 겁니다.

친한 친구에게 이 일을 상의했더니(선생님입니다), 돌아오는 대답이 원래 남자는 군대를 다녀오기 때문에 똑같이 임용고시에 합격해서 선생님이 되어도 남자의 호봉이 더 높게 시작된답니다. 그럼 내가 이 회사에서 몸바쳐 일한 1년이란 세월은 무엇이란 말인가 하는 회의가 듭니다.

능력이 모자라 대기업에 입사하지 못하고, 공부를 열심히 안 해서 공무원시험에 떨어졌던 일들이 한심스럽고 안타까울 뿐입니다.

지금은 다른 회사를 곁눈질하고 있으나 내 역량이 요것뿐이고, 작다면 여기나 거기나 똑같겠지요. 그래서 요즘은 주제파악에 열심입니다. 내가 도대체 어느 부분이 부족한 것인가, 어떤 걸 더 잘해야 하나. 후……

원래 사회생활이 이런 건가요. 화가나서

조직을 보는 안목과 처세가 필요합니다

젊은 여성들이 취업이나 결혼 등 새로운 삶을 시작할 때 벅찬 가슴에 손을 얹고 이렇게 다짐합니다.

'열심히 해서 인정받고 사랑받아야지.'

다짐한 대로 여성들은 정말 열심히 합니다. 직장에선 어떤 일이든 마다않고 부지런하고 성실하게 업무를 처리하고, 결혼해서는 남편과 시부모에게 열심히 봉사합니다. 직장에서 여성들은 담배 심부름이나 차 접대, 사장의 개인적인 심부름도 기꺼이 받아들입니다. '그까짓 거 뭐가 문제야. 피차 원만한 인간관계를 위해서 필요하다면 과감하게 해줄 수도 있는 거지' 라고 생각하면서 말입니다.

그래요. 직장의 요구에 대해 일일이 피해의식을 가지고 받아들이는 것도 힘들고 못할 짓입니다. 여성들에게 부당한 듯 보이지만 가끔은 눈 딱 감고 받아들여야 하는 것도 있습니다. 직장에서 살아남기 위해서요.

문제는 어떤 전략도 없이 그저 열심히만 한다는 데 있습니다. 무엇이든 열심히, 복사를 시켜도, 잔심부름을 시켜도 그저 열심히 합니다. 시중에 나온 자기개발서나 성공한 경영자들의 자서전에 보면 그렇게 쓰여 있

기도 했습니다. 어떤 일이든 열심히 하다 보면 어느 순간 성공적인 자리에 와 있는 자신을 발견하게 된다고 말입니다.

그런데 그들의 가르침은 현실과 전혀 다릅니다. 직장은 잔심부름이나 뒤치다꺼리를 열심히 한다고 해서 능력 있는 사람으로 인정해주지 않습니다. 아니, 님을 잡다한 업무를 군소리 없이 처리하는 직원으로 인정해버릴지도 모르겠습니다. 남성들은 시켜봤자 잘하지도 못하고(열심히 해봤자 도움될 게 없으므로 못하는 척하는 거겠지만) 오래 그 자리에 묶어놓으면 불평을 하거나 부서를 바꿔달라고 로비를 하니 어떻게든 떠나가게 되어 있지요.

페미니스트들이 커피 심부름이나 차 심부름 등을 거부하는 이유는 그것이 자존심 상하는 일이거나 단지 귀찮아서가 아니랍니다. 바로 그 잡다한 일들이 주요 업무에 몰두하는 걸 방해하기 때문입니다.

직장에 들어온 이상 남성과 여성 모두 성공하고 싶어하겠지만 무조건 열심히 일하면 되겠지, 하고 잡은 여성들의 동아줄은 대부분 썩어 있게 마련입니다. 남성들은 줄을 잘 골라 잡는 데 선수입니다. 회사에 들어오면 먼저 어떤 줄이 성공으로 이어진 황금줄인지부터 파악할 것입니다.

화가나서 님, 이제 현실을 파악하기 시작하셨군요. 이게 바로 사회생활인가, 라고 회의하셨는데 맞습니다. 그것이 바로 사회생활이더군요. 아마도 남성들이 군 경력을 인정받는 이유가 그 때문일 것입니다. 사회생활이 무엇인지 배우는 곳이 바로 군대니까요.

사회생활이란 회사 내에서 성과를 내고 인정받는 핵심 업무가 무엇인지 파악하는 것이고, 나를 이끌어줄 사람을 찾아 그와 밀접한 관계를 맺는 일이며, 업무 시간 이외의 술자리에 참석해서 보이지 않지만 막강한 힘을 발휘하는 회사 내의 비밀스러운 이야기들을 알아내는 일이기도 합니다. 승진이나 발령, 기타 처우 등에서 개인적으로 불이익을 당하지 않도록 미리 손을 써두는 것도 남성들의 사회생활의 중요한 부분입니다.

공무원이 되거나 대기업에 입사하지 못한 자신을 원망하셨는데, 그곳에서도 여성들이 한계에 부딪치기는 마찬가지입니다. 잘 나가던 여성들도 어느 순간에 유리천장에 부딪쳐 바닥으로 곤두박질치기 일쑤니까요.

화가나서 님, 스물일곱 살이라고 하셨는데, 님의 말씀처럼 주제파악을 하고 현실에 주저앉기에는 너무 젊은 나이입니다. 그보다는 지금의 경험을 밑바탕 삼아 새로운 사회생활에 도전해보셨으면 좋겠네요.

저는 젊은 여성들이 조직 내에 존재하는 힘의 관계를 보는 안목을 기르셨으면 합니다. 어느 조직이든 그 조직을 구성하고 있는 사람들 사이에는 힘의 관계가 존재합니다. 힘 있는 자 뒤에 줄을 서라고 충고하는 게 아닙니다. 힘의 관계를 잘 파악한다면 적어도 전혀 엉뚱한 방향으로 나아간다든지 너무 치명적인 충돌을 해서 힘을 소진하는 일은 피할 수 있을 것입니다.

그 다음엔 어떻게 유리하게 처세할 것인가 배우셔야 합니다. 무조건 열심히 하는 것이 아니라 회사 내에서 가장 필요로 하는 일이 무엇인지 알고 거기에 접근하는 법을 배우셔야 하는 것이지요. 힘에 부치는 갈등을 피하면서도 문제를 잘 해결할 수 있는 방법이 무엇인지도 터득하시기 바랍니다.

회사 내에선 중요한 정보를 누가 먼저 알고 있느냐가 중요합니다. 정

보는 인맥을 타고 옵니다. 그래서 인간관계를 잘 맺는 것도 필요합니다. 남성들이 술자리를 통해 인맥을 맺는다면 여성들의 경우는 대부분 일을 열심히 함으로써 신임을 얻습니다. 문제는 그럴 경우 화가나서 님처럼 잡다한 일들을 떠맡을 수 있다는 것입니다. 고생은 많이 하고 얻는 것은 별로 없는 결과를 가져올 수 있다는 말씀입니다. 그러니 회사의 특성과 자신만의 개성에 맞게 인간관계를 만들어나가야 할 것입니다.

몇 해 전, 한 원로 여성 언론인은 "여자도 사회의 주류에 진입하기 위해서는 더러워져야 한다"고 발언했다가 논란의 대상이 된 적이 있습니다. 더러워진다는 말이 여성들의 거부감을 불러일으킬 수 있다는 것은 이해하지만 남성들과 한 조직에 몸담은 여성이라면 누구나 쉽게 흘려버릴 말은 아니라고 생각합니다.

더러워지라는 말이 아니라, 더러우리만치 비합리적인 현실에서 살아남을 치열한 생존 전략을 여성들이 가져야 한다는 말씀을 드리고 싶습니다. 자신이 여성임을 인식하고 만든, 여성들만의 생존전략을 말입니다.

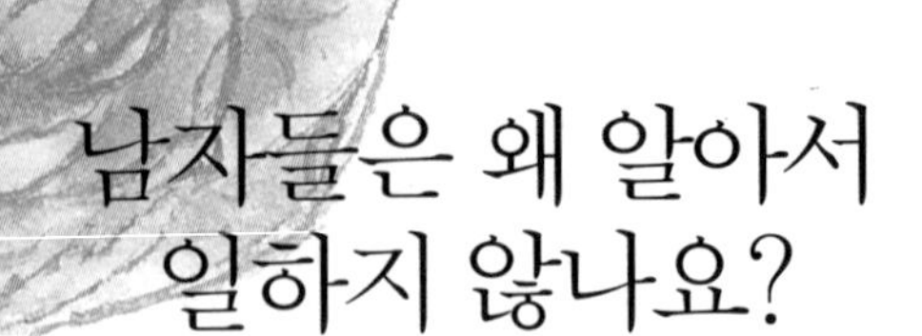

남자들은 왜 알아서 일하지 않나요?

저는 스물아홉의 미혼 여성입니다. 직장에 다니고 있고, 시민단체 활동도 보람을 느끼며 하고 있습니다. 그런데 집 안에서나 직장, 심지어 진보적이라는 단체에 가더라도 남자들의 이기적인 행태에 짜증이 나서 얼굴이 계속 일그러집니다. 예를 들어 아버지, 남동생, 간혹 놀러오는 남자친구 모두 집안일은 당연히 여자들이 하는 걸로 알고 있습니다. 어머니나 저나 모두 직장을 다니고 있기 때문에 피곤한 몸으로 집에 들어오면, 현관에서부터 보이는 일거리 때문에 미칠 지경입니다. 아니, 밥통의 밥을 먹으면서 남은 밥이 주먹만큼이면 콘센트라도 뽑거나 마저 다 먹을 생각을 남자들은 원래 못하는 건가요?

직장에서도 동등한 직위임에도 불구하고 싱크대 앞에서 하는 일이나 간단한 잡무는 쳐다보지도 않지요. 시민단체 사무실에서도 그렇습니다.

똑같이 직장에 갔다온 피곤한 상태로 사무실에 모인 것인데도 여자들은 여전히 마실 차를 준비하고 회의자료를 복사하고 사무실을 청소하고…….

제가 화를 내고 짜증을 내는 빈도가 잦아지니 남자친구가 그러대요. 왜 감정적으로 말을 하냐고, "무엇무엇을 도와달라"고 짚어서 얘기하면 될 것을. 저는 그 말에 화가 더 납니다. 어떻게 하나에서 열까지 일일이 다 얘기합니까? 남자들 스스로 알아서 제대로 하면 안 되는 건가요?
cogito

집들이에 초대받아서 가면 남자들은 그냥 앉아서 술 마시고 놀고, 여자들은 어떻게든 부엌을 들락거리며 안주인을 도와야 하는 상황이 되곤 합니다. 명절 때도 부엌에 들어가 일을 해야만 하는 분위기가 되어버리지요.

힘든 일, 꼭 그렇게 따지지 말고 모두 서로 도와가며 하면 되는데 문제는 여자에게만 그런 노동이 집중된다는 데 있지요. 저도 직업이 있어서 피곤한데 그런 노동이 강요되니까 기분이 늘 상하곤 해서 아예 집들이도 가고 싶지 않고, 명절 때 시집에 가고 싶지도 않아요.

그렇게 따지지 말라고, 서로 도와가며 하는 거지 그게 뭐 거창한 노동이냐고 하는 남자들……. 말은 쉽죠. 자기들은 안 하니까. 여자들도 참 이상해요. 팽팽 노는 자기 남편은 안 얄밉고, 자기보다 일 적게 하는 동서나 시누이, 혹은 집들이에 초대받고 가서 가만히 앉아 있는 여자 손님은 얄미워하는 걸 보면요.

'착한여자'가 되려 하니 속이 부글부글 끓고 '나쁜여자'가 되어버리

려 하니 뒤통수가 따가워지네요. **딜레마**

남성들의 자기사랑을 배울 필요가 있습니다

cogito 님과 딜레마 님의 글을 읽고 있자니 자꾸 웃음이 나옵니다. 두 분의 고민에 전적으로 공감하기 때문이지요. 저도 젊은 시절에 똑같은 불만을 갖고 살았습니다. 살림이나 육아의 분담을 요구하고 또 요구하느라 남편과 질리도록 싸웠던 기억도 납니다. 물론 아직까지도 가끔은 그 문제가 부부싸움의 주제가 된다는 걸 실토하지 않을 수 없네요.

그 당시에는 사랑과 우애를 강조하는 남자들이 너무 이기적이고 위선적이라고 느꼈습니다. cogito 님의 말마따나 자신의 딸과 아내가, 그리고 동료나 동지가 그토록 스트레스라고 느끼는 일들을 외면하면서 그들은 과연 무엇을 사랑하는 것일까요. 상대가 가장 간절하게 요구하는 것들을 진지하게 받아들이지 않으면서 어떻게 공동체 운운하는 것일까요?

물론 그들도 자기 나름대로 사랑을 실천하며 나름의 희생을 하고 있다고 주장합니다. 단지 하고 싶지 않은 일을 안 할 뿐이라는 것이지요. 그러고 보면 대부분의 사람들은 자기가 원하는 방식대로만 사랑을 베풀려고 합니다. 자신을 바꾸어 상대가 원하는 사랑을 주려는 사람은 생각보다

많지 않습니다. 특히 사회의 강자(强者)일수록 자기 방식대로 사랑을 주는 데 더 고집스럽습니다. 남자, 지배층, 권위자, 어른, 부모 등이 그들입니다. 상대를 고려하지 않아도 처벌받지 않으니 애써 상대의 눈치를 볼 필요가 없는 것일까요.

그래서 사회적 약자는 그들을 변화시키기 위해서 여러 가지 전술과 전략을 발전시킬 수밖에 없답니다. 약자들끼리 모여 정보를 교류하고, 함께 힘을 모읍니다. 여성운동이나 시민운동이 바로 그 역할을 했지요. 억울하지만 그들을 변화시키기 위해서는 그들을 이해해야 했고, 그들을 설득하고 가르치는 데 아까운 시간을 투자하기도 했습니다.

개인적으로 저는 남자들의 개인주의와 이기주의를 보면서 역설적이게도 '자기사랑'을 배웠습니다. 그토록 철저하게 자신이 원하는 일만 하려는 남자들에게서 배우자는 것입니다. 여자들은 상대를 위해, 또는 공동체가 원하는 일을 하느라 정작 자신이 원하는 일을 할 시간이 없거나 늘 마음이 분주해서 자기의 것을 즐기지 못했지요.

어떻게 해야 자신에게 부여된 시간을 즐기는 것일까요? 집들이나 각종 모임에 가서는, 그 자리에 충실한 것이 자신을 행복하게 하는 것이고 또 모임을 주최한 주인에게도 기쁨이 될 것입니다. 지친 몸으로 집에 들어갔을 때는 휴식을 취하는 것이 가장 중요한 일일 것입니다. 그 모임의 뒤치다꺼리나 집을 정리하는 일 따위는 시간이 나중에 남는다면 고려해야 할 문제인 것입니다.

여성들은 아무리 이기적이려고 해도 사회적, 물리적으로 불가능한 것들이 있습니다. 직장에서 여자들에게 떠맡겨진 일을 외면했다가는 쫓겨

날 것이고, 가정에서는 육아의 부담을 피해갈 수가 없습니다. 이런 문제들을 해결하기 위해서는 앞으로 더 많은 시간이 필요하겠지만 적어도 지금 우리를 얽어매고 있는 자기검열이나 자기 강제에서만이라도 벗어나야 하지 않을까요? 이기적으로 보인다고 할지라도 감수하겠다는 각오도 필요하지요.

여성들은 고민합니다. '내가 저 일을 하지 않는다면 누군가 다른 여자가 떠맡게 될 텐데. 내가 싫은 만큼 그 여성도 싫겠지. 그러니 내가 해버리는 게 인간적이지 않을까?' 라고 말입니다. 이런 사고방식은 여성들이 가지고 있는 미덕이 분명합니다. 그러나 저는 여성들이 나쁜여자의 모범을 보이는 것도 필요하다고 생각합니다. 나쁜여자의 개인주의에 자극받아서 또 다른 여성이 자기사랑을 생각할 수 있게 된다면 잠시 동안의 불쾌감이 그리 나쁜 일은 아닐 것입니다. 착한여자의 헌신적인 모범이 다른 여성들에게 독이 될 수도 있듯이 말입니다.

또 하나의 전략은 남자와 같은 방식으로 요구하기입니다. 남자들은 짜증을 가장 싫어합니다. 사실은 싫어하는 것이 아니고 공포스러워하는 것이지요. 어머니의 신경질적인 모습을 보면서 공포에 떨었던 어린 시절이 있기 때문입니다. 그들은 공포스러울 때 외면하거나 회피해버립니다. 그들이 고개를 돌려버리면 협상이 단절되는 것은 너무나 당연합니다.

또한 그들은 여자들의 일이라고 생각하는 부분을 절대로 알아서 해주지 않습니다. 알아서 해주는 것은 여자들의 역할이었습니다. 그렇지 않으면 날카로운 비난이나 처벌이 따랐기 때문에 여성들은 즐거운 마음이 아니라 불안한 마음으로 알아서 하게 됩니다. 우리 여자들이 그렇게 살았으

니 남자들, 너희도 우리처럼 눈치 보면서 불안한 마음으로 알아서 기라고 강요할 수는 없으며, 가능한 일도 아닙니다.

그러니 결국은 끊임없이 요구할 수밖에 없습니다. 일의 목적과 역할 분담을 알려주고 권유하거나 동의를 구하기도 해야 합니다. 일일이 요구한다는 게 얼마나 번거롭고 신경 쓰이는지 아마 경험해본 여성들은 아실 겁니다. 게다가 이 모든 과정을 짜증이라는 감정을 싣지 않고 전달해야 하니 정말 그것 때문에도 스트레스가 쌓입니다. 그래서 가끔은 본의 아니게 분노를 폭발시키기도 하고, 또 그게 효과를 내기도 하지요.

그러나 무엇보다 처음의 목적을 잊어서는 안 됩니다. 여성들이 원하는 것은 남성들로 하여금 뒤치다꺼리 일에 동참하도록 하는 것이지 그들에게 짜증 내고 화풀이하는 것이 아니라는 점입니다.

성인 남성을 변화시키기 위해선 인내심을 가질 필요가 있다는 것도 강조하고 싶습니다. 아이의 습관을 들이는 것도 꽤 오랜 시간을 필요로 합니다. 기껏 습관을 들여놨지만 조금만 방심하면 없어지기도 합니다. 하물며 다 큰 성인들이 몇 번 권유하고 경고하고 싸웠다고 금방 변하겠습니까? 장담하건대 아이들보다 훨씬 더 오랜 시간을 필요로 합니다. 여성들이 할 수 있는 일이란 끈기와 여유를 가지고 그들의 변화를 촉구하고 또 기다려주는 일입니다. cogito 님의 말씀대로 일일이 시켜야 할 뿐만 아니라 반복해서 말하는 일이 소모적이고 짜증나긴 하겠지만 어쩔 수가 없네요. 그들의 부모도, 사회도 남자를 가르치지 않았으니 여자들이 하는 수밖에요. 참을 수 없이 스트레스가 쌓이면 해소할 수 있는 여성들만의 노하우도 몇 가지 챙기시기를 권합니다.

사실 남성들을 변화시키는 데 100퍼센트의 효과를 얻을 수 있는 처방약이 약자들에겐 존재하지 않습니다. 사회 곳곳에서 의지를 가지고 자신의 남편과 아들과 가족들을 변화시키려는 사적이고 작은 움직임들이 남자 개개인을 변화시키고 있는 것이지요. 어떤 방법이 더 훌륭하다고 자신할 수도 없습니다. 때로는 설득과 호소가, 때로는 격려나 칭찬이, 또 어떤 때는 격렬한 투쟁이 효과를 내기도 합니다.

결혼을 앞둔 cogito 님, 부디 많은 여성들이 소리 없이, 그러나 격렬하게 남성들을 변화시키기 위해 노력하고 있다는 사실을 상기하시면서 용기 잃지 않으시기를 바랍니다.

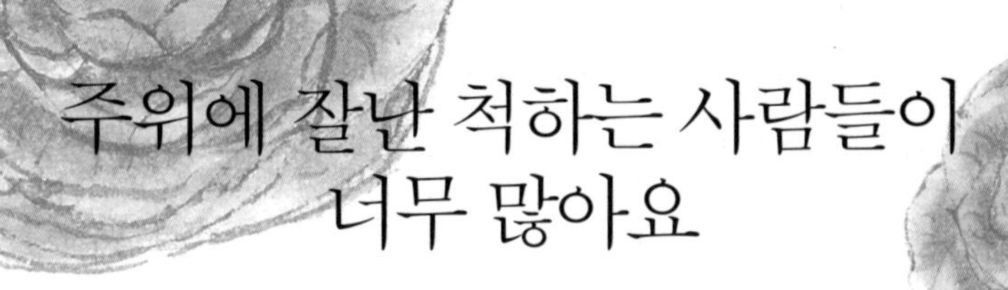

주위에 잘난 척하는 사람들이 너무 많아요

직장에 다니는 삼십대 후반 여성입니다. 직장생활 13년차고요. 3남매 중에 둘째예요. 직장에서도 별 무리 없이 인정받고 있고, 가족이나 친구들과도 그럭저럭 잘 지내는 편이에요. 그런데 요즘은 너무 지칩니다.

자기 말만 하면서 잘난 척하는 사람들이 너무 재수가 없어요.(막말해서 죄송해요) 일단 직장에서는 업무 성격상 남의 얘기를 들어줄 때가 많은데 10년이 넘게 지금까지 남의 얘기를 잘 들어준 덕분에 일하는 것도 좋았거든요. 그런데 요즘은 너무 지칩니다. 주변에 자기 말만 하는 사람들이 너무 많아요. 친구, 상사, 선후배들이 대부분 자기 얘기(자기 자랑)만 늘어놓는 데 질렸습니다. 그래서 그렇게 좋아하던 술자리에도 끼지 않아요. 며칠 전에는 거래처에서 온 사람의 얘기를 듣다가 짜증이 치밀어 오르는 걸 발견하고 너무 놀랐어요. 귀에서 윙윙 소리가 들릴 뿐, 그 사람

얘기는 들어오지 않았어요.

상사나 어른들도 마찬가지예요. 오래 만나고 존경하던 어른들이 어느 순간 잘난 척하고 자기 얘기만 늘어놓는다는 걸 알게 됐어요. 그들이 너무너무 지겹습니다. 만나기도 싫고, 얘기를 나누기조차 싫어요. 사회에서 성공했다는 사람들도 많이 만나는데 그들 역시 자기 잘난 맛에 사는 것 같아 보기가 싫어요. 아무리 자기 피알 시대라지만 너무하는 게 아닌가 싶은 생각이 들 정도예요. 그러고 보면 정치인들이나 잘 나가는 사람들은 모두 자기 잘난 맛에 살면서 남에게 자기 자랑만 늘어놓는 것 같아요.

내가 왜 사람들 사이에서 얘기를 못하고 늘 남의 얘기만 들어주고 있을까 고민할 때가 많아요. 사람들이 저마다 잘난 척만 하는 술자리에서 저는 주로 들어주는 편이에요. 그러면서도 술자리를 박차고 일어나고 싶을 때가 한두 번이 아니었어요. 제 얘기를 하려면 말이 잘 안 나와요. 이런 얘기해서 뭐하랴 싶고, 저 사람들하고 내가 똑같아진다 싶기도 하구요. 그런데 말을 안 하다 보면 정말 내 말주변이 줄어드는 게 아닌지 고민도 돼요.

제가 형제들 가운데 중간으로 태어나서 제 주장을 펴지 못하며 자라서 그럴까요? 어렸을 때부터 밖에서는 명랑하고 쾌활하면서 주도적이라고 인정받았지만 물에 물탄 듯, 술에 술탄 듯 너무 문제가 없어서 집에선 유독 관심을 덜 받았죠. 덕분에 제 얘기도 별로 못하고 자랐구요.

앞으로도 제 얘기를 별로 하고 싶지 않아요. 하지만 잘난 척하는 사람들을 견디기는 더 어려워요. 저는 평화롭게 살면서 잘난 척하지 않으면서도, 남의 얘기를 진심으로 들어주면서도 성공할 수 있다는 것을 보여 주고 싶어요. 저는 종교생활을 하고 있는데 예수님이나 부처님이 남의 얘기를 귀담아 듣지 않고 당신 자랑만 했다는 소리는 한 번도 들어본 적이 없어요.

잘난 척하는 사람들, 자기 얘기만 하는 사람들과 함께 잘 살아가려면 어떻게 하면 좋을까요? 제 마음을 어떻게 하면 좋을까요? **고민이**

숨겨진 나르시시즘은 나르시시스트를 자극합니다

이제까지 잘하던 일이 갑자기 싫어졌다면, 그건 변화했다는 말이고 변화란 축하받을 일입니다. 사람은 나이 들수록 고개를 숙이고 겸손해져야 한다고 말하지만 그건 겸손하지 않았던 사람들에게나 해당하는 말이고, 우리 사회의 착한여자, 착한남자들은 좀 덜 착해지고 더 자주 화가 나더라도 불안해하지 않으셨으면 합니다. 그간의 타성에서 벗어나 좀더 자기다워지고 있다는 말이니까요. 그런 의미에서 고민이 님, 본격적으로 얘기를 시작하기 전에 일단 축하부터 드립니다.

그런데 어쩌지요? 사람들은 나이가 들면, 고민이 님이 말씀하신 일명 '잘난 척'이 많아집니다. 인생 경험이 늘어나고, 사회적 지위가 높아져서 윗사람보다 아랫사람이 많아지는 나이가 되면 자기 통제력이 느슨해지면서 자기를 멋지게 표현하고 싶은 욕구가 본색을 드러내는 것이지요. 그것도 그다워지는 것이니 무조건 비난만 할 일은 아닌 것 같습니다만.

물론 그들의 지나친 잘난 척 이면에는 잘나지 못한 부분에 대한 열등감이 숨어 있습니다. 너무나 자신이 없어서 자신에게 되뇌듯 타인에게 '난 잘났다' 고 말하고 싶은 욕구, 타인이 그걸 인정해줘야 비로소 마음이 놓이고, 여유 있어질 것 같은 간절함……. 정도의 차이는 있지만 누구나 그런 욕구를 가지고 살아갑니다. 그러니 님처럼 남의 얘기를 잘 들어주는 사람을 만난다면 누구나 자신감을 얻어 잘난 척하고 싶어질 것입니다.

세상에 잘난 척하는 사람들이 넘쳐나는 것은 사실이지만 왜 유독 당신이 만나는 사람들이 나르시시스트인지는 한번 생각해볼 문제입니다.

짐작하건대 한때 고민이 님은 잘난 사람들을 진심으로 존경하고 동경했을 것입니다. 잘났다면 나르시시즘에 빠져 있어도 나쁠 것이 없다고 생각하면서 그들 앞에서 두 눈을 반짝이며 환호했을지도 모르겠습니다. 또한 '자신' 이 그 대단한 사람들을 흥분시킬 수 있다는 사실에서 우월감을 느꼈을지도 모릅니다. 은밀하게 말이죠. 심리학에서는 이것을 일러 '숨겨진 나르시시즘' 이라고 합니다. 당신의 '숨겨진 나르시시즘' 이 다른 나르시시스트들을 유인하고 자극한 것은 아닐까요?

어린 시절 가족관계를 짐작하건대 둘째인데다 여자아이였다면 이리저리 치이느라 부모와 말할 기회도 적었을 것이고, 권리를 주장하는 일 같은 것은 더더욱 생각해보지 못했을 것입니다. 부모 입장에선 딸아이니만큼 소극적이고 조용해도 그저 당연하다고 생각했을 것입니다. 그 아이

가 침묵 속에서 불편했든 말든 말이지요.

고민이 님이 부모에게 인정받을 때는 부모의 말에 적극적인 호응을 할 때였을 것입니다. 그러니까 고민이 님에게 적극적인 호응은 자신의 존재를 인정받기 위한 수단이 되었습니다. 자라서도 그것은 훌륭한 생존 수단이 됩니다. 자신에 대해서는 침묵한 채 남의 이야기를 잘 들어주고, 더 나아가 좀더 적극적으로 사람들의 말에 반응하고 호응을 하자 심지어 유능하다는 소리까지 듣게 됩니다. 그러나 가면을 쓰고 애쓰던 당신은 이미 회의에 젖었고 지쳐버렸지요.

사실 형식적인 예의가 지나치게 강요되는 사회에서는 자기 개성에 맞는 인간관계를 만들기가 여간 힘든 게 아닙니다. 그 사회가 강조하는 겸손 아니면 점잔 떨기에만 익숙해지는 것이지요. 그러다 보니 사람들과 만날 때는 늘 가면을 쓰고 있는 듯한 느낌이 들고, 그 이물감 때문에 쉽게 지치게 됩니다.

고민이 님, 이젠 당신이 만든 대화의 법칙에서 벗어나세요. 자신감이 넘쳐도 건방지다는 소리를 듣지 않으면서 얼마든지 상대와 대등한 대화를 할 수 있습니다. 그게 어떻게 가능하냐고 반문하시고 싶지요?

완벽하게 만족스럽지는 않더라도 가능할 수 있습니다. 생각을 획기적으로 전환해보세요. 고민이 님이 만나는 사람들이 아부와 환호를 좋아할 거라고 생각하는 건 고민이 님의 편견일 수 있습니다. 아부와 환호에 부응하느라 짐짓 어깨에 힘을 주다 보면 상대도 피로감을 느끼게 됩니다. 그 당시엔 기분이 좋지만 자주 만나고 싶지 않은 사람 목록에 고민이 님이 오를 수도 있습니다. 아니, 아부와 환호가 최고의 효과를 낸다고 해도 고민이 님이 행복하지 않다면 그게 무슨 소용 있나요?

보통 당당한 사람들에 대해 거부감을 느끼는 이유는 이렇습니다. 그가 자신의 당당함을 지키기 위해서, 그리고 흔들리지 않는 당당한 모습을 보여주기 위해서 고집을 부리거나 상대의 말을 잘 들으려 하지 않기 때문입니다. 사실 그건 진정한 당당함이 아니겠지요. 자신을 드러내는 데 당당하지만 상대의 말도 귀 기울여 들을 자세가 되어 있다면, 자신의 생각이 틀렸을 때조차 감추려 하거나 당황하지 않고 자연스럽게 그것을 받아들일 수 있다면 사람들이 좋아하지 않을 수 없을 것입니다.

그리고 고민이 님, 앞으로는 단기간에 상대와 친해지는 대화방식을 너무 자주 쓰지 마세요. 업무 능력이 떨어진다는 느낌이 들더라도 시간적인 여유를 가져보세요. 그것이 고민이 님이 지치지 않고 일할 수 있는 방법일 것입니다. 고민이 님이 평생을 두고 터득한 그 비법은 정말 필요할 때만 가끔 요긴하게 활용하시기 바랍니다.

마지막으로 따뜻하고 진솔한 대화를 나눌 수 있는 모임을 권합니다. 주위의 가까운 친구들과 주제를 정해 모임을 가지셔도 좋고, 직장 외의 모임에 새로 가입하셔도 좋습니다. 그 모임을 통해서 업무에서 쌓인 스트레스를 해소할 수 있고 또 고민이 님의 대화법을 수정해나갈 수도 있을 것입니다.

고민이 님이 편안하다고 느끼는 대화 방식을 찾을 때까지 앞으로도 수많은 시행착오를 겪으실 것입니다. 상대 앞에서 우물쭈물하거나 또 지나치게 과잉반응을 하는 식으로 말입니다. 그러나 문제를 알고 있다면 늘 자신의 태도를 성찰하게 될 거고, 그러다 보면 언젠간 달라질 것입니다.

고민이 님이 달라진다면 상대도 나르시시즘에 빠진 자신의 태도를 변화시키겠지요. 아니면 고민이 님이 그들에게 너그러워지든가요.

익숙해진 가면을 벗고 변화를 시도하는 당신에게 다시 한 번 지지와 격려의 박수를 보냅니다.

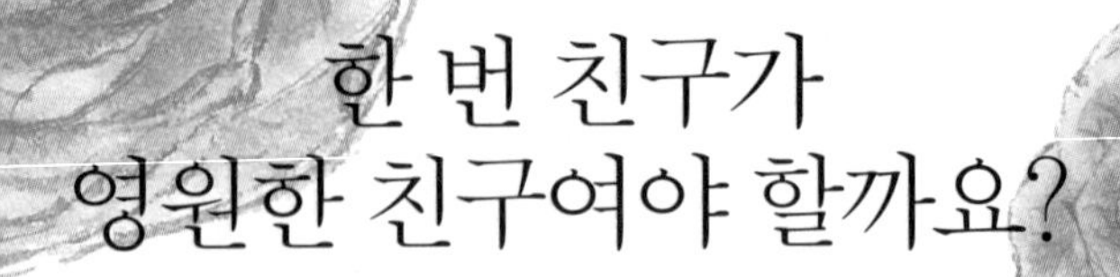

한 번 친구가
영원한 친구여야 할까요?

제가 10년 가까이 알고 지내는 친구가 있어요. 그 친구가 결혼하기 전까지 아주 자주 만나고 전화통화도 애인처럼 거의 매일 하는 사이였습니다. 친구도 별로 없고, 자신감도 없던 저는 사람들이 많이 따르고 재능 많은 그 친구를 아주 좋아했죠. 그래서 그 친구에게 뭔가 해주는 것이 좋았습니다. 친구가 경제적으로 어려울 때면 돈도 빌려주고 만나서 놀 때는 거의 모든 비용을 제가 부담했구요. 경제적인 면이 아니더라도 도울 일이 있으면 최선을 다해 도왔어요.

내 딴에는 경제적으로 어려운 친구를 도와주는 것이 기분 좋고 친구로서 당연하다 생각했지만 시간이 갈수록 그 친구는 제가 부담하는 것을 당연시했고 제가 무시당한다는 생각이 들게 행동했습니다. 예를 들어 다른 친구들과 같이 모이는 자리에 가면 제 얼굴은 안 보고 다른 친구랑만

눈 마주치고 이야기하며 웃는다든지, 저한테는 항상 돈 땜에 힘든 이야기만 하고 먼저 돈 내는 법도 자주 없으면서 자기한테 필요하다 싶은 사람에게는 알아서 선물도 사주고 하더라구요.

자꾸 그런 일을 겪고 저도 나이가 들어 생각도 많이 바뀌면서 먼저 연락을 자주 하지 않게 되었고, 그 친구가 몇 달에 한 번씩 전화하면 통화하는 정도로만 지냅니다. 전화통화할 때는 아주 반갑게 오래오래 이야기하지만 끊고 나면 또 똑같이 서로 감감무소식.

지금 생각하면 저 스스로 그런 관계를 만든 것 같고, 상전도 아닌 친구라면 섭섭함을 이야기했어야 하는데 어색해질까 두려워 그냥 넘어간 것이 쌓여 지금에 이르지 않았나 싶어요. 저는 아직도 그 친구를 미워하는 것 같아요.

제가 궁금한 것은, 지금 아주 친하지도 않고 절교한 사이도 아닌 이 관계를 어찌해야 하나 하는 것입니다. 어찌 보면 제 스스로 이렇게 만든 관계이니 다 잊고 다시 자주 연락하고 싶지만 예전처럼 무시당하지 않을까 두렵기도 하고, 한편으론 그냥 물 흐르듯 좋아지면 좋아지는 대로, 안 좋으면 안 좋은 대로 지내고 싶기도 하고요. 하지만 이렇게 나이들면 나중에 친구를 용서하지 못하고 안 좋게 끝낸 것에 대해 후회할까 걱정도 되구요. 어찌해야 할까요? **나비**

친구관계도 '거래' 가 기본입니다

한 번 친구가 끝까지 친구일 필요는 없습니다. 인간은 끊임없이 변하게 되어 있고 변할 때마다 새로운 친구관계도 형성됩니다. 특히 젊은 시절엔 더더욱 수많은 친구를 만나고 헤어집니다. 게다가 인간이 미숙하다는 사실을 받아들이고 나면 더더욱 '영원한 우정' 에 대한 신화도 버리게 되지요. 우정이 별 건가요? 좋게 끝냈든, 안 좋게 끝냈든 그들이 내게 관심, 소통, 반성, 다양한 감정적 체험들, 경제적인 도움 등 여러 가지를 주었다면 그들은 충분히 친구였습니다. 그 과정을 통해 덜 불행했고, 더 성장했다면 된 것 아닐까요?

아무튼 우리 마음속에서 그 '영원 콤플렉스' 만 없어져도 사람들은 좀 더 여유 있고 행복해질 것입니다. 영원한 우정, 변치 않는 사랑, 백년해로, 오래오래, 평생토록 등등의 언어들이 마치 성공적인 인생과 인간관계의 징표인 양 쓰이고 있는 것이 사실입니다. 그러나 그 영원성을 지키기 위해 미성숙한 우리는 얼마나 집착하고 불안에 떨고 있나요.

그런데 나비 님은 자신의 글 제목을 '한 번 친구는 영원한 친구?' 라고 붙이셨지만 정작 본문을 읽어보니 그 친구에 대한 미련이 아직 많이 남으신 것 같네요. 그래요. 젊은 한 시절을 오래 공유했던 분들이니 말하지 않아도 통하는 면이 있을 것이고, 사실 그 점이 나이 든 우리에게 큰 위안이

되기도 합니다. 그렇다면 그 친구와의 관계를 회복하기 위해서 친구와 얽힌 과거의 일들을 깊이 있게 성찰해보시는 것도 좋습니다.

아마도 당시에 나비 님은 친구가 가지고 있던 성격적인 매력과 폭넓은 인간관계가 부러우셨을 것입니다. 우리는 자신이 갖지 못했다고 생각하는, 그러나 정말 선망하던 성격을 가진 사람을 만나면 그에게 호감을 느끼지요. 그래서 님이 가지지 못한 부분에 대해 대리만족을 얻는 대가로 친구에게 경제적인 지원을 제공하셨을 것입니다.

나비 님은 사랑했으므로 경제적인 지원도 마다하지 않았다고 생각하시겠지만 동시에 경제적인 지원을 통해 우정을 갖고 싶으셨을 수 있습니다. 나쁘지 않습니다. 우리 모두 인간관계의 밑바닥에 깔린 '교환'과 '거래'에 대해 알고 있으며, 알고 보면 그 분야의 선수들입니다. 어린아이들도 부모에게 무엇을 주어야 부모의 보호와 사랑을 받을 수 있는지 본능적으로 알고 있으니까요. 성인이 되어서도 우리는 대등한 교환, 혹은 서로에게 도움이 되는 거래를 최상의 가치로 추구하며 살고 있답니다.

거래나 교환에서 가장 대표적인 물건은 바로 '돈'일 것입니다. 그런데 '돈'에 대한 우리의 생각이 참 복잡해서 돈을 쓰고 피해의식에 젖어 불행해지는 경우가 많습니다. 받고도 그 저의를 의심하며 심술을 부리는 경우도 많구요. 개인적으로 돈에 얽힌 왜곡된 경험이나 기억을 가지고 있는 경우는 더욱더 심경이 복잡해지지요.

나비 님과 친구도 처음엔 순수한 마음으로 돈을 주고받으셨을 거예요. 나비 님은 좋아하는 친구를 돕고 싶으셨을 거고, 님이 기꺼이 도와주니 그 친구도 고맙고 감사했겠지요. 그런데 시간이 흐를수록 두 분 사이에 슬슬 이런 의문이 고개를 쳐듭니다. '어쩌면 저렇게 나의 경제적인 지원을 당연시할까? 돈을 쓰는 것도 쉬운 일은 아닌데. 혹시 나보다 돈에 더 관심이 있어 나를 이용하는 건 아닐까?' 게다가 그 친구가 님의 얼굴을 외면하기 시작하고 님을 그림자 정도로만 취급하셨으니 의문은 증폭되었겠지요. 저라도 그 상황에 이르면 실망하고 화도 났을 것 같습니다.

그렇다면 받는 사람은 어떤 생각을 할까요? 당사자가 아니니 그저 추측을 해볼 수밖에 없겠네요. 그 친구는 이런 생각을 합니다. '저 친구가 혹시 나를 속물이라고 비웃지 않을까? 겉으론 좋은 척해도 가난한 나를 깔보지는 않을까? 그것도 아니라면 돈으로 나를 지배하려는 것은 아닐까? 돈으로 쉽게 내 애정을 사려는 것이 아닐까…….' 친구는 어떤 수치심마저 느꼈을 수도 있습니다. 활달하고 재능 많은 친구였지만 경제적인 지원을 해주는 나비 님 앞에서는 자꾸 무력해졌을 수도 있고, 왠지 떳떳하지 않은 관계처럼 여겨졌을 수도 있습니다. 이처럼 '돈'을 죄악시하거나 불행의 씨앗이라고 생각하는 무의식을 갖고 있으니 우리는 늘 돈과 마음을 바꾸는 것에 대해 의심스러워하고 불안해합니다.

친구가 나비 님에게는 경제적으로 어려운 얘기만 털어놨다고 하셨지요? 친구는 그런 얘기를 할 때 나비 님과 가장 잘 소통된다고 생각했을 수 있습니다. 친구의 장점을 부러워하는 나비 님 앞에서 자신의 약한 모습을 드러내는 것이 친구된 자의 도리라고 생각한 것이지요. 고백하자면 저도 그렇습니다. 누군가가 제가 가진 장점을 부러워할 때 저는 겸손한 체하며 남들에게는 잘 보이지 않는 저의 고민을 털어놓습니다. 그러면 사람들이 더 친근감을 느끼니까요. 나비 님의 친구도 그랬던 것이 아닐까요?

그러나 제가 지금 말하는 모든 내용은 추측일 뿐 아무도 그 진실을 알 수 없습니다. 그 친구조차 자신이 왜 그랬는지 잘 모를지도 모릅니다. 인간의 내면이란 참 복잡해서 여러 각도의 반사경을 거쳐 종잡을 수 없는 행동양식으로 표현되니까요. 우리는 그저 자신의 사고방식과 경험에 비추어 타인을 해석할 뿐입니다. 그것이 용하게 맞아떨어질 수도 있지만 대부분은 엉뚱한 오해를 낳기 마련이니 조심해야겠지요.

어쨌든 이렇게 복잡한 심경이 켜켜이 쌓이다 보면 피차 이해하기 어려운 행동을 보이게 되지요. 경제적인 지원을 받으면서도 점점 더 뻔뻔해지는가 하면, 무시하는 듯한 행동을 보이거나 엉뚱한 부분에서 적대감을 표현하고, 갑자기 연락을 두절하기도 합니다. 그러면 둘 사이의 의구심은 확신으로 발전합니다. "그래, 친구는 나의 정성과 노력을 하찮게 생각한 게 틀림없어. 나를 함부로 생각한 게 맞아" 하면서요.

그러니 '영원한 우정' 의 장애물은 돈이 아니라 인간의 미성숙함인 것 같습니다. 우리가 성숙하다면 값진 거래에 대해 서로 감사할 수도 있었을 텐데 말입니다.

아무리 그렇더라도 이제는 돈이나 경제적인 거래는 하고 싶지 않으시다구요? 그렇다면 나비 님은 자신의 장점, 즉 님처럼 소극적이고 친구가 많지 않더라도, 아니 그런 점조차 친구의 사랑을 받을 만했다는 사실을 아셔야 합니다. 분명 나비 님에게는 돈 말고도 그 친구에게 줄 수 있는 '장점' 이 있었을 것이고, 10년이 흐른 지금에는 더욱더 그러할 것입니다. 단지 친구의 장점만 부러워하고 바라보느라 자신의 장점에는 눈길조차 주지 않았을 뿐입니다. 나비 님의 존재 자체가 상대에게 위안이 되고 가치 있다는 사실을 알게 되신다면 더 이상 경제적인 거래는 이루어지지 않을 것입니다. 경제적인 주고받음이 생기더라도 피해의식 같은 건 없겠지요. 다시는 열등감에 대한 대가로 경제적인 지불을 하지도 않으실 테구요. 그때쯤이면 웃으면서 친구에게 이렇게 물으실 수 있게 될 겁니다.

"너 그때 참 못되게 굴었다. 왜 그랬니?"

가까운 사람이 성폭력 때문에 고통 받습니다

동생이 수년 전에 성폭행을 당했습니다. 그 사실을 저한테만 얘기했습니다(자세한 내용은 모르고요). 그 후로 동생한테는 폭식증이 생겼습니다. 직장생활을 하는 낮 동안에는 거의 먹지를 않고, 퇴근하고 집에 돌아올 때면 과자며 빵 등을 가방 속에 어마어마하게 사가지고 와서 먹고 다 토해냅니다(동생은 뚱뚱한 것을 참지 못해요). 그러다 보니 위하수 증세가 있구요. 너무 먹어서 병원 응급실에 간 적이 몇 번 있습니다. 밤에 뭘 먹을 때면 전혀 다른 사람이 돼요. 주위에서 말리면 잡아먹을 듯이 난리를 치고요. 직장에서는 일도 심하다 싶게 열심히 하고, 대인관계도 좋은데 집에 오면 그렇게 본색을 드러냅니다. 밤에 잠도 잘 안 잡니다. 컴퓨터 앞에 앉아 있다가 구부리고 줍니다. 그러기를 5~6년이 넘습니다. 그 사이에 제 권유로 정신과 병원도 갔고, 최면치료란 것도 딱 한 번 해보고 말더군요.

결국 자신이 고치는 거 아니냐면서요.

아름다운 젊은 날을 이렇게 고통스럽게 보내고 있는 동생이 한없이 안타깝습니다. 동생의 폭식증이 왜 시작됐는지 알고 있지만, 동생 스스로 문을 닫아걸고 있는 터라 어떻게 해야 할지 모르겠습니다. **영숙**

저는 해외에서 유학 중인 여학생인데 어제 친구 집에 갔다가 성폭행 얘기를 들었습니다. 4년 전 성폭행을 당했는데 그 후 공부도 손을 놓았고 알코올중독 초기증상까지 생겼어요. 체중이 무섭게 늘고 몸도 마음도 극도로 민감해져서 각종 알레르기 증상과 신체의 온갖 예민반응을 다 보이더니, 휴학을 하고 심리치료 전문병원의 장기요양 코스에 들어갔다가 막 퇴원한 것입니다. 그런데 친구가 그런 말을 통 하지 않아서 저는 단지 알코올중독이 문제인 줄만 알았습니다.

그런데 문제는 병원에서 몇 달씩이나 심리치료 코스에 참가하면서도 성폭행에 대한 얘기를 나누지 않았다는 겁니다. 의사에겐 단지 그런 일이 있었다는 것만 얘기했답니다. 저 말고도 어린 시절부터 단짝인 친구가 한 명 더 있는데, 그 친구에게조차 자세한 이야기를 하지 않은 것 같아요.

가정 상황도 편해 보이지는 않습니다. 부모님은 예전에 이혼하셨어요. 아버지와는 꽤 친하게 지내지만 재혼해서 달리 가정이 있고, 어머니에 대해 얘기하는 건 통 본 적이 없어요. 친언니가 하나 있는데 관계는 좋은 것 같지만 왕래는 별로 없는 것 같아요.

성폭행 얘기가 나오면서 저는 당황하고 말았어요. 어쩌면 그 얘기가 나왔을 때 제가 보인 반응이 친구를 더욱 움츠러들게 했을지도 모른단 생

각으로 괴로워요. 친구의 문제를 알게 된 이상 앞으로도 모르는 척하는 게 돕는 건지, 어떤 식으로든 그 문제를 들추는 게 좋은지 알 수가 없어요. 사실 제 몸과 마음이 건강한 상태면 또 모르겠는데 저 역시 유학생 스트레스가 심한 상태라 감당할 자신이 없습니다. 제가 무엇을 어떻게 도울 수 있을까요? D

잘 견뎌주어 고맙고 대견하다고 말해주세요

성폭력 사건에 대한 우리 사회의 태도는 여전히 이중적입니다. 성폭력 사건이 남의 일일 때는 피해자에게 지지와 격려를 보내야 한다는 점을 상식처럼 알고 있습니다. 하지만 막상 자신과 가까운 사람이 성폭력 피해자라는 사실을 알게 됐을 때 사람들은 수치스러워하고 당황합니다. 그들의 당황하는 모습 때문에 피해자는 다시 깊은 상처를 받고 입을 다물게 됩니다.

성폭력이 다른 폭력 범죄와 다른 점은 피해자가 수치심을 느끼고 자신의 몸을 괴롭히는 자학증세를 보인다는 것입니다. 거식증이나 폭식증, 외모에 대한 무관심, 알코올중독 등의 심리적인 증상을 보일 수도 있고, D 님의 친구 분처럼 알레르기 같은 신체적 증상을 보일 수도 있지요. 이런 모습을 바라보는 가족이나 친구들은 또 한 번 당황하게 됩니다.

저는 이영숙 님과 D 님이 전해주신 사례를 통해 성폭력 피해자를 대하는 가족이나 친구, 연인 등 주위 사람들의 태도에 대해 말씀드리려고 합니다.

어린시절 친족에게 지속적으로 성폭행을 당한 한 여성이 있습니다. 성인이 되어 그 사실을 부모에게 말했을 때 부모는 하염없이 눈물만 흘렸습니다. 피해 여성은 어릴 때 자신을 지켜주지 못한 무기력한 부모를 재확인한 것 같아 씁쓸했다고 털어놨습니다.

물론 이 여성은 이미 성인이 되었지만 어린이가 성폭행을 당했을 경우에 보이는 부모의 태도는 아주 중요합니다. 부모는 아이에게 세상을 바라보는 창이 됩니다. 그러니 성폭행을 당한 아이 앞에서 부디 따뜻하되 의연하시기 바랍니다.

만약 가족들이 무조건 쉬쉬하고 숨기거나 비탄에 빠져 비통해한다면 피해자는 수치심을 느낄 뿐 아니라 가족들에게 죄의식마저 느끼게 될 것입니다. 가족을 불행하게 한 원인이 자신에게 있다고 생각하면서요. 그러니 피해자를 바라보고 비탄에 젖기보다는 가해자에 대해 분노를 표현하는 것이 좋겠습니다. 그리고 이렇게 격려해주세요. "어려운 상황을 잘 견뎌주어서 고맙고 대견하다"고 말입니다.

가족의 경우 해결할 것이 더 있습니다. 통상 가족관계에 의해 깊은 상처를 받았다면 성폭력 후유증이 더 클 수도 있습니다. 자신을 지탱시켜줄 자존감이나 인간관계에 대한 기본적인 믿음이 존재하지 않을 경우 피해자의 고통은 한층 더 증폭될 것입니다. 두 분의 글의 내용상 D 님의 친구뿐 아니라 영숙 님의 동생도 해결해야 할 가족문제가 있을 것 같네요.

가족들이 알아챌 정도로 냉장고에 있는 음식을 모조리 먹어치우고, 밤새 토하는 일을 반복한다거나 컴퓨터 앞에 앉아서 잠을 자지 않는 모습은 가족을 향한 무의식적인 아우성처럼 보입니다.

폭식증과 거식증은 잘 아시다시피 분노의 화살을 자신에게 겨누는 일입니다. 분노의 원인이야 다양하겠지만 영숙 님의 동생은 무력감과 연결시켜 말씀드리고 싶습니다.

자신의 몸을 극도로 통제하는 행위는 삶에 대한 무력감을 극복하고 싶은 욕구에서 비롯됩니다. 비난받거나 죄의식을 느끼지 않고 마음대로 분노를 표출하고 통제할 수 있는 대상은 자신의 마음, 혹은 자신의 몸밖에 없으니까요. 그래서 거식 증세가 있는 분들의 경우 주변환경을 거역하지 못하는 모범생이거나 삶의 좌절이 많은 여성일 가능성이 높습니다.

그런 동생에게 성폭력은 자신의 무기력함을 극단적으로 확인하는 계기가 됐을 것입니다. 그 사건을 계기로 원인을 알 수 없는 원망과 분노가 내면적으로 폭발했을 수 있습니다. 가해자는 말할 것도 없거니와 자신을 무력하게 키운 부모님, 연민과 동정의 눈으로 자기를 바라보는 언니, 그리고 그 문제를 정면으로 거론하지 못하는 겁 많은 자매의 자화상까지도 분노의 대상이 될 수 있습니다. 그 모든 원망과 분노의 감정의 옳고 그름을 떠나서, 지금 동생 분이 성장을 위한 중요한 과정에 있는 것만은 분명합니다. 성폭력 경험을 통해 과거 삶의 방식이나 가족관계의 문제를 되돌아보게 됐을 테니까요.

그러니 현재 동생의 모든 문제가 성폭력 때문이라고 오해하지는 않으셨으면 합니다. 어쩌면 지금 영숙 님은 성폭력 피해의 경험이 치명적이고 수치스러운 무엇일 거라는 고정관념을 무의식중에 동생에게 투사하고 있는지도 모릅니다. 동생으로서는 언니의 그런 시선이 더 견딜 수 없을 것이구요. 언쟁이 생기더라도 언니인 영숙 님께서 먼저 속상하고 안타까운 감정을 털어놓고 동생과 본격적인 대화를 시작하셨으면 좋겠습니다.

친구 관계에서도 마찬가지입니다. 어떤 친구가 피해 사실을 고백하면서 괴로워하더라도 충격적으로 받아들이면서 당황하거나 지나치게 동정하지는 마세요. 오히려 소외감을 느끼면서 입을 다물어버릴 수도 있으니까요. 친구로서 해주실 수 있는 일은 그를 말없이 지켜봐주는 것입니다. 그가 하고 싶은 말이 있다면 경청해주지만 그렇지 않다면 예전처럼 자연스러운 친구가 되어주는 것만으로도 충분히 역할을 다하시는 것입니다.

사실 피해자가 가장 편안하게 발설할 수 있는 존재가 친구입니다. 비밀스러운 고통을 발설하는 것만으로 이미 치유는 시작되고 있는 것이니 특별한 기술이 필요한 것도 아닙니다. 잘 들어주시고, 그저 따뜻하게 안아주세요. 물론 성폭력 상담기관 등에서 상담할 것을 권하는 일은 중요합니다. 님의 친구도 단순한 심리치료 기관보다는 성폭력을 전문으로 다루는 곳에서 문제를 상의하셨더라면 훨씬 효과적이지 않았을까 하는 아쉬움이 남습니다.

그러나 주의하셔야 할 일이 있습니다. 부담감을 느끼면서까지 감당할 수 없는 역할을 떠맡지는 마시라는 겁니다. D 님의 친구도 가족문제가 함께 얽혀 있으니 D 님이 적극적으로 관여하시기엔 한계가 있겠네요. 특히 현재 님이 처한 어려운 상황을 솔직하게 설명하고 많이 도와줄 수 없어 미안하다고 친구에게 양해를 구하세요. 그것이 서로의 위험부담을 줄이

는 일일 것입니다.

사랑하는 연인이나 아내가 성폭력 피해사실을 고백할 수도 있습니다. 그렇다면 두 가지 이유에서일 것입니다. 우선 혼전성경험을 고백하는 여성들처럼 상대에게 양해를 구해야 한다고 생각하는 경우가 있습니다. 두 번째는 자신의 고통을 가장 친밀한 사람에게 위로받고 싶어서일 것입니다. 전자라면 "우리 사회의 남자로서 내가 오히려 미안하다"고 말씀해주세요. 후자의 경우는 그녀의 감정에 깊이 공감하고 따뜻하게 위로하며 무엇보다 그녀의 몸과 마음을 진심으로 존중해주시기 바랍니다. 가해남성 때문에 얻게 된 남성에 대한 피해의식을 당신을 통해 회복하게 될 것입니다.

성폭력은 약자인 여성이나 어린이를 성적으로 유린한다는 점에서 잔악한 범죄행위이지만 피해자의 입장에서 보자면 극복하지 못할 절망적이고 치명적인 경험도 아닙니다. 어떤 과정을 거치느냐에 따라 더 성숙해지고 한층 강해질 수도 있답니다. 무엇보다 성폭력의 고통을 극복할 주체는 주변 사람들이 아니라 바로 피해당사자입니다. 그러니 너무 많은 간섭과 지나친 책임감일랑 접어두고 그저 용기를 주고 지지해주고 편안하게 기다려주세요. 그 신뢰관계를 통해 그녀가 종국에는 성폭력의 상황을 직면하고 스스로의 힘으로 고통을 극복할 것입니다. 물론 그런 그녀를 지켜보면서 주변 사람들도 많은 교훈을 얻고, 함께 성장해가는 것은 당연한 일입니다.

트랜스젠더로서 떳떳하게 살고 싶어요

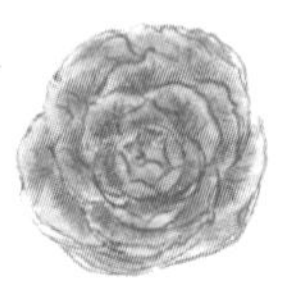

전 성적 정체성의 혼란으로 힘들어하고 있습니다. 하리수와 같이 남자로 태어났지만 스스로는 여성이라고 느끼기 때문입니다. 물론 제가 하리수처럼 정말 여자답고 사회에서도 여성으로서 살아갈 수 있다면 덜 힘들겠죠. 전 겉보기엔 그냥 체구가 좀 작은 남자에 불과합니다. 예쁘장한 얼굴도 아니고. 소심하고 부드러운 성격이어서 남성답지 못하다고 생각하는 사람들은 있겠지만 주변의 어느 누구도 절 여성으로 느끼지는 않습니다. 그리고 여러 여건상 수술할 수도 없고 또 그럴 용기도 없습니다.

그래서 가능한 한 저의 이런 성향을 누르고 다른 사람처럼 평범하게 살고자 했습니다. 어떨 때는 그게 별 문제 없이 잘 됩니다. 저에겐 여성적인 부분만큼이나 남성적인 부분들도 있고, 군대에 있을 때와 같이 특별한 경우가 아니고선 남성적인 역할을 많이 강요당하진 않았으니깐요. 하지

만 그러다가 어느 순간 팡하고 폭발해버립니다. 누르기만 해서인지 그렇게 한 번 터지고 나면 주체할 수가 없죠. 세수를 하며 남성으로서 제 자신을 보는 것 자체가 너무 괴롭습니다.

대학교 때 페미니즘을 접하며 제 자신의 성향에 대해 긍정적으로 바라보기도 했습니다. 젠더트러블이란 건 정도의 차이가 있을 뿐 다들 조금씩은 있을 수밖에 없고 오히려 완벽한 남성, 여성이란 게 환상이란 얘기를 들으면서 좀 편해졌죠. 우습지만 그래서 한때는 제 자신의 정체성을 자랑스럽게 생각한 적도 있습니다. 급진적인 소수자로서, 이성애 중심주의 사회의 대안으로 여겨지기도 했습니다.

하지만 현실은 그렇지 않았습니다. 이성적으로 받아들이는 것과 실제 내 문제가 되었을 때 느끼는 건 달랐으니깐요. 진짜 자신의 모습을 남에게 보이지 못하고 늘 연기하듯 거짓된 삶을 살아가는 게 결코 즐겁진 않으니깐요.

어쩔 때는 여자라는 게, 남자라는 게 그렇게 중요할까 하는 생각도 듭니다. 남자가 치마를 입어도, 화장을 하고 돌아다녀도, 하이톤의 음성으로 깔깔대며 얘기해도 하나도 이상하지 않는 사회라면 그렇겠죠. 남이 뭐라고 하든 스스로 자신을 인정하고 살면 될 것 같은데 그게 힘드네요.

그래서 요즘에는 이게 정말 병은 아닐까 하는 생각마저 듭니다. 정치적으로 옳고 그름을 떠나 전 그냥 혼란을 느끼지 않고, 우울해하지 않고, 스스로를 혐오하지 않으며 살아가고 싶습니다. **고민**

세상의 고정관념과 게임하듯 살아갑니다

모든 신분제도가 무너지고 인종과 민족의 경계가 완전히 허물어진다 해도, 여자와 남자라는 성 구분은 마지막까지 강고하게 세상을 가르며 살아남을 것입니다. 인간은 모두 여성 아니면 남성 단 두 가지 범주 안에 들어가야 합니다. 그들이 얼마나 다양한 모습과 개성을 지니고 있는지, 얼마나 다양한 성적 취향을 가지고 있는지는 고려되지 않습니다. 단지 성기를 중심으로 남녀를 가른 뒤 남자는 남자답고 여자는 여자다워야 하며, 남자는 여자를, 여자는 남자를 사랑하도록 되어 있다고 고정관념은 주장합니다. 남성도, 여성도 아니라고 생각하는 사람들이 자신의 생각과 모습을 자유롭게 드러내며 세상 속에서 당당하게 살 수 있는 날이 언제쯤 올까요?

그런데 말이지요. 도대체 여자답다든가 남자답다는 것이 무엇인가 싶을 정도로 요즘은 자유롭게 자신의 다양한 측면을 드러내고 삽니다. 오히려 세상에 드러난 트랜스젠더를 보면서 여자보다 더 여자답다, 고 감탄할 정도니까요.

이성애자들 사이에도 얼마나 다양한 변종이 존재하는지 모릅니다. 남자 같은 아내와 여자 같은 남편, 남자답지만 살림하는 남편과 여자답지만 직장에서 돈을 버는 아내, 자매 같은 관계의 부부 등 이미 우리 주변엔 아주 다양한 정체성을 가진 사람들이 살고 있었습니다. 저는 치마를 입고,

귀고리와 목걸이를 한 이성애자 남성을 개인적으로 알고 있습니다. 그는 요즘 학생들에게 최고로 인기 있는 강사입니다. 우리 사회에 전해 내려오는 옛날이야기를 보더라도 도저히 여자답다고 볼 수 없는 한 집안의 여장부나 나라를 살린 여자 영웅이 등장하고 옛어른들은 그들을 기꺼이 영웅으로 묘사했습니다.

고민 님은 자신의 성 정체성에 관해 많이 생각하셨네요. 자신에 대해 충분히 성찰하셨고, 이론적으로도 많이 공부하셨으니 됐습니다. 이제는 현실 속에서 작은 기쁨들을 찾아보세요. 성적 소수자들의 크고 작은 모임을 찾아가 그들과 함께 얘기를 나누어 보신다든지, 그들과 어울려 신나게 놀아보는 일은 어떨까요? 일단 그렇게 해서 당신 속에 갇혀 있는 또 다른 당신에게 분출구를 마련해주세요. 그렇게 하다 보면 님의 고민이 한층 더 업그레이드될 것입니다. 당신의 존재조차 인정하기 어려웠던 상황에서 이제는 어떻게 하면 좀더 자유롭게 살 수 있을까 모색하는 단계로 말이지요. 통상 트렌스젠더라고 하면 하리수 씨만 상상할지 모르겠지만 그 모임을 통해 의외로 다양한 사람들이 다양하고 자유로운 모습으로 살고 있다는 사실도 아시게 될 것입니다.

한 사회에서 소수자로 살아간다는 것은 벗어던질 수 없는 십자가의 고통을 줍니다. 자신의 욕망을 자연스럽게 드러낼 수 없을 뿐만 아니라 심지어 문제 있는 존재로 취급당하며 사는 삶은 누구라도 견디기 힘들 테니까요. 인간은 사회 속에서 자신의 있는 그대로를 인정받고 사랑받을 때 가장 큰 기쁨을 느끼니까요. 주류남성 혹은 이성애자들이 쌓은 멋지고 그럴 듯한 성(城)을 보고 있자면 자신의 존재가 새삼 초라하게 느껴질 수도 있을 것입니다.

그러나 고민 님, 이런 기쁨은 어떨까요? 우리가 여성으로 산다는 것, 성적 소수자로 살아간다는 것을 자각하는 순간 보이지 않고 들리지 않던 수많은 모습과 목소리들을 목격하게 됩니다. 나와 조금씩 다른, 혹은 나보다 더 심각한 고통을 안고 사는 사람들의 모습을 말입니다. 그 순간 우리의 사고와 의식은 폭발적으로 확장됩니다. 소위 '정상' 혹은 '다수'라고 하는 것이 얼마나 많은 사람을 비정상으로 취급하고, 얼마나 많은 사람을 그늘 속에 가둔 뒤에나 가능했던지 깨닫게 되는 것이지요.

확장된 생각이나 의식을 가진 사람들은 당연히 자유롭습니다. 그러므로 당신의 고통은, 당신에게 문제가 있기 때문이 아니라 당신의 의식이 자유로워졌기 때문에 생긴 것입니다. 우리 사회의 숨 막히는 고정관념의 틀이 당신의 자유를 옴짝달싹 못하도록 옥죄고 있기 때문입니다. 겉으론 으리으리하지만 내부는 숨 막히는 고정관념의 틀로 구획지어진 그들의 성에서 사는 일이 견디기 힘들 뿐입니다.

변화해야 할 것은 남과 조금 다른 당신의 몸이나 당신의 의식이 아니라 우리 사회의 고정관념입니다. 그리고 그 의식의 자유는 바로 우리 몸, 그러니까 여성의 몸, 혹은 성적 소수자의 몸이 우리 자신에게 가져다준 것입니다. 그러므로 우리는 우리 몸을 혐오할 수 없습니다.

한 가지 더 당부드리고 싶은 점이 있습니다. 완벽주의자들이 꿈꾸는 완벽한 조건이나 세상은 좀처럼 없습니다. 그래서 우리는 불편하고 힘든 것들과 항상 공존합니다. 멀리 내다보고, 숨을 길게 쉴 필요가 있습니다. 기왕이면 그런 현실을 외면하거나 증오하면서 하루하루를 우울하게 버

티지 마시고 그들과 친구가 되어 게임하듯이, 놀듯이 살아가는 방법은 어떨까요? 세상이 나를 가두려 해도 세상의 고정관념에 잡히지 않고 많이 상처 입지 않으면서 틈새를 찾아 나를 표현하고 드러내는 놀이 말입니다.

그런 점에서 이제는 자신의 취향을 조금씩 드러내보시라고 권하고 싶네요. 취향대로 살다간 누군가가 고민 님의 성정체성을 눈치 채지 않을까 두려워하지 마세요. 당신에게 성정체성을 물어온다면 거짓말하지 말고 커밍아웃해야 하는 건 아닌가 너무 걱정하지도 마세요. 그렇게 고지식할 필요 없습니다. 이성애자들이 성의 경계선을 넘나들며 자신의 취향을 자유롭게 드러내고 있듯이 고민 님도 그런 자유를 맛보시라는 겁니다. 누군가 가 호기심을 가지고 님의 성체성을 물어온다면 이렇게 대답해주세요.

"그 질문에 대답하고 싶지 않네요. 그게 뭐 그리 중요한가요?"라고만이요. 사회가 변화하고, 고민 님이 한층 더 자유로워져서 거리낌 없이 자신의 성정체성을 밝힐 수 있는 날이 오기 전까지는 말이지요.

(도움주신 분: 한국성적소수자인권모임 한채윤 부대표)

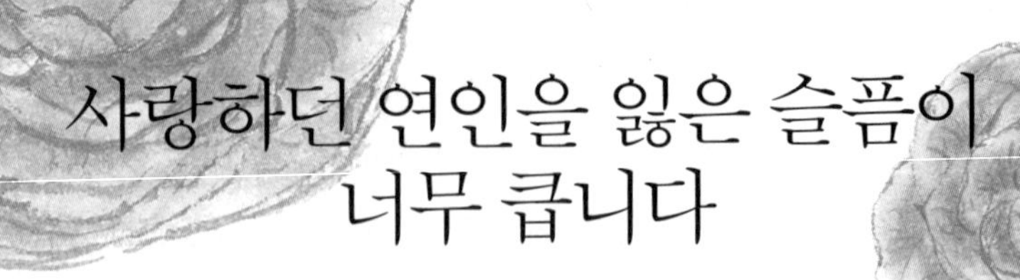

사랑하던 연인을 잃은 슬픔이 너무 큽니다

너무나 사랑하던 사람이 이 세상을 떠났습니다. 한순간의 사고로 내 몸의 일부분과 같은 그녀를 잃으니 저의 머릿속은 몇 주간 공황상태에 빠져버리더군요.

며칠 전부터 다시 힘을 내기로 하였습니다. 제가 다시 열심히 사는 모습을 보여주는 게 그녀가 하늘에서도 해맑게 웃을 수 있는 길이라고 생각되어서요. 이제 다시 눈물 안 흘리려고요. 그녀가 질투할 만큼 저에게 힘을 좀 주세요.

윤진아, 오빠야. 하늘에서는 아프지 말고 행복해야 돼. 오빠 이제부터 다시는 눈물 같은 거 흘리지 않을 거다. 끎이라면

죽음에서 배우되
죽음의 그림자에 갇히지 않습니다

사랑하는 사람을 죽음으로 떠나보내셨군요. 받아들이기조차 쉽지 않은 일이셨을 텐데 꿈이라면 님의 글을 읽어보니 비교적 잘 극복하시는 것 같아 안심이 됩니다. 글을 써서 주변 사람들에서 적극적으로 위로나 격려를 받고자 하는 태도도 그렇고, 지난 아픔에서 벗어나기 위해 솔직하게 노력하시는 모습도 좋아 보입니다.

사실 우리는 병이라든지 죽음과 늘상 이웃해 살고 있습니다만 죽음으로 인한 이별, 즉 사별이란 참으로 독특한 경험입니다. 그 경험이 우리 마음에 얼마나 깊은 그늘을 드리우는지는 겪어본 사람들만이 알지요.

사별을 경험한 사람들이 가장 절실하게 느끼는 것은 뼈아픈 무력감입니다. 보내는 자와 떠나는 자 누구도 원하지 않았지만 속절없이 받아들일 수밖에 없는 둘 사이의 단절은 너무나 완강해서 폭력적이기까지 합니다. 그러나 책임을 묻거나 원망할 상대도 없거니와 상실의 아픔을 공유할 이도 완전히 떠났으니 더욱 기가 막힐 노릇입니다. 이렇게 정리되지 않은 감정은 우리 가슴에 한스러움으로 남아 오랫동안 우리를 사로잡습니다.

특히 꿈이라면 님과 같이 '연인'을 떠나보냈을 경우, 그리고 사고로 인한 사별일 경우는 더욱 그렇습니다. 아직 그녀와 시작도 하지 못한 얘기와 인생이 너무 많을 것이고 또 마음의 준비를 할 시간도, 마무리할 시간도 없었을 것이기 때문입니다.

이런 한스러움은 이후 모든 관계에 영향을 미치게 되지요. 새로운 인연을 맺는다는 것, 다시 누군가를 사랑하게 된다는 것이 두렵고 불안하게만 느껴질 수도 있습니다. 그 두려움 때문에 행복을 만끽하지 못하고 서성거릴지도 모르겠습니다. 행복했던 만큼 불행할 수도 있으니까요. 사랑할수록, 애착을 가질수록 언젠가 다가올 사별의 고통이 더 커질 테니까요. 죽음을 염두에 두고 사는 것이 잘못은 아니지만 그 때문에 비관주의자가 된다면 인생은 궁극적으로 우울할 수밖에 없답니다.

사실은 제가 그랬습니다. 비교적 어린 시절에 경험한 부모의 죽음은 평생 저를 따라다녔습니다. 다시는 가족을 갖지 못할 것 같았고, 가족이 생기더라도 깊게 사랑하고 싶지 않았습니다. 사랑하는 이들과 헤어졌던 아픔을 다시 느끼는 어리석음을 반복하고 싶지 않았기 때문입니다. 그러다 어느 날 문득 과거를 돌아보니 나의 인생은 온통 죽음에 대한 준비로 점철되어 있었습니다. 헤어질 때 고통스럽지 않도록 너무 사랑하지 않기가 인생관이 되어버린 것입니다. 매일매일 기쁘고 행복하게 살아도 억울할 인생의 가장 아름다운 시절 20여 년을 죽음의 그림자에 갇혀 살았던 것입니다. 알고 보니 죽음에 대해 쿨해지려고 했던 저의 노력은 사실 죽음에 대한 두려움에 다름 아니었습니다.

또한 살아남은 자로서의 죄스러움도 큰 고통입니다. 연인이나 배우자를 잃은 많은 사람들이 이후에 일상으로 돌아오거나 새로운 사람을 만나면 죄책감에 시달리게 됩니다. 나 혼자만 살아서 행복한 것은 아닐까 하는 죄스러움 때문에 사람들은 의도적으로 사별의 고통을 마음속에 오래

남겨둡니다. 하지만 살아남은 자의 죄스러움은 남겨진 자의 외로움이기도 합니다. 홀로 남겨진 어린아이 같은 심정으로 떠나간 사람을 생각하면서, 그도 나와 같은 것이라고 단정 짓는 것입니다.

보통 가까운 사람이 죽음을 맞이하면 그 모습을 지켜보던 지인들은 육체적으로나 정신적으로 많이 지치게 됩니다. 죽은 사람과 함께 자신의 에너지의 일부도 떠나보내셨을 테니까요. 그러니 꿈이라면 님의 고통이 얼마나 견디기 힘든 것이었을까요. 꿈이라면…… 하면서 기도하셨을 당신의 아픔이 충분히 느껴집니다.

그러나 죽음의 고통을 피해갈 비법은 따로 없습니다. 오히려 당신이 지금 그 고통의 한가운데 있다는 사실을 충분히 받아들이십시오. 왜 하필 나에게 이런 일이 일어났을까, 혹은 고통에서 벗어날 수는 없을까 하면서 분노하고 저항하기보다는 그냥 인정하고 받아들이시기 바랍니다. 그것이야말로 고통을 경감시킬 수 있는 가장 강력한 방법입니다.

그녀를 위해, 그리고 무엇보다 당신이 겪은 아픔에 대해 충분히 슬퍼하고 위로하셨다면 이제 떠나간 자에 대한 죄스러움에서 벗어나셔도 됩니다. 슬픔이야 사실 마음대로 조절할 수 있는 것이 아니지만 적어도 남은 자의 죄책감으로 의도적인 고통 속을 너무 오래 헤매지는 않으시기를 바랍니다. 죽은 그녀가 여기에 남은 당신보다 더 불행할 것이라는 추측이나 판단은 아직 무리입니다. 그러기엔 삶과 죽음에 대해 우리 인간이 아는 것이 너무 없으니까요.

피폐해진 당신의 몸과 마음도 위로해주세요. 영양도 충분히 섭취하셔야 하며, 마음도 많이 다독여줘야 합니다. 좋은 친구들을 만나서 위로를 받는 것도 권하고 싶습니다.

그러고 나서는 한 번도 죽음을 경험하지 않았던 것처럼, 그리고 앞으로도 오로지 삶만이 있을 것처럼 다시 즐겁게 사랑하면서 사는 길밖에는 다른 방법이 없습니다. '사랑하라, 한 번도 상처받지 않은 것처럼' 의 시구와 같이 말입니다.

사랑하는 사람의 죽음을 가까이서 지켜본 사람들은 압니다. 오늘 하루가 얼마나 소중한지, 인간관계에서 오늘 할 일을 내일로 미루는 것이 얼마나 어리석은지, 육체적인 고통에 비하면 우리가 늘상 하소연하는 정신적인 고통이라고 하는 것이 얼마나 호사스러운 아픔인지 그야말로 머리가 아닌 온몸으로 알게 됩니다. 그런 깨달음이야말로 죽음이 우리에게 선사한 훌륭한 선물입니다.

부디 죽음에서 배우되 죽음의 그림자에 갇히지는 마시기 바랍니다.